遠ざかる日々

難波田節子

鳥影社

遠ざかる日々

目次

遠ざかる日々

遠ざかる日々

一

長男の実《みのる》を小学校へ、長女の直子《なおこ》を幼稚園へ送り出すと、多実《たみ》は今日もK総合病院へ向かった。この病院の未熟児室に預けてある次男の様子を見るためである。

予定日より六週間も早く生まれてしまった子は、体重が二キロそこそこの未熟児で、乳を吸う力もないのか、鼻から入れた管で栄養を注入されている。硝子越しに見るせいか、顔色もよくないし、本当に育ってくれるのだろうかと、心配でならない。ある日、予告もなく、ふっと命の火が消えてしまうようなことはないだろうかと不安で、毎日見に来ないではいられないのである。

K病院の看板でもある最新型保育器の中は、子どもの体温が三六度から三六・五度に保たれるように設定されているという。酸素濃度も正確に管理されているそうだ。酸素が不足すると子どもは脳性麻痺になるというし、過多になれば未熟児網膜症をおこす危険があると聞く。しかしこんな小さな子は、その日その日の体調によって、また時間によっても、微妙に違うのではないだろうか。日進月歩の医学を疑うわけではないが、果たしてこの子に合った的確な環境が設定されているのだろうか。正常な体重に育って保育器を出る時、万一知的障害が残ったり視力を失っていたりしたらどうしよう。心配したところでどうにもならないことなのに、多実は悩まずにいられなかった。

長男の実が生まれたのは、予定日を二週間も過ぎていたし、長女の直子は十日遅れだった。二人とも三キロ以上ある大きな赤ん坊で、出産の時は苦しかったが、その後は丈夫でほとんど病気もせずに育ってくれている。その経験があるから、多実はほんの少し油断したのかもしれない。浮腫や蛋白尿など軽度だが妊娠中毒の症状があったにもかかわらず、小学生になった実に勉強部屋を作ってやろうと、五年前に死んだ舅の部屋を片付け始めたのである。疲れたので少し休もうと思った瞬間、いきなり破水してしまったのだった。

家族がみんな出払っていた昼間だったので途方に暮れたが、面倒見のよい近所の産科医が看護師を寄越してくれたので助かった。この産院とは長い付き合いで、夫の武志《たけし》は先代の院長に取り上げてもらったのだという。今は息子の代になっているが、夫人が小児科医であることも心強く、何かと世話になっているのである。生まれた子は、その小児科医の紹介で、すぐK総合病院の未熟児施設へ送られたのであった。

弟ができたことが嬉しくてたまらない実と直子は、一日も早く赤ん坊を見たがるが、完全滅菌された未熟児室には、母親も消毒した白衣を着、髪をすっぽり覆う帽子を被らなければ入れないくらいで、子どもの入室は禁じられている。子どもたちより父親が見に来てくれればいいのに、夫の武志は何かと言い訳を作って来ようとしないのだ。元気な子どもたちとの幸せな生活に慣れ切った武志は、今にも壊れそうな弱々しい子を見るのが怖いのに違いない。

そんな夫の気持ちがわからないではないが、母親の多実にはやはり辛い。父親なら、小さな体で必死に生きている子をしっかり見つめ、応援してやって欲しいのに、「もし助かっても、普通の子のようには生きられないんじゃないか」などと呟く。それなら今死んだ方がましだとでもいうのか――。何とか生き延びて欲しいと願う多実にもその不安が全然ないわけではないけれども、やはり子どもには死なれたくない。こんな子が生まれたのは「お前のせいだぞ」と言っているように聞こえる夫の声に、多実は耳を塞いでうずくまらないではいられなかった。

多実の母親は、多実が生まれるとすぐ産褥熱で死んだと聞かされている。以来父親は、三人の男の子と多実を一人で育てたのである。しかしその父も、多実が七歳になった時に死んでしまった。いくらもない農地で米を作る貧しい百姓にとって、四人の子を抱える生活は荷が重過ぎたのかもしれない。誰に吹き込まれたのか、子どもの頃の多実は、自分が「鬼っ子」なのだと思い込まされて来た。多実さえ生まれなければ、母親が死ぬことはなかったし、父親も元気で長生きしたはずなのだ。今狭い保育器の中で細い管に繋がれているこの子は、もしかするとそんな母親の呪いを一身に受けて生まれて来たのではなかろうか――。可哀想に、こんな母親の子に生まれなければ、元気ですくすく育っていたのかもしれないのに――。馬鹿々々しいと思いながら、誰かにそう言われているような妙な被害意識に襲われるのである。

担当の医師の話によると、この子は心臓にも欠陥がある様子なのだ。未熟児に多いそうだが、弁が正常に動いていないらしい。体重が増えて筋肉が発達すれば自然に治る場合もあるというが、その幸運を祈るほかないのだろうか。どうか、愚かな母親のために命を失ったりしないで欲しい。一日も早くこの箱から出て、大きな声で泣いて欲しい。そう祈り続けて、多実は毎日病院に通うのである。

その日多実は、初めて駒込で電車を降りてみた。それまで小児科医に勧められた通りに、毎日滝野川の自宅からタクシーで通っていたのだが、ある時ふとこの病院が駒込の駅からあまり遠くないのではないかと気づいたのである。担当の看護師に訊いてみると、駒込からバスで通っている看護師が何人かいるという。それなら——と、試してみたくなったのだ。

しかし改札口を出た途端、多実ははっと立ち竦んだ。大通りの向こう側に、色とりどりの花が道路まで溢れ出ているような花屋が見えたのだ。少しの間、足が震えて歩き出すことができなかった。

この前駒込へ来たのはいつだったろう。その時ここはまだ更地だった。駅前のこんな良い土地が何時までも更地のままなのは不思議だったが、そのうちに前の居住者が戻って来るということなのだろうと考えていた。そしてそれはまぎれもなくこの土地の地主が息災だという証拠でもあろう。彼らがいつ戻って来るのだろうという不安もあって、多実はしばらくこの町に近づけなかったのである。とうとう彼が戻って来たのだろうか――。でも、まさかこんな綺麗な花屋になって戻って来るとは想像もしなかった。

息をつめてそっと店の中を覗くと、小柄な若い女性が働いているのが見えた。女性は敏感に気配を感じたのか、振り向いてにっこりした。

「どんなお花をお望みでしょうか」

「病院へのお見舞いですけど、適当に選んでいただけますか？」

「かしこまりました。ご予算はどのくらいでしょうか」

はきはきして、とても感じのよい女性だった。

「あのう、このお店、いつ開店なさいました？」

「まだ半年にしかなりません」

「そうですか。むかしはここ、乾物屋さんだったんですよね」

「あら、そんなむかしのことをご存じなんですか？」

「ええ。戦前ですけど、何度か来たことがあるので――」

「わたしが嫁に来る前の話でよくは知らないんですけど、主人の亡くなった義伯母が、戦前ここで乾物屋をやっていたって聞きました」

「亡くなった？　あの乾物屋さん、亡くなったんですか？」

「ええ。一人息子が戦死しちゃったんで、店を閉めて郷里の静岡に帰ったんですけど、その義伯母も一昨年亡くなったそうです」

「えっ、あの息子さん、戦死なさった？」

「ええ。主人の従兄に当たる人ですけど。南方で戦死したんですって。それで義伯母も気落ちして、店をたたんだのでしょうね」

意外だった。まさか、嘉郎《よしろう》が戦死していたとは――。この家から、日の丸の旗に送られて出征して行った彼が、南方の前線へ派遣されたとは夢にも思わなかった。武運長久を祈って作ってあげた千人針は、彼を守ってくれなかったのか。無事に復員して、今頃は母親と二人、静岡で幸せに暮らしているのだろうと多実は思い込んでいたのだ。いや、そうであって欲しいと願っていたのである。

ピンクと白のカーネーションにカスミ草を添えた花束に、彼女は手際よく赤いリボンを結んでくれた。

「どなたか、K病院に入院していらっしゃるんですか？」

「ええ、息子が――」

「お子さんですか。それはご心配ですね。でもK病院の小児科は有名ですから安心ですよ。先生はアメリカ帰りだそうですし」

彼女が見ていなければ、その花束をそっと足元に置いて行きたかった。嘉郎さん、何も知らなくてごめんなさい。彼が暮らしていたその土地に、花を手向けて手を合わせたい気持ちだった。

それにしても、嘉郎が出征してから、多実は何度かここへ彼の母親を訪ねて来たのだが、彼女は何も話してくれなかった。もしかしたら、息子が戦死したことを知っていたのに、わざと多実には黙って引っ越して行ってしまったのではないだろうか。今になって詮索しても仕方がないことだが、それほど彼女に疎まれていたのかと思うとやはり悲しかった。でも同時に、心のどこかでほっとしている醜い自分を感じて、多実はたまらない自己嫌悪に陥った。


持って行った花束を、多実は担当の看護師に差し出した。

「駒込の駅前に綺麗な花屋さんがあったので、思わず買ってしまいました。良かったら、ナースステーションにでも飾ってくださいませんか」

「まあ、ありがとう。嬉しいわ」

看護師はいつものように、子どもの体調を丁寧に説明してくれた。

次男が入れられている保育器には、この看護師の手書きの字で「健二《けんじ》くん、がんばれ！」と書いた紙が貼られている。健康な子に育つようにという祈りを込めてつけた名だが、小さな体の未熟児の箱に貼られると、かえって痛々しく感じられた。

「退院したら、普通の赤ちゃんと同じように生きられますよね」

気安くなった看護師に、何度となく、多実は同じことを訊いてしまう。

「健ちゃんの場合、心臓が心配ですけど、もう少し様子を見るって先生がおっしゃっておられますから」

「心臓って、本当に自然に快《よ》くなるものなんですか？」

「快くなることもありますし、体重が増えて体力がつけば手術もできますからね。先生のお考えにお任せすることですよ」

多実の問いに、看護師もいつも同じように答える。

「親って、無力だなあって、つくづく思います」

不注意で子どもを傷《いた》めつけることはできても、その子を救うことはできないのが親である。何もかも医者任せ、運任せの情けない存在でしかない。どんな女を親として生まれるかが、子どもの運命を決めるのではなかろうか。

考えるのが恐ろしくて、今まで堅く目をつぶってやり過ごして来たのだが、今日ははっきり思い知らされた。健二が負っているこの苦痛は、やはりこの母親の許しがたい罪によるものだったのだ。

この子の母親は、必ず待っていると誓った人を裏切ってほかの男の妻になり、三人も子を産んだ罪深い女なのである。自分さえ口を拭っていれば、誰にも気づかれまいと高を括《くく》って来たけれども、やはり神さまは見ておられたのだ。可哀想にこの子は、普通の子なら当然のように与えられるはずの母乳も飲ませてもらえず、小さな箱の中に閉じ込められている。ああ神さま、どうぞこの子を一日も早く解放してやってください。代わりにこの汚れた母親を罰してください。多実は心からそう祈った。

二

多実が初めて嘉郎と会ったのは、戦争が始まる二年前、近江から東京に出て来る汽車の中だった。朝からしょぼしょぼ降っていた雨が、名古屋を過ぎた頃から本降りになり、足元からじわじわ冷えて来るような寒い日だった。

丁度空いていた多実の前の席に、静岡から乗って来た彼が座ったのである。紺色の背広のズボンが、膝から下びっしょり濡れていたのを覚えている。大きな風呂敷包みを網棚に載せ、革の鞄を脇に置いて彼は多実に話しかけて来た。

「どちらまでいらっしゃるんですか？」

この席に誰かが座る度に、多実は同じことを訊かれた。そして多実も同じことを答える。

「東京です」

「ほう。東京のどこですか」

彼の言葉は訛りのない東京弁だった。

「巣鴨いうとこです」

すると彼は、驚いたように腰を浮かせて身を乗り出して来たのだ。

「えっ、本当ですか？　巣鴨のどの辺です？」

多実は困った。次兄の正二《しょうじ》が巣鴨というところで働いていると聞いただけで、その町が東京のどの辺にあるどんな町なのか、全く知らなかったのだ。

「さあ、ようわかりまへん。東京は初めてですよって」

と答えてしまってから、多実ははっと口をおさえた。

駅まで送ってくれた長兄から、知らない男とは決して口をきいてはいけないと繰り返し言われたのを思い出したからである。世間には若い女をかどわかす悪い男がいるから、東京駅で次兄の正二に会うまでは、絶対に気を許してはならないと釘を刺されて来たのだ。それなのに多実は、無防備に田舎者丸出しの返事をしてしまったのである。

三人の男兄弟の下に生まれた多実は、七歳の時に父親が亡くなるとすぐ、親戚の家へ子守りに行かされ、以来一年か二年ずつ、あちこち子守り奉公をして歩いていたのである。暮れも正月も休ませてもらえなかったから、何年経ったのかもわからないほどだが、半月ほど前、亡父の跡を継いで農業をやっている長兄が不意に迎えに来たのだ。東京の料理屋へ修業に行っている次兄が世帯を持ったので、妹を引き取ると言って来たのだそうだ。生まれてから一度も関西を出たことがない多実は、東京という初めての都会に不安はあったが、何よりも肉親の兄が手を差し伸べてくれたことが嬉しかった。七歳の時に別れたきりで顔も覚えていないが、父の葬式の時、一人で泣いていた多実の洟《はな》を拭いてくれたのが確か次兄だった。優しい兄なのに違いないと思う。

「えっ？　初めて？　大丈夫ですか？　誰か迎えに来てくれるんですか？」

初めてと聞いて驚いたらしい彼は、急き込むように訊ねた。

「へえ、東京駅のホームまで、二番目の兄が来てくれはります」

「そうですか。それなら安心ですね。それで、そのお兄さんのところには、どのくらい滞在なさる予定なんですか？」

「どのくらいって？」

「東京見物でしょう？　一ヵ月くらいはいられるんですか？」

「見物やありまへん。兄と一緒に暮らすんです」

「えっ。じゃあ、ずっと巣鴨に？」

「へえ、兄は巣鴨の湖水屋いう料理屋で働いてますから」

「そうですか。湖水屋さんねえ。行ってみようかな」

多実はまた、あっと思った。用心しなければならないと思ったばかりなのに、またしゃべり過ぎてしまった。もし本当にこの人が次兄の働いている店に現れたりしたらどうしよう。兄に叱られるだけでなく、兄嫁にもはしたない女だと思われてしまうに違いない。

多実がつい油断したのは、彼が丁寧な東京弁で話しかけて来たからだけでなく、どうしても悪い人には見えなかったからでもある。それというのも、子守り奉公していた子どもの多実に、たった一人とても優しく接してくれた彦根の小児科医に、彼がどことなく似ていたからだ。

その小児科医の男の子たちは双子で、多実は一人を背中におんぶし、もう一人を前に抱いて守りをしたのだった。寝付きの悪い子どもたちで、二人一緒に泣かれると、頭がガンガンするような声だった。それでも二人が赤ん坊の時はまだ何とかなったが、歩き始めると手に負えなかった。二人とも乱暴で、喧嘩になると手当たり次第物を投げ合うのだ。怪我をさせないように気を遣うだけで、神経が磨り減るほどだった。

そんなある日、二人が一箱のキャラメルを奪い合い、ザラッと床にぶちまけてしまったことがある。泣きわめく二人の間で、四つん這いになってキャラメルを拾い集めていた多実は、つい誘惑に負けてその一粒を自分の前掛けのポケットに入れてしまったのだ。目ざとい一人がそれを見て「泥棒だー」と叫んで騒ぎ出したので、奥から出て来た母親にひどく叱られ、多実は玄関の外に追い出されてしまったのだった。

じとじと雨の降る寒い日だった。玄関の庇《ひさし》の下で震えていたところへ、折よく子どもたちの父親である医者が往診から帰って来たのである。その日もし医者が往診に出ていなければ、夜まで忘れられていただろう多実は、確実に風邪を引いていたに違いない。

わけを訊かれて正直に話すと、医者は子どもたちの母親を呼んで、許してやるように頼んでくれたのだ。ようやく家の中に入れてもらうことができた多実は、鼻をすすりながら温かいけんちん汁の夕食を食べたのである。

数日後、子どもたちを寝かせた後、一人で待合室を掃除していた多実のポケットに、医者は黙ってキャラメルの箱を滑り込ませてくれたのだ。驚いただけでお礼も言えなかったが、夜布団の中で舐めてみたその一粒の美味しかったこと。頰が内側から溶けてしまいそうなあの甘さを、多実は今も忘れられない。もし誰かに一番好きな食べ物は？と訊かれたら、迷わず「キャラメル」と答えるだろう。

静岡でこの青年が前の席に座った瞬間、ほっそり尖った顎や、眼鏡の奥の細い目から、多実はあの時の医者を思い出したのであった。

「ところで、君、お腹空いていませんか？」

彼はそう言いながら脇に置いた鞄を開け、竹の皮に包んだ弁当を取り出した。

「よかったら、これ、半分食べてくれませんか」

「いえ、うちもお握り持ってますよって」

多実も膝に置いた風呂敷包みをほどいて、長兄の嫁が作って持たせてくれた握り飯を取り出した。彼の綺麗な太巻き寿司に比べたら、大きいだけで何とも味気ない握り飯だが、義姉の手製の沢庵と梅干は美味しかった。朝暗いうちに家を出て来た多実はたまらなく空腹だったが、何となく恥ずかしくて、握り飯を一つ食べただけで竹の皮を両側から寄せてしまった。

「よかったら、僕のも食べてくれませんか」

「いえ、うちはもうお腹いっぱいですよって」

「そうですか？　じゃあ仕方がないな」

彼は半分以上残った寿司を包みなおして鞄に押し込んだ。

正直なところ、多実は少しもらって食べてみたかった。醬油のしみた稲荷寿司はいかにも美味しそうな色をしていたし、干瓢《かんぴょう》と卵焼きや赤いでんぶを配色よく巻いた海苔巻きも美味しそうだった。でも初めて会った人の弁当に手を出すことなど、やはりできなかった。

「僕は仕入れでこっちへ来ると、いつも母の実家に泊まるんです。そうすると祖母が必ず、ヨシ坊はお寿司が好きだからって、これを山のように作ってくれるんですよ。僕は全然覚えていないんですけど、きっと小さい時喜んで食べたんでしょうね。はっきり言えば、今の僕は塩鮭のお茶漬けの方が、よっぽどありがたいんだけど」

と言って苦笑しながら、彼は鞄のチャックを閉じた。

「ヨシ坊いわはるんですか？　お宅はん」

多実が思わず笑ったので、彼は照れたように頭を搔いた。

「はい。安井嘉郎って言います。あ、名刺差し上げときますね」

彼は胸の内ポケットから出した名刺を差し出した。人から名刺などもらうのは生まれて初めてなので戸惑ったが、多実は両手で押し頂いた。奉公先がしょっちゅう変わったので、ろくに小学校にも行っていない多実だが、安井という字だけは読める。例の彦根の小児科医が、偶然にも安田医院だったからだ。しかし嘉郎というのは初めて見る字だし、むずかしくてすぐには覚えられそうになかった。

「住所見てください。驚いたでしょう？　うち、駒込なんですよ。巣鴨の隣です。もしかすると、またお会いするかもしれませんね」

そう言われても、多実にはその町がどこにあるのかもわからない。

「僕の家、乾物屋なんです。祖父が六人兄弟の末っ子で、着る物や学用品はみんな上からのお下がりだったけど、食べるものだけは一人一人に与えられたから、商売するなら食べ物屋だって思いついたんだそうです。でも、その祖父が死んで、跡を継いだ父も亡くなりましたから、今は僕が母と二人で細々とやっているんです」

いい加減に切り上げなければと思うのに、彼はしゃべり続けた。挙句は、

「これをご縁に湖水屋さんとお取引き願おうかなあ」

などと言い出すので、多実はほとほと困惑した。

汽車が横浜を出ると、嘉郎は便所に立った。戻って来ると、多実にも行くように勧めた。

「もうすぐ東京ですから、君も行っておいた方がいいですよ。東京駅のは混みますし、狭いから荷物を持って入るのは大変ですよ」

「おおきに。ほんなら、荷物見ていてくだはりますか？」

「ええ、大丈夫ですよ。でも、貴重品だけは持って行ってください」

急いで用を足して戻りながら、多実は着物の襟元を合わせ直した。銀鼠色の地に臙脂《えんじ》色の

椿の花を描いた袷《あわせ》は、妹への餞別《せんべつ》として長兄が買ってくれたものだ。「多実ちゃんは幸せやねえ」と妬ましそうに言いながら、兄嫁が縫ってくれたのである。いくらもない田んぼで三人の子を養っている農家では、妻に着物など買ってやる余裕がないのだろう。妹を引き取ろうと言って来た弟に対して、長兄は精いっぱい見栄を張ったのだ。奉公先では、どの家でも藍色の細かい縞の着物しか着せてもらえなかった多実にとって、たとえ木綿でも生まれて初めて着る花柄である。体がぬくぬくするような誇らしい気分だった。

「もうすぐ東京に着きますよ。疲れたでしょう」

安井嘉郎は多実の大きな風呂敷包みを網棚から降ろしてくれた。

「大丈夫かな。こんなに重い荷物を持って」

「大丈夫です。兄がホームまで迎えに来てくれますよって」

子どもの頃から、赤ん坊を負ぶったまま掃除や洗濯をさせられて来た多実である。体力には自信があった。しかし一日中堅い椅子に座っていた腰は、立とうとするとギシギシ音がするようだった。

それにしても、東京に近づいてからの窓外の風景には驚かされた。多実も京都や大阪で繁華街の商家に雇われたことがあるが、さすが東京は大違いだ。大きなビルが建ち並び、眩《まぶ》しい光が束になって目を射って来る。何やら外国に来たような感じだった。関東では多実が生まれる何年か前に大きな地震があったと聞くが、あれは本当だろうか。こんな沢山のビルが一つも倒れていないなんて信じられない。多実は風呂敷包みをしっかり抱え、用心深く汽車を降りた。

ホームに立つと、人の声なのか何かの音なのかわからない響きが、わーんと押し寄せて来て多実を包んだ。人の流れが凄くて足を踏ん張っていないと立っているのがむずかしいほどだ。こんな大勢の中から、兄は何年も会っていない妹を見つけ出してくれるだろうか。

「お兄さん、まだですか？」

両手に荷物を持った安井が後ろから声をかけてくれた。

「へえ、まだ見つかりまへん。そやけど、どうぞ心配せんといておくれやす。必ず来てくれますさかい」

「しかし、この混雑の中で見つけられるかなあ。お兄さんと会えるまで傍にいて上げましょうか」

「いいえ、ほんまに大丈夫ですよって」

大丈夫ではなかった。心細くて彼に縋《すが》り付きたい気持ちだった。でも、知らない男の人だ。はっきり断らなければならない。ここにいて欲しいという気持ちと、早く去って欲しいという気持ちが入り混じって、多実は思わず涙声を上げてしまった。

「ほんまに大丈夫です。早う行ってください」

「そうですか。じゃあ、もし困った時はあの名刺に書いてある番号に電話してください。もし僕がまだ帰っていなくても、母に言ってくれればわかるようにしておきますから」

安井はそう言って人の波の中に入って行き、やがて見えなくなってしまった。電話など、どこでどうやって掛けるのか多実は知らない。お願い、もう少しだけここにいてくださいと叫びたかったが、きゅっと口を結んで立ち続けた。

人に突き飛ばされないように足を踏ん張って、どのくらいそこに立っていただろう。ようやくホームが空いて来た頃、きょろきょろしながら歩いて来る男が目についた。顎が隠れるような毛糸の襟巻をしているので顔はよくわからないが、草履をはいた足もとなど、いかにも田舎臭い。

「多実か？」

そう声をかけられた途端、多実はどっと涙が出そうになった。

「正二兄ちゃん？　よかったー。もし見つからんかったら、うち、どないしよう思うたわぁ」

多実はかすんで来た目を風呂敷包みにこすりつけた。

「兄ちゃんも一緒や。多実の顔、長いこと見とらんさかいな」

正二はおかしそうに笑った。

「ほんでも、無事に着いてよかった。田舎者やさかい、誰ぞ悪い男に騙されてやせんかと心配したでぇ」

正二が風呂敷包みを持ってくれたので、多実はその後ろを小走りについて行った。気持ちは浮き浮きしているのに、どうしてか涙が止まらない。少し緊張が解けたためか、傍に兄がいる安心感からか、泣きながら歩くのもさして恥ずかしくなくなっていた。

「ほんでも多実、大きうなったなあ。どっかよそで会うとったらわからへんな、きっと」

人の流れに紛れ込んで階段を降り、また上がり、違うホームから乗った電車は物凄く混んでいた。東京にはどうしてこんなに人がいるのだろう。多実は吊革を引っ張りながら、折り重なって窓に映る乗客の顔を不思議な思いで見つめた。これが東京の人の顔なのだ。よくわからないが、どこか関西の人とは違う顔に見える。これから会う兄嫁は、きっとこういう顔をしているのだろう。長兄からは、「義姉はんには、何言われても、へえ、へえ言うて逆らわんのやぞ」と言われて来ている。七歳から続けた子守り奉公で、目上の人には口答えせず、黙って従うのには慣れている。東京育ちの義姉とも上手くやって行くつもりだった。

ずいぶん沢山の駅に止まったが、ようやくホームの柱に「すがも」と書かれた駅に着いた。が、正二はその駅で降りず、「おおつか」と書かれた次の駅で降りた。

「兄ちゃんの家、すがもいうところやないの？」

「ああ、番地は巣鴨やけど、降りる駅は大塚なんや」

「ほんなら、こまごめいうんはどこ？」

「駒込なら、巣鴨の前にあったやろうが。気いつかなんだか？　何や、駒込に友達でもおるんか？」

「汽車で前に座ってはった親切な人が、駒込や言うてはったんよ」

「ほな、うちの店宣伝してくれたらよかったやないか。近くやさかい、来てくれはるかもしれんやんか」

多実はちくっと胸が痛んだ。子どもの頃からずいぶん大勢の人に接して来たが、あんなに丁寧な態度で話しかけてくれた親切な人に会ったことはない。東京駅で降りてからも、兄に会えるかどうか心配してくれたではないか。それなのに、わけもなく警戒したまま、お礼も言わずに別れてしまったことが悔やまれた。東京へ行ったら、誰からも好かれるように気を付けようと考えていたのに、最初から人の好意を無にするような態度を取ってしまった。この大都会で、二度と会えないかもしれない人なのに——と思うと悲しかった。そんなことを考えながら、正二の後について階段を下り、改札口を抜けると、いきなり街灯の明るい駅前の広場に出たのだった。

三

関西では朝から降っていたのに、東京は雨が降らなかったのだろうか。駅前の広場から緩やかに下る坂道に入っても、水たまり一つない。夜明けに家を出たのに、ここはもう夜だ。多実は今更ながら、遠いところへ来てしまったものだと実感した。生まれて初めて東海道線というものに乗り、富士山の傍を通ったのに、雨で何も見えなかったのも残念だった。

足の早い正二に遅れまいと息を切らして歩いていると、良い匂いがする背の高い女性とすれ違った。振り返って見ると、背中が見えるほど襟を抜いて、着物の前を持ち上げて歩くその日本髪の人は、高いぽっくりを履いているのだった。ここは京都の祇園のような街なのかもしれないという気がした。

何回か細い路地を曲がると、正二は溝板を跨いで、小さな家の格子戸を開けた。

「帰ったよー。八重《やえ》」

狭い玄関の三和土《たたき》に入って正二が声をかけると、引きずるほど長いスカートをはいた小柄な女性が駆け出て来た。

「お帰りなさーい。すぐわかった？　心配してたのよ」

八重と呼ばれた女は、珍しいものを見るような目で多実をじろじろ見つめた。

「わいの嫁はんや。八重いう名あやけど、お前は姉さんて呼べばええ」

「はじめまして。多実です。よろしうお願いします」

敷居の外に立ったまま、多実はお辞儀をした。

「そんなとこに立ってないで、寒いから早く中に入りなさいよ」

と八重は言うが、玄関は狭くて、正二が一人立っているだけでいっぱいである。正二が板の間に上がってから、多実はようやく敷居を跨いで入り、格子戸を閉めた。関西では、子守りとして何軒もの家に住み込んだが、こんなに狭い玄関の家は一軒もなかった。東京は人が多過ぎて、玄関を作る場所まで取れないのかもしれないと多実は思った。

「お腹すいてるでしょ？　寿司幸さんから握り取っといたわ」

「ありがてえ。ほな、よばれよう」

正二は慌ただしく茶の間に駆け込むと、膝をついただけの姿勢で大きな寿司桶に彩りよく並べられた握り寿司をいくつかたて続けに手摑みで口に放り込んだ。多実が呆れて見ている前で、すっかり冷めてしまったように見える茶をごくごく飲みほすと、

「ほな、わいは店へ行くでえ。八重、後は頼むわ」

と言って、多実が声をかける間もなく、狭い玄関から駆け出て行ってしまった。

兄が出て行った後、一人で初対面の八重と向き合うと、多実は急に心細くなり、子どもの頃、新しい奉公先に連れて行かれる度に経験した、あのずしんと重い石が腹に落ちて来るような感覚を思い出した。八重は火鉢で湯気を立てている鉄瓶の湯を急須に注ぐと、そんな多実を追いたてるように早口に言った。

「何ぐずぐずしてるのよ。あんたもさっさと食べなさいよ」

実のところ、多実は江戸前の寿司をまだ一度も食べたことがないのだ。正二が手摑みで口に放り込むのを見てびっくりしたが、八重が箸で鮪の握りを摘み上げ、くるっとひっくり返すようにして醬油をつける器用さにも驚いた。何とかそれを真似てみようと箸を持ったが、摘まんだ寿司は醬油につける前に崩れてしまった。仕方がないので鮪にだけ醬油をつけて、崩れたご飯は別に食べることにした。それを見ていた八重が声を立てて笑った。

「あんたって、意外と不器用なのね」

「すんまへん」

「謝ることないけどさ。もうちょっと上手に食べられないの？」

二つ目はようやく形のままそっと摘まみ上げたが、醤油の小皿の中でまた崩れてしまい、醤油漬けになった塩辛い飯粒を掻き込むようにして食べた。これに懲りて握り寿司は諦め、それからは海苔巻きだけ食べることにした。

多実が箸をおいて茶をすすると、八重はまた笑った。

「あんた、案外小食なのね。田舎の子って、もっといっぱい食べるもんだと思ってたわ」

「汽車の中でお握りよばれたもんで」

「ああ、そうか。それでまだお腹が空いてないわけね」

八重は納得した様子で、残りの寿司を全部一人で平らげてしまった。小柄な義姉の健啖《けんたん》ぶりに驚きながら、多実はふっと安井嘉郎の弁当を思い出した。多実はとうとう手が出せなかったが、彼は今頃母親と二人であの太巻寿司の残りを食べているのかもしれない。もしかすると、汽車の中で会った田舎臭い娘の話などしているのではなかろうか——などと考えた。

渋い茶をすすりながら、多実は明日からの生活を想像した。子どもの頃から赤ん坊の守りばかりさせられて来た多実は、ほかに何と言ってできることを思い付けない。しかし一方的にこの人の世話になるのも気が重い。何か多実にもできる仕事はないものだろうか——。

「あのう、お義姉はん」

「なあに？」

「正二兄ちゃんが勤めてはるお店で、うちも雇うてもらえんやろか。掃除でも洗いもんでも、何でもしますよって」

「えっ？　あんた、何考えてるの？」

「うち、じっとしてるの慣れておらんのです。何かさせてもらえまへんやろか」

「あんたには子守りを頼むつもりで来てもらったのに――」

「えっ？　子守りですか？」

東京では、どんな生活が待っているのだろうと楽しみにして来た多実は、子守りと聞いて、正直なところちょっとがっかりした。

「あら、嫌だ。あんた、正さんから何も聞いてないの？」

「へえ、何も聞いてまへん」

「本当？　あたし、来年赤ちゃん産むのよ。だからあんたに来てもらったんじゃない。正さんったら、照れてるのね。実の妹なんだから、恥ずかしがらないで話せばいいのに、ねえ」

何も言わずに多実を東京へ送り出した長兄は、弟に子どもができることを知っていたのだろうか。いや、知っていたら、多実に言わないわけはなかろう。正二はまだ誰にも話していないのに違いない。

「本当のことを言うとさ、正さんの妹ってどんな子かなって、あたしちょっと心配だったんだ。だって、赤ん坊にとって、あんたがたった一人の身内なんだもの」

「たった一人って？　ほな、お義姉はんのお母はんやご兄妹はどこにいやはるんです？」

「あたしは母さんも父さんも誰だかわかんない野良猫なのよ」

「はあ？」

「だからさ、親も兄弟もわかんない捨て子を、湖水屋の女将さんが拾って育てたのよ。女将さんは自分に子どもがいないから、そんなあたしを養女にしたってわけ」

「ほんなら兄は、湖水屋の養女はんに婿入りしたいうわけですか？」

「ま、早く言えばそういうわけね。間に合わせの後継ぎよ。こっちは結婚式も挙げないで子ども作っちゃったから、全然実感ないけど」

思いがけない話だった。巣鴨の料理屋で板前をしていると聞いた次兄は、いずれその料理屋を継ぐことになりそうな話である。それにしても、義姉になったこの人が捨て子だったとは、一体どういうことだろう。多実はとんでもなく不思議な世界に飛び込んでしまったような気がした。

「寒いから、まずお風呂屋さんに行って温まって来ようか」

と言って、八重は立ち上がった。台所の棚に、ブリキの小さな洗い桶が置いてあり、その中に石鹸やヘチマや手拭いなど、必要なものは全部入っていた。一日中汽車に乗りっぱなしだった多実はもちろん風呂に入りたかった。が、会ったばかりの義姉と二人で銭湯に行くのは何となく恥ずかしい。すぐには立てなかった。

話には聞いていたが、今まで多実が暮らして来た関西の町には、どこにも銭湯などというものがなかったのだ。どんな家にも必ず風呂だけはあり、ゴミや粗朶《そだ》を燃して沸かすのである。子守りを雇うような家は、結構立派な風呂場があって、しまい湯に入る多実が掃除をさせられたものだ。初めて行く銭湯というところに興味はあったが、何となく恐ろしくもあった。

横丁を出て少し広い道に出ると、すぐ間口の大きな家があり、それが銭湯だった。下駄箱に下駄を入れて番号札を引き抜くと、それでもう鍵がかかったらしい。赤い暖簾のかかった方の硝子戸を入ると、すぐ脇の高い番台に座った女が、八重に馴れ馴れしく声をかけた。

「あら、その子が旦那の妹さん？　別嬪さんじゃないの」

「可愛いでしょ。これから毎晩連れて来るから、よろしくね」

多実は気後れしてぐずぐずしていたが、八重は手早くパッパッと服を脱ぎ、籠の上に長いスカートをふわっと掛けると、湯気がもうもうしている硝子戸の向こうに、さっさと入って行ってしまった。多実も帯をほどいたが、肌襦袢《はだじゅばん》を脱ぐ時はさすがに周りが気になった。こんなに大勢の人と一緒に風呂に入るなんて――。東京の人は、人前で裸になるのも平気なのだろうか。

多実は前屈みになってそうっと硝子戸を開けると、立ち込める湯気の中に八重を探した。

「あんた、結構、立派な体してるじゃない。十六になんか見えないわよ。すぐにもお嫁に行けそうに見えるわ」

かなり熱い湯槽《ゆぶね》の中で大きな声でしゃべる八重の声がわーんと響く。大勢の人が湯を流す音や桶を扱う音も高い天井に恐ろしく響いた。

「何や恥ずかしいわ。うち、こんな大きなお風呂初めてですよって」

「湖水屋に行けば内風呂があるけど、ここの方が温まっていいじゃない。それに内風呂なんて掃除だけでも大変だから、ない方がいいのよ」

それはそうだ。特に妊婦には風呂の掃除が一番苦痛らしいのを、多実も奉公先のあちこちで見て来た。

ざあっと体中から湯を弾くような勢いで立ち上がると、八重はカランの前に低い木の椅子を置いて腰かけた。まだあまり目立たないが、そう言えば下腹が少しふっくらしているように見えた。

「最近の石鹸って、泡立ちが悪いのよね。いくら非常時だからって、石鹸くらいもう少し良いものが手に入らないものかしらね」

そんな愚痴をこぼしながら、ごしごし石鹸をこすりつけた手拭いで、八重は多実の背中をこすってくれた。滑らかな泡が肩から胸に伝わって、多実には十分上等な石鹸に思えた。続いて多実が八重の後ろにまわると、少し猫背気味の八重は、小柄なのに意外と肉付きが良く、花びらが散るように薄いそばかすが背中いっぱいに広がっていた。

湯冷めしないうちに寝なさいと勧められて、茶の間に続く四畳半に敷いた布団にもぐりこんだ多実は、長旅の疲れが出たのか、すぐに眠ってしまい、正二が帰って来たのにも気づかなかった。それなのにどうしたことか、次の朝も明るくなるまで目が覚めず、布団をたたんで台所に行くと、正二はもういなかった。

朝寝坊の八重は、八時過ぎに欠伸をしながら起きて来ると、

「正さんは河岸に行くんで朝が早いから、あたしはいつも一人で朝ご飯食べるのよ。昨日のご飯温めて卵かけるだけ。お新香も正さんが店から持って来てくれた時はあるけど、今日は切れてるわ。ごめんね」

と言って、櫃《ひつ》の中の冷たいご飯を蒸し器で温めてくれた。大きな茶碗に山盛りにしたご飯の真中を箸でへこませ、そこに生の卵を落とし、醤油をたらす。奉公先では家族の残りの味噌汁をかけて食べるのが普通だったから、生卵を丸々一個かけたご飯など、多実には大変なご馳走に思えた。

朝食が済むと、八重は多実を湖水屋へ連れて行ってくれた。想像していたよりずっと立派な料亭で、黒い石を敷き詰めた品の良い玄関の脇には、形の良い松が植えられている。細かい格子戸は、もう誰かが掃除したと見えて、綺麗に水も撒《ま》かれていた。しかし八重はその玄関の前を通り過ぎ、少し先の角を曲がったところにある勝手口にまわった。勝手口は板場に通じてい

るらしく、藍色の暖簾の向こうで何やら忙しそうな人の気配が感じられた。廊下を反対側に行って、朝から電気がついている部屋の襖《ふすま》を、八重は立ったままガラッと開けた。

「こんちはー」

こちら向きに置いた黒檀《こくたん》の机に向かって算盤を弾いていた初老の女性が、眼鏡をはずしながら顔を上げた。この人が湖水屋の女将に違いなかった。

「正さんの妹、連れて来たわ」

八重は押し入れから勝手に座布団を出して多実を座らせ、自分は「よいしょっ」と腰を下ろして柱に寄りかかり、両足を前に投げ出した。

「ねえ、この子、ここで働きたいんだってさ。さすが正さんの妹よね。じっとしているの嫌いなんだって」

「そうかい。そうかい。確かにあんな小っちゃな家で、女が二人いたってしょうがないかもしれないね。子どもが生まれるまで、嫁入り修業のつもりで働いてみるか？」

女将は思ったより気軽に引き受けてくれて、二度ばかり手を打った。するとすぐに、水色の無地の着物に紺の帯を締めた中年の女が襖を開けて顔を出した。仲居頭のタカだと女将が紹介してくれた。

「おタカさん、あんまりいじめないでやってね。正さんの大事な妹なんだから」

と言う八重を遮って、女将は笑いながら言った。

「大事な子ほど厳しくするのがうちのやり方だよ。ねえ、おタカさん。何でも初めが肝心だものね。しっかり頼むわよ。初めに甘やかすと、八重みたいなわがまま娘が育っちまうんだから。こんなジャジャ馬もらってくれる奇特な人なんて、世の中広しといえども、正さんくらいしかいないもんね」

多実はタカについて板場へ行き、そこで働いていた使用人たちに紹介された。畳ほどの長さがある俎板《まないた》に向かっていた正二が、鉢巻きを取ってみんなに頭を下げた。

「気が利かない妹ですが、よろしうお願いします」

タカは、みんなを代表するように進み出て、正二の肩を叩いた。

「正さんの妹だろうが、太閤殿下のお姫さまだろうが、あたしゃ、遠慮はしませんよ。女将さんからも、縁があったら華族さまにだって嫁に行けるように、びしびし仕込んでやってくれって言われてますからね」

「いや、華族さまなんかじゃのうて、普通の家の姑さんに仕えられる程度の行儀を教えてやってください。何せ、田舎者ですさかい」

正二はそう言いながら豆絞りの手拭いを捩って鉢巻きを結びなおした。多実も深く頭を下げて挨拶した。

「よろしうお願い申します。うち、何もわかりまへんけど、一所懸命働きます」

その日から多実の湖水屋勤めが始まった。床の間と柱は糠袋《ぬかぶくろ》で磨き、畳は目に沿って乾拭きする。はばかりの手拭いはいつも鏝《こて》を当てたばかりのようにピンと張っていなければならない。落し紙は使い残りという印象を与えないように、いつもたっぷり用意されていなければならない等々、ここでは関西の奉公先で散々聞かされた「節約」とか「倹約」などという言葉は全然出なかった。

子どもの時から働くことに馴れている多実は、どんなに広い家でも掃除はどうということもない。初めての経験で戸惑ったのは、夕方から始まる待合への仕出しである。

多実はまだ店内で客に接する仲居の仕事は無理なので、若い板前見習の後について配達を手伝うことになったのだ。立派な食器に奇麗に盛られた料理を少しも崩さず、しかも時間をかけずに届けるのだ。「大丈夫か?」「気をつけろよ」と何度も注意されながら、目的の待合茶屋の勝手口で岡持ちの蓋を開けるまでは緊張しっぱなしだった。塩焼の鮎が少しでも曲がっていないか。鯉の作りに添えた酢味噌が、こぼれてはいないか。琵琶湖特産の子持ち鮒に江州米を漬け込んだ名物の鮒寿司は、薄く削ぎ切りにして丁寧に並べてあるので、特に平らに持ち歩かなければならない。無事に届け終わって帰る道、板前見習から「多実ちゃんは女のくせに力持ちだねえ」と、感心されたものである。

料理屋には定休日がないが、使用人は交代で月に二回の休みをもらえる。それを調整するのは仲居頭のタカで、多実の休みを上手く正二に合わせてくれた。

その日、八重も一緒に三人で浅草の観音さまへ行った多実は、雷門の大きな提灯に驚くやら、宝蔵門までの仲見世の人混みに怯えるやら、ため息ばかりついていた。兄夫婦からはぐれないようにせっせと歩いたが、飴屋では金太郎飴を作る職人の手もとについ見とれてしまい、先に行った正二が心配して探しに戻って来たりした。

仲見世の婦人服店で、多実は生まれて初めて洋服を買ってもらった。洋服は、和服と違って色や柄だけで選ぶものではなく、体に合わせなければならない。ボタンを留めたり、リボンを結んだりする手間はかかるものの、鏡の前で何枚でも試着できる。多実にはどれも自分に似合うとは思えなかったが、八重は紺色のウールに白い襟のついたワンピースを選んでくれた。それを着て試着室から出て行くと、

「なんや。学校の先生みたいやないか」

と正二は笑ったが、八重が、

「初めの一枚はどこにでも着て行けるものがいいのよ」

と主張して、それに決めてしまった。

脱いだ着物は風呂敷に包み、がま口の入った巾着袋と一緒にしっかり胸に抱えた。体が急に軽くなったようで、スカートがふわふわするのが妙に気になる。ガスの靴下とほんの少し踵《かかと》が高い靴は履き馴れないので袋に入れてもらった。格好が悪いと言って八重には笑われたが、やはり多実には別珍の足袋と日和下駄《ひよりげた》の方が歩きやすい。風が脛《すね》に冷たかったが、それさえ心地

よいような軽い気分だった。

その日は、多実にとって生まれて初めて経験した幸せな休日だった。

四

子どもの頃からの長い奉公生活の習慣で、多実は朝五時前に目が覚める。が、この季節、外はまだ真っ暗だし、家の中も冷え冷えしている。まだ寝ている義姉を起こさないようにそっと台所に入り、昨夜磨《と》いでおいた米を炊き、一番大きなアルミの鍋で煮干しの出汁《だし》を取る。この家の台所は恐ろしく狭いが、その分だけ動き回らずに何にでも手が届くのはありがたい。水道はひねるだけで水が出るし、ガスはマッチの火を近づけるだけで、ボッと音をたてて点く。摘まみをほんの少し動かすだけで、炎が大きくなったり小さくなったりもする。長兄の家の台所は未だに土間で、竈《かまど》には山で拾って来た粗朶をくべるのだ。朝飯を炊く兄嫁が、竈の前にしゃがみこんで火を見守る姿が思い出された。大根を千六本に切り、あとは味噌を入れるだけにしておいてガスを止め、今度は洗濯にかかる。

洗濯は路地の奥にある共同井戸でするのだが、手漕ぎの井戸に結びつけてある晒《さらし》の漉《こ》し袋が濃い茶色に染まっているところを見ると、かなり鉄分の多い水なのだろう。正二のメリヤスのシャツが、みんな黄ばんでいるのが納得できた。

この井戸を使うのは路地に面した四軒だが、それぞれの家の勝手口の前には高い物干しが立っている。洗濯物を竿に通してから、三叉《さんまた》を使って上に持ち上げるのだ。八重はそれが苦手なので、何でも小物干しに挟んで軒下に下げていた。が、風が吹くと硝子戸に触って汚れるので、水が滴らなくなったら家の中に入れなければならない。敷布や寝間着など少し大きな物は全部洗濯屋に出していたそうだ。が、多実はどんな大きな物も盥《たらい》でごしごし洗った。敷布と浴衣だけは小物干しではなく、高く持ち上げて戸外の物干し棹に干したいから、夕方店が忙しくなる前に、大急ぎで取り込みに帰るのである。天気の悪い日は寝間着の衿がまだ湿っている時もあるけれども、縁側にばさっと広げておけば、夜多実が帰って来る頃には乾いていた。

正二は今まで朝飯を河岸の食堂で食べていたそうだが、多実が来てからは家で食べて行けると言って喜んでくれる。ゆっくりはできないので、味噌汁をかけて掻き込むだけだが、洗濯をしている多実の背中に、「ご馳走さん」と声をかけてくれるのが嬉しかった。

八重の方は、相変わらず八時を過ぎてから起きて来る。待っていた多実と向かい合って膳につくと、一杯めは生卵をかけ、二杯めは納豆をかけ、三杯めは味噌汁をかけるという具合でご飯を何杯でも食べる。関西育ちの多実は納豆のねばねばした感触と独特の匂いがどうしても好きになれなかったが、八重が残したのを捨てるのがもったいないので無理に食べた。食べきれない時は味噌汁の中に入れると、ねばねばが大して気にならなくなることも発見した。

朝飯の片付けが済むと、掃除をして八重の昼飯を用意してから湖水屋へ行く。正二が河岸から帰って来るのを迎えてやりたいから、少しでも早く客室の掃除を終えるように心がけた。夕方は、配達までのほんの少しの空き時間に銭湯へ行って来る早業も覚えた。

そんなある日、多実は二人連れの客の席に呼ばれた。掃除に手抜かりがあったのだろうかと心配で、恐る恐る廊下に膝をつき、敷居に額がつくほど深くお辞儀をすると、頭の上で聞き覚えのある声がしたのである。

「多実さん、久し振り。僕だよ。安井嘉郎だよ」

思いがけなかった。汽車の中で会ったあの親切な青年の声である。並んで座っているのは彼の母親らしかった。多実はドキドキして、吃《ども》ってしまった。

「あ、あの時は大変お世話になり、あ、ありがとうございました」

「いやあ、こちらこそ。東京駅でお兄さんに会えるまでいてあげればよかったのに、どうしたかなあって心配してたんだ」

仲居から聞いて、何事かと思ったらしい女将までとんで来て、多実の脇に膝をついた。

「その節はこの子が親切にしていただいたそうで、ありがとうございます。あの日はこの子の兄を迎えに行かせたのですが、ひどい混みようだったそうでございますね。ご心配くださいまして、恐れ入ります」

そう言って丁寧に頭を下げる女将に、嘉郎の母親らしい女客は膝の前で手を振った。

「いえ、いえ。そんなにおっしゃっていただくほどのことじゃございません。ただ、近頃世の中が物騒になって、若い娘さんをかどわかす質の悪い詐欺の話を聞きますので、息子がひどく心配するものですから」

「そんなに心配なら、行ってみたらいいって、母が言うので」

と、嘉郎が少し恥ずかしそうに言うと、母親の方が馴れ馴れしい口振りで続けた。

「私も主人を亡くしましてからは、この子だけが頼りの身ですので、大切な娘さんを一人で送り出した親御さんのご心配を想像しますと、他人事とは思えませんで――」

それから嘉郎の母は、駒込駅の近くで小さな乾物屋をやっていることや、夫が脳溢血で急死した後、散々苦労したことなどを、自慢やら愚痴やらを織り交ぜて、長々と話し始めたのである。女将は多実の耳に口を寄せて早口に言った。

「板場へ行って、正さんに何か作るように言ってらっしゃい」

多実は急いで板場へ行き、正二に女将の言葉を伝えた。

「ほんなら、今日は兄ちゃんのおごりいうことにして、旨いもん作るさかいな」

「何や悪いわ。うちのために――」

「家が近いらしいし、案外良いお客になってくれるかもしれないから、お酒も持って行ってごらんなさい」

とタカに言われて、温めた酒に猪口を二つ付けて持って行くと、女将はもう嘉郎の母親とすっかり打ち解けて話を合わせていた。

「この子の兄は腕の良い板前でして、将来はこの店を任せることにしております。きっとご満足いただけると存じますので、どうぞ御贔屓《ごひいき》にお願い申し上げます」

と、女将が正二のことまでほめてくれるのが嬉しかった。

そんなことがあってから、嘉郎は繁々と湖水屋へ来るようになった。母親の方は接待が目的らしく、たまに商人風の客を連れて夕飯を食べに来るが、嘉郎は一人で来ては琵琶湖の魚料理を色々楽しんでいた。そうこうするうちに正二とも親しくなったようで、何種類かの乾物を安井商店から仕入れる話にまでなったらしい。嘉郎は時々昆布や鰹節などを背負って湖水屋の勝手口に現れるようになったのである。嘉郎が来ると、タカが「多実ちゃん、安井さんが見えたわよ」と声をかけてくれるので、掃除の途中でも顔を見に行くことができる。恥ずかしかったが、内心手を合わせたい気持ちだった。

ある日、空になった籠を背負って帰る嘉郎を見送って、勝手口の硝子戸を締めようとした時、嘉郎が懐から出した小さな紙包みを多実の手に押し付けた。

「これ、よかったら使って」

「何ですやろ」

「多実さんのお陰で、湖水屋さんに品物を入れさせてもらえるようになったお礼さ。大したものじゃないけど使ってくれないか」

「そやけど、こんなん、うち困ります」

「人に見られないうちにしまって。早く」

子守りをしていた頃、正月に雇い主から足袋をもらったことがあるけれども、若い男性から物をもらうなどということは、生まれて初めてである。こんなことは、夢の中でさえ想像してみたことがなかった。一体中身は何だろう。開けて見たかったが、誰かに見られるのが心配なので大切に袂に入れた。

考えた末、多実は夕方早く銭湯に行くことにした。その時間の銭湯は、お座敷に出る前の芸者が髪結いの帰りに寄るくらいのもので、いつも空いている。知り合いに見られる心配がなかった。

帯を解いて脱衣籠に入れると、多実はそうっと袂から紙包みを取り出した。薄い桜紙を何枚も重ねて丁寧に包んである。その包みを開いてみると、出て来たのは朱色と草色と黄色の三色で組んだ帯締めだった。思わずわぁっと声を上げたくなるほど綺麗である。手の上にのせて見ていると、肩の辺りで声がした。

「素敵ね。いい人からの贈り物でしょ？」

見ると、日本髪を結い上げた若い芸者が、着物を脱ぎながら多実の手もとを覗いているのだった。

「大切にしなさいよ。高いもんだから」

そう言って芸者は、さっさと風呂場へ入って行った。振り向くと、番台の女もこちらを見て笑っていた。そして頷きながら言った。

「わたしが預かっててあげるから、安心して入ってらっしゃい」

「おおきに。うち、何や心配で――」

「わたしが見張ってるから大丈夫だけど、やっぱり用心に越したことないものね」

「すんまへん」

いくつにも折り曲げた帯締めをまた桜紙に包んで番台に預けようとすると、その手元からはらりと紙切れが落ちた。拾ってみると、縦半分に折った小さな紙切れに、

「お汁粉を御馳走したいので、明日十一時に巣鴨駅へ来てください」

と書いてある。多実は急いでそれを袂に入れた。番台の女はにやにやして見ていたが何も言わなかった。

「ほんなら、お願いします」

多実は逃げるように風呂場に駆け込んだ。

芸者たちは化粧も済んでいるから長湯はしない。浴槽に入っても乳の上までしか湯に浸からないが、それでも体からパアッと湯の表面に膜を張るように白粉が溶けて広がる。多実などはちょっと温まっただけで顔中汗をかくが、彼女たちは汗もかかない。風呂上がりに乾いたガーゼで軽く顔を抑えるだけである。決して下を向かずに、器用に紐を拾い上げて浴衣を着ると、綿入れの半纏《はんてん》を羽織って急ぎ足で出て行く。重そうな日本髪はゆらりともしないのだ。多実の帯締めをほめた若い芸者も、ちらっと笑顔を見せただけで出て行った。

明日は多実の休みの日である。嘉郎はどうしてそれを知ったのだろう。彼と二人でお汁粉を食べることを考えるとわくわくしたが、やはり何となく不安な気もする。正二には相談した方がいいと思い、その夜多実は寝ないで兄の帰りを待った。

「どないしょう。うち、こんなん初めてやから、何や、恐ろしうて」

とその小さな紙きれを見せると、正二もびっくりしたようだった。

「こりゃ、大ごとや。八重、一緒に行ってやってくれんか」

しかし八重は、馬鹿々々しいと言うように紙切れを突き返した。

「無粋な人ねえ。この人の気持ち、わかってあげなさいよ。あたしなんかがのこのこついて行ったら、がっかりされるわよ」

「何や、それじゃあ、逢引きってやつか？」

「決まってるじゃない。野暮なことするもんじゃないわ」

次の日、結局多実は一人で行くことになった。八重は、彼にもらった帯締めをして行くのが礼儀だと言い、色の合いそうな自分の銘仙の着物と名古屋帯を貸してくれたのである。

大塚駅から方向を間違えないようにしっかり確かめて電車に乗り、巣鴨の駅では人の流れについて改札口に向かうと、切符を回収する駅員の後ろで嘉郎が手を振っていた。

「大塚駅では多実ちゃんが知ってる人に会うと嫌かなと思ったし、駒込じゃあ、僕の知り合いに見られるかもしれないしね」

と言って笑いながら、嘉郎は先に立って歩いた。

「こんな綺麗な帯締めいただいてしもうて、ほんまにすんまへん」

「早速使ってくれてるんだね。着物によく合ってるよ」

「この帯締めに合う着物、義姉が貸してくれはりました」

「そうか。いいお義姉さんだねえ」

嘉郎はもう一度改めて多実を見直すように振り返った。

「ところでどこへ行く？　取り敢えずお地蔵さまにお参りする？」

高岩寺《こうがんじ》の参道の両側には、浅草と同じように店が並んでいるが、歩いている人は浅草の半分にも満たない。これなら嘉郎とはぐれることもないと、多実は安心して歩いた。

境内には大きな甕《かめ》のような形の黒い鉢があり、参詣人は投げ入れた護摩木の燃える煙を手で掬《すく》うようにしては体を擦っている。

「こうやって体の悪いところに煙を擦り込むんだ。お地蔵さまは体の中の悪い棘《とげ》を抜いてくれるから丈夫になれるんだよ」

と言って、嘉郎は煙を掬った手で自分の首を擦《さす》って見せた。

「僕は喉が弱くて風邪を引きやすいからね。多実ちゃんは、どこか悪いとこない？」

「頭がようありまへん。その煙、頭にも効きますやろか」

「面白いこと言うねえ。多実ちゃんは」

多実の場合、頭に棘が刺さっているわけではなく、子どもの頃ほとんど学校へ行かなかったから何も知らないだけなのだが、もしかしたらお地蔵さまが奇跡的に何でも教えてくれるかもしれないと願って、三つ編みにしてまとめ上げた髪に何度も煙を擦りつけた。

昼時なので、まず何か食べようと嘉郎は天婦羅《てんぷら》屋に多実を誘った。

「天婦羅、嫌いじゃないだろう？」

「ええ、大好きです」

この前浅草へ行った時も昼は天婦羅だった。でもその時は、八重の好みで濃い味のたれがご飯にたっぷりかかった天重を注文したのだった。が、この店の定食はたれが薄味で、紅葉おろしを入れても味が物足りない。天婦羅は浅草の方が美味しいなあと多実は思った。

食事をしながら、嘉郎は色々自分の話をした。

「僕は本当は美術学校へ行きたかったんだ。子どもの頃から絵が好きで、将来は絶対絵描きになると決めていたんだけど、中学生の時親父が死んじゃったんで、店を継がなくちゃならなくなったんだ。一人っ子って、全然自由がないんだよ。その点、多実ちゃんはお兄さんがいていいなあって、いつも羨ましく思うんだ」

「どうですやろ。うちらかて、やりたいことやってるわけやあらしまへん。貧乏やったから、子どもの時から奉公に出されて――」

「でも、多実ちゃんはお兄さんを信頼して父親のように頼ってるじゃないか。母親っていうのは、反対に頼られちゃうんだ。そのくせ頑固なところがあって、息子の言うことなんて全然聞いてくれないんだよね」

「うちには、優しいお母はんに見えましたけど」

「商人だから外面は良いけど、芯はうんざりするほど強いよ。まあ、親父が死んだ後、再婚もしないで店をやって来たんだから、強くなって当たり前って気はするけどね」

その上彼の家の近くには、亡くなった父親の弟や妹が住んでいて、何かと気を遣うのだと嘉郎は愚痴っぽく話した。

「僕にとっては優しい叔父や叔母だけど、母にとってはみんな小姑だからね。よく鬼千匹なんて言うじゃない。それくらい煩《うるさ》いんだよね。夫の妹なんていうのは」

子どもの時から親がいない多実は、親の兄弟とも付き合いがないわけで、嘉郎のそんな話が興味深かった。考えようによっては、捨て子だったという兄嫁の八重は、その種の煩わしさがなくて、かえって気楽なのかもしれないと思ったりした。

天婦羅屋を出ると、嘉郎は約束の汁粉屋へ行くと言う。多実も甘いものは大好きだが、こんな満腹の時に汁粉を食べる気にはなれない。それでも断っては悪いような気がしたのでついて行った。

「ここのお汁粉、旨いんですよ。母のお気に入りなんです」

「お母はんと二人で、お汁粉食べに来やはるんですか?」

その風景を想像してみると、微笑ましい気もするが、やはり少し甘え過ぎの母子にも思えて、妙な感じだった。

「やっぱり静岡から出て来た田舎者だからかなあ、母は東京が好きになれないらしいんだ。都会っていうのは、新しいようで古いからね。狭いところにかたまって暮らしてるから、見なくていいものまで見えちゃうんじゃないかな。あの家はこうなのに、お前のところはこうだとか、ああだとか、親戚同士がお互いに比べ合って足を引っ張るんだ」

「田舎やて一緒やないですか？　田舎なんて、村中親戚みたいなもんですさかい」

「そうかなあ。多実ちゃんたち兄妹見てると、田舎の人は純朴でいいなあ、仲好く助け合っているんだなあって、気がするけど」

「へえ。うちら、親もいまへんしお金もありまへんさかい、世間さまから弾き出されんように摑まり合うているんや思います」

多実は今までそんなむずかしいことを考えたり、人と話したりしたことがなかった。こんな会話は、生まれて初めてである。教養も何もない野暮ったい田舎娘と、対等につき合ってくれる青年に、多実は何とかしてついて行きたいと思った。

東京という街には、こんないい人もいるんだよ——と、田舎を出る時心配ばかりしていた長兄に、大きな声で知らせてやりたい思いだった。

「どうだった？」

興味津々という顔で訊いて来る八重に、多実は嘉郎が買ってくれたお地蔵さまの小さな護符をさし出した。

「このお地蔵さん、体の中の悪い棘抜いてくれはるんやて。このお護符飲めば、お腹の赤ちゃんの棘まで抜いてくれはるよ、きっと」

八重はすぐその薄い護符を一枚はがして口に含んだ。

「ありがとね、多実ちゃん、きっと素直な可愛い子が生まれるわ」

「そうやね。あんまり泣かないおとなしい女の子やったらいいね」

「女でも男でもいいわよ。男の子だったら正さんに似てるだろうし、女の子だったら多実ちゃんみたいな子が生まれるわけだから、安心だわ。近所中に響くような声で、元気よく泣く子がいいなあ」

八重はそう言って、少し目立ち始めた腹を撫でた。

五

暮れが近づくと、湖水屋は忘年会の予約で連日忙しくなった。でも今年は、ほとんどが軍人さんだと女将は言う。軍人は金払いがいいけれども、騒々しいだけで料理の味などわかってくれないので、板前にとっては張り合いのない客なのだそうだ。待合からの注文も増えるので多実も配達に忙しく、とうとう月二回の休みももらえなかった。

大晦日の片付けが終わって、多実と正二が家に帰ったのは、夜中の十二時を一時間近く過ぎていた。待ちきれなくて、八重は気持ちよさそうな寝息を立てていた。しかし店も正月の三ガ日は休みなので、正二は珍しく自分でゆっくり酒を温めていた。多実は疲れていたので先に寝てしまったから、正二がいつ寝たのか知らなかった。

元日の朝、七時ごろようやく起きて来た正二は、多実が取っておいた昆布の出汁で美味しい雑煮を作ってくれた。屠蘇《とそ》は八重が用意していたから、三人は珍しく一緒に膳に着いた。多実にとっては、物心ついてから初めて迎える家族の正月である。湖水屋の女将からもらった年末の手当を袋ごと義姉に渡すと、正二がお年玉だと言って小さなのし袋をくれた。お年玉は、子守りをしていた子どもの頃、彦根の小児科医からもらったことがあるが、それ以来のことである。嬉しくて、両手で頬に押し当てた。

妊娠五ヵ月目に入った八重は、正二と二人で水天宮へ行き、朱印の入った腹帯を求めて来た。八重が戌《いぬ》の日を待たずに、おめでたい元日に巻きたいと言い出したので、火鉢で暖めた部屋で裸にさせ、正二と多実が手伝って巻いてやった。幾重にもぐるぐる巻いた腹帯の下で、じっと生まれる日を待っている赤ん坊を想像すると、何やら不思議な気がする。しかしその頃の多実はまだ、いつか自分もこうして子どもを産む女になることまでは考えられなかった。

二日は、この前と同じように巣鴨で嘉郎と会う約束だった。しかしホームで待ちかまえていた嘉郎は、多実を電車の中に押し戻し、もう一駅乗って駒込まで行った。多実を自分の家に連れて行くと言うのだ。急な話なので多実はためらったが、嘉郎は強引だった。

安井商店は、駒込駅から大通りを渡るとすぐだった。正月のことで大通りに面した店は閉まっていたが、松飾は立派だった。嘉郎は多実の手を引いて店の脇の細い路地に面した玄関に回った。

玄関の格子戸に手をかけたまま、嘉郎は多実に耳打ちした。

「母には、帯締めのこともお地蔵さんに行ったことも話してないんだ。別に隠す気はないんだけど、何となく言いそびれちゃって」

「わかりました。うちも言わんときます」

照れくさそうに笑う嘉郎と頷き合うと、妙に楽しい恥ずかしさで、多実は耳の辺りがぽっと熱くなるのを感じた。

勢いよく格子戸を開けながら、嘉郎が「ただいまー」と声をかけると、割烹着《かっぽうぎ》を着けた彼の母親がすぐ走り出て来た。

「よくいらしてくださいました。多実さん、さ、上がってくださいな」

今日の多実は洋服だった。八重がどうしても着て行けと言ったのである。洋服はともかく、多実は靴が苦手だ。長いこと下駄ばかり履いて来た幅広の足は、靴の中で小指と薬指が重なり、やたら窮屈なのである。兄の家の三倍はありそうな玄関で靴を脱ぐと、ほっとため息が出た。

座敷に案内されると、嘉郎によく似た中年の男性と白い髭を生やした老人の写真が額に入れて鴨居に掛けてある。これが亡くなったという父親と、乾物屋を始めた祖父なのに違いない。多実は思わず、写真を見上げて手を合わせてしまった。

座卓には、蓋に梅の花が描いてある三段の漆塗りの重箱が置かれていた。

「多実さん、あなたのおかげで湖水屋さんとのご縁ができて、ありがたく思っています。今年もどうぞよろしくお願いします」

嘉郎の母親は丁寧に挨拶してくれたが、別に何をしたわけでもない多実は答えようがなく、ただもじもじするだけだった。

嘉郎が床の間の前に座ると、母親がまず彼に屠蘇を注ぎ、その後で多実にも注いでくれた。多実が手を出そうとすると、それより早く嘉郎が母親に屠蘇を注ぎ、三人は改めて正月の挨拶をした。何という温い家庭なのだろう。親と一緒に正月を祝った記憶がない多実は、胸が熱くなるような感動を覚えた。

母親が重箱の蓋を開けると、彩りよく詰めた綺麗なお節料理が多実を驚かせた。

「全部私の手作りですから、料理屋の娘さんには笑われてしまいそうですが、よかったら召し上がってください」

と言われて、多実は咄嗟《とっさ》に言葉が出なかった。正二は大晦日の夜中まで忙しかったし、八重は料理ができないから、料亭の板前の家の元旦は、雑煮だけだったのである。

「関西とは全然味が違うだろうけど、東京のも食べてみれば？」

と嘉郎は気軽に言う。が、多実は生まれてからずっと関西で暮らしたとはいえ、これが関西の正月料理だと言えるほどのものを食べたことがないのだ。ほかの奉公人は郷里へ帰ったり休暇をもらったりしていたが、子守りだけは正月も休ませてもらえなかったのである。正月は客も多く、母親は忙しくて赤ん坊をかまってやる暇がないからだ。子守りにとって、赤ん坊の泣き声を人に聞かれるのは何より恥だから、客のある時は特に気を遣う。食事は背中の子を揺りながら食べるのが普通だったし、立ったまま食べることもあった。それを不満に思ったことはないが、料理を味わって食べるという環境は全くなかったのである。

勧められて、まず蒟蒻《こんにゃく》と里芋を口にしてみたが、そう言えば湖水屋の賄いのおかずより大分醤油味が濃いような気がした。

「ところで、多実さんはおいくつになられたんですか？」

と嘉郎の母親に訊かれて、多実は一瞬迷った。正月を迎えたのだから十七歳になったと言えばよいようなものだが、実のところ、多実は正確な自分の誕生日を知らないのである。多実が生まれてすぐ母親が死んだので、家族はそちらに気を取られて多実の出生届を出し忘れていたのだ。父に命じられて長兄が役所に行ったのは、多実が生まれてから何ヵ月も経ってからだったという。産婆も頼まれて適当に日付を書いたというから、もしかしたら、年を跨いでいたかもしれないのである。でも、取り敢えず十七歳と答えておいた。

「まあ、そんなにお若いの？　知らなかったわ」

と母親が頓狂な声を上げたのと同時に、嘉郎もびっくりしたように目を見開いた。そう言えば彼から歳を訊かれたことはなかったような気がする。多実も嘉郎の歳を知らなかった。

食事が済むと、これという話題もなく、一方的に母親による多実の身上調査のような形になった。両親がいないことは、嘉郎を通じてもう母親の耳に入っているらしかったが、学歴だけは訊かれないように祈った。しかし驚いたことに、彼女はいきなり、

「多実さんは華道、何流を習っていらっしゃるの？」

と訊いて来たのだ。

「はあ？　華道いいますと？」

「湖水屋さん、どのお部屋も、床の間のお花がとても立派だから」

「ああ、あれは毎週花屋はんが活けに来やはるんです。店の者が活けるわけではありまへん」

当たり前と思っていたことを改めて訊かれると、客はそんなところを見ているのかと驚く。

これ以上はとても無理だと思ったので、多実は膝をずらせた。

「あのう、兄から遅くならんように言われておりますよって、これで失礼いたします」

「あら、お正月ですもの。ゆっくりなさればいいじゃありませんか。遅くなったら嘉郎に送らせますわよ」

「おおきに、ありがとうございます。でも、義姉が悪阻《つわり》で具合ようないものですよって」

「あら、お義姉さん、おめでたですか。それは、それは」

嘉郎の母もさすがにそれ以上は引き止めず、多実が手を付けなかった蜜柑を五つほど紙袋に入れてくれた。

多実が靴を履いて外に出ると、駅まで送ると言って、嘉郎が追いかけて来た。並んで歩きながら、嘉郎は多実の服をほめた。

「多実ちゃんの洋服姿初めて見た。よく似合うね」

「でも、うち、あんまり洋服好きやないんです。特に靴いうたら足が締め付けられて痛うてかなわんし」

「慣れですよ。慣れたら下駄なんかよりずっと歩きやすいですよ」

「そうですやろか。義姉もそう言うてましたけど」

「今度僕が履きやすい靴作ってくれる店、紹介しますよ」

「とんでもない。そんな贅沢なこと、でけひまへん」

「贅沢じゃないですよ。靴だけは足に合ったものを作らなければ——。そうだ。靴を僕からの贈り物にしよう。母は父から最初に簪《かんざし》をもらったそうだけど、今はそんな時代じゃないものね」

多実はびっくりして立ち止まった。

「この前、帯締めをくだはったばかりやおまへんか。それより、うち、正月早々手土産も持たんと、ほんにすんまへんでした。兄に言うたら叱られますわ」

それには答えず、嘉郎は下を向いたままぽつんと言った。

「僕が一番驚いたのは、多実ちゃんがまだ十代だったことだよ。しっかりしてるから、そんなに若いと思わなかった」

「しっかりなんかしてまへん。田舎者やさかい、何も知らんし」

「いや、僕こそ一人っ子でぼんやり育ってるから、いつまでも大人扱いされないで——。多実ちゃんより十も歳上なのに恥ずかしいよ」

駅に着くと、大塚までの切符を買ってくれてから、それを受け取ろうとする多実の手を嘉郎は強く握った。

「また会ってくれるかな。次の多実ちゃんの休みの日、いいかな」

握られた手から、体中にジーンと熱いものが走り、多実は涙が出そうになった。こんな好い人と、また楽しい一日を過ごせるのかと思うと、幸せ過ぎて罰が当たりそうな気がする。どうぞこれが夢ではありませんように——と祈る気持ちだった。

家に帰ると、正月早々兄たちは買い物にでも行ったのか、どこにもいなかった。戸締りもしないで物騒なことだと思いながら、夕飯の支度をしておこうと台所に入った。が、手首まで袖がある洋服は水仕事に向かないし、第一靴下を止めた平ゴムが腿に食い込むようで痛くてたまらない。取り敢えず着替えてからにしようと、服を脱ぎかけると、ぴったりしまった兄夫婦の寝室から義姉の低く呻くような声が聞こえた。

あれ？　八重はこんな時間に昼寝をしているのかと、襖を細く開けて見ると、何と、窓のない薄暗い部屋で、こちらに背を向けた義姉が両足を広げて兄の上に跨がっているのである。上半身だけセーターを着た八重は、のけぞるようにして苦しそうな呻《うめ》き声をあげているのだった。下敷きになっている兄の方はこちらに伸ばした足だけしか見えないが、長い髪を振り乱して体をくねらせる八重を押しのけもせず、その腰を両手でしっかり摑んでいるのだ。

一体何ごとなのだろう。兄の情けない姿が悲しくて、多実はそっと襖から離れた。兄はどんな悪さをしたのだろう。なぜ妻である八重に組み敷かれて抵抗もしないのだろう。

大阪の薬屋に奉公していた時、行商から帰って来るとすぐ、主人は迎えに出た妻を玄関で抱いた。妻はヒーヒー声を上げて夫にしがみつき、夫の方は妻の上に跨がって呻き声を上げた。薪をくべる多実に見せつけるように、湯殿で抱き合うこともあった。夫婦が愛し合うということは、体を接触することであるのは、多実もそれなりに知っている。しかし初めて見た兄のあのみっともない姿は、何とも許しがたく屈辱的だった。わけもなく気が滅入って腹立たしく、大切に抱いて帰って来た温かい嘉郎への思いを、話したくなくなったのだった。

六

春になると、湖水屋の雰囲気は大きく変わった。今まで定客であった関西弁でしゃべる商人客が急に減り、連日軍人の客ばかりになってしまったのである。正二の話によれば、食料の統制が厳しくなったので、軍人の客に頼らなければ、商売をやって行けなくなったのだそうだ。彼らは時々缶詰や米などを手土産として持って来てくれるらしい。それが料亭に息をつかせているのであろう。

若い板前に召集令状が来て手が足りなくなったので、関東育ちの年取った板前を雇わなければならなくなり、湖水屋の味を覚えさせるために、正二は苛々することが多かった。女手も足りなくなって、多実も仲居として接客に当たるようになった。

若いというだけで、不器用な酌でも喜ばれるし、お流れを拒まずに受ければ手を叩いて囃《はや》される。懐に札を押し込んでくれる若い軍人もいた。ついでに素早く胸を触るのが目的のようだが、多実も素知らぬ顔でやり過ごすのに慣れた。お陰で少し小遣いがたまったが、忙しくて休みが取れないので、それを使う暇がない。多実は生まれて初めて郵便局へ行き、貯金通帳というものを作った。

八重が男の子を生んだのは、梅雨の走りのような雨がしとしと降る四月の末だった。端午の節句が間近だし、将来は勇ましい軍人になるようにと、正二は子どもを勇一《ゆういち》と名付けた。約束通り、多実は湖水屋を辞めて甥の子守りをすることになった。血の繋がる甥はさすがに可愛かったが、乾物を納入に来る嘉郎と会う機会がなくなったのは寂しかった。

高齢出産のためもあるだろうが、八重は乳の出が悪く、両方の乳を精いっぱい吸わせた後、足りない分は重湯を飲ませなければならなかった。しかし何と言っても子どもは母乳の方が好きだから、重湯をなかなか飲んでくれない。少し甘味を付けたりしてだましだまし匙で口の中に流し込んでやらなければならないのだ。こちらも根気が要るが、赤ん坊も可哀想で、ため息が出る仕事だった。

そんなところへ、嘉郎が乳児用の粉ミルクをくれたと言って、正二が缶を抱えて帰って来たことがある。ありがたかった。今時こんなものは手に入りにくいだろうに、他人の子のために懸命に探してくれたのだろうと思うと、感謝でいっぱいだった。あの人はきっと素晴らしい父親になるに違いない。誰かわからないが、将来選ばれてあの人の子を産むだろう女に、多実は得体の知れない嫉妬さえ感じたのである。

六ヵ月を過ぎると、勇一も大分しっかりして来て、ゆるいお粥を食べるようになったので、多実はまた湖水屋へ手伝いに行くことにした。朝のうちにお襁褓《むつ》の洗濯をして、八重の手が届く物干しの一番下の段に干し、匙で潰せるほど柔らかく煮た野菜をお粥と一緒に卓袱台に並べておけば、不器用ながら食べさせるくらいのことは八重もできるようになっていた。

食料の統制は厳しくなる一方だが、それでも暮れに向かえば料理屋は忙しくなる。八重がきちんと勇一に食べさせているかどうか心配しながら、多実も正二も毎晩遅くまで働いた。

その年の十二月八日、日本は遂に米英との戦争に雪崩れ込んだのだった。中国との長い戦いが終わるのを待ち望んでいた国民は、益々辛い統制の時代に耐えることになったのである。湖水屋の場合は軍部の客が多かったからかなり融通が利いたが、それでも必要なだけの食材は手に入らず、長年の客に不義理をすることが多かった。
世間の風潮に合わせて、女衆の制服である水色の着物も標準服に切り替えなければならなくなり、和裁の内職をする人を探して上下を切り離してもらうことになった。上は袂を取って筒袖にし、下はもんぺの形に縫い直してもらうのだ。一度に全部というわけには行かなかったが、待合へ配達に行く時などは、誰に見られてもいいように必ずもんぺを履いて出ることになった。仲居の一人が、客に頼まれてうっかり着物のまま煙草を買いに出てしまった時、たまたま巡回していた婦人会の幹部に捕まってひどく怒られたと、べそをかいて戻って来たことがあった。

安井嘉郎に召集令状が来たのは、開戦二年めの夏であった。彼はひどい近視なので、徴兵検査に通るはずがないと誰もが踏んでいたのだが、どうしたわけか入隊することになってしまったのである。乾物の納品に来た嘉郎からそれを聞いた多実は、千人針を作ることを思い付いた。大塚駅の前に立って、電車から降りて来る人を捕まえ、一針ずつ結んでもらうのだ。時間にもよろうが、電車から降りて来る人は男性が多い。女性を見つけると、なりふり構わず飛んで行って赤い糸を三、四回針に巻いて結んでもらった。中には自分は寅年だからと言って、年の数だけ結んでくれる人もいてありがたかった。夕方女湯に持って行けば、昨日も刺してくれた顔見知りの芸者が、今日は友達の誰それの分だと言ってまた刺してくれることもあったりして、入隊の前日までには何とか完成した。正直に言えば、足りない分は多実が心を込めて全部埋めたのである。

軍人客が大勢来て忙しい日だったが、多実はそっと店を抜け出して駒込の安井商店へ行った。店は閉まっていたが、路地に入ってそっと玄関の格子戸を開けてみると賑やかな声が聞こえて来た。近所の人が集まって嘉郎の壮行会をしているのであろう。三和土には客の物らしい履物がびっしり並んでいる。恥ずかしかったがぐずぐずしてはいられないので、勇気を出して声をかけてみると、出て来たのは全然知らない若い女の人だった。嘉郎の従妹だと言うので、よほどその人に託そうと思ったが、やはり思い切って嘉郎を呼んでくれるように頼んでみた。

奥から出て来た嘉郎は、多実の顔を見ると、前のめりに玄関をとび出して来た。荒々しく多実の腕を摑んで路地の奥まで引っ張って行くと、熱い息を吹きかけながら多実を板塀に押し付けた。

「もう会えないかと思った」

「うちもです。こんな日に来て迷惑かと思いましたけど、どうしても千人針上げとうて」

嘉郎は乱暴に多実の肩を抱いた。首筋に押し付けられた熱い唇に狂わされて、多実も思わず彼に縋り付いた。

「どうぞご無事でお帰りください。絶対敵の弾に当たらんように、この千人針お腹に巻いて行っておくれやす」

「僕が帰って来るまで、多実ちゃん、待っていてくれるかな」

「待っとります。いつまででも待っとります」

「嬉しいよ、多実ちゃん。ほかの人はみんな手柄を立てて来いとしか言わないんだ。うちの家系じゃ、今まで軍人が一人も出なかったから、叔父なんか大喜びなんだ。手柄を立てて家名を上げて欲しいんだとさ。馬鹿みたいだろう？　乾物屋が家名を上げて何になるんだよ。それより僕は生きて帰りたい。そして多実ちゃんをお嫁さんにしたい」

「嬉しいです。嘉郎はんがそう言うてくれはるだけで、うちはもう死んでもいいくらいです」

「馬鹿だなあ。僕が生きて帰って来ても、多実ちゃんがいなかったら、夫婦になれないじゃないか。元気でしっかり待っていておくれよ」

多実は嘉郎の腕の中で震えた。教養も何もない田舎者の多実など、彼の母親が一人息子の嫁として許すはずはない。でも今は、彼女がたった一人の味方である。手柄を立てろと騒ぐ親戚の中で、手柄よりも無事を祈るはずのたった一人の同志である。

「お留守の間、時々お母さまをお見舞いに来ます。何かあったら、必ずお援けしますよって、安心してください」

「ありがとう。多実ちゃん、頼んだよ」

ほんの四、五分の立ち話だったが、多実には十分だった。初めて嘉郎に抱きしめられた体が熱を帯びていた。別れて湖水屋へ帰る道々、彼の熱い呼気が体中に満ちているのを感じたのである。これ以上何も要らない。ただ彼の無事を祈ろうと多実は思った。

次の日、多実は日の丸の小旗を持って彼を見送りに行った。白い割烹着を着た婦人会の人たちに囲まれた嘉郎の母親が、目ざとく多実を見つけて目礼してくれたが、人をかき分けて傍へ行くのははばかられたので、多実も遠くから頭を下げるだけにしておいた。

国民服の上に赤い襷を斜めに掛けた嘉郎の方は、在郷軍人に囲まれていて、多実に気づいてくれる様子がない。

「お国のために、精いっぱい戦ってまいります。留守宅は母一人になりますので、どうぞよろしくお願いいたします」

嘉郎は大きな声を張り上げたつもりだろうが、かすれて聞き取りにくかった。昨夜、「お母さまのことはご心配なく」と言って上げられてよかった。多実は涙ぐみながら、それでも心に熱い風がしみ入るような不思議な気分であった。

町内の人に交じって、多実も駅のホームまで上がり、一所懸命に日の丸を振って見せた。電車が走り出してからも窓から顔を出して手を振る嘉郎は、まだ多実に気づいてくれた様子がない。多実は思い切って電車と一緒にホームを端まで走った。そこで大きく旗を振ったので、今度は彼も気づいてくれただろう。電車が見えなくなってから振り返ると、嘉郎の母親が咎めるような表情で多実を見ていた。親戚の人たちの手前、みっともないことをしてくれたと腹を立てていたのだろうか。あるいは自分にできないことを派手にやってのけた若い跳ね返り娘に、唾を吐きかけたい思いだったのかもしれない。かまうものか——と、多実は開き直って笑って見せた。

「武運長久」と書かれた大きな幟《のぼり》を持った在郷軍人が号令をかけて、見送りの人たちはぞろぞろ改札口に向かった。これから安井商店に戻って祝杯を挙げるらしい。黙って出て来た湖水屋のことも気になるし、知らない人ばかりの中に入って行く勇気もないので、多実はそのまま帰ることにした。引き留められたらどうしようと心配したが、彼の母親は素っ気なく「ご苦労さま」と言っただけだった。

一ヵ月の間に四回、嘉郎から葉書が来たが、それっきりで音信は絶えた。向こうからの葉書に住所は書いてないから、返事の出しようがない。もしまだ国内にいるのなら、嘉郎が好きだった鮎の佃煮など入れた慰問袋を送りたいが、一体どこに送ればいいのだろう。何度か安井商店を訪ねてみたが、彼の母親は不愛想だった。

「わたしも嘉郎がどこにいるのか知りません。でも、万一わかったとしても、あなたには教えられません。人から聞いた話によると、軍隊はとても厳しいところで、新兵のところに女から手紙が来たりすると、上官にひどく殴られるそうですから」

多実の顔は見もしないで彼女はそんなことを言った。女の名前がいけなかったら、男の名前で出せばいいじゃないかと多実は思うが、彼女はいかにも迷惑だと言わんばかりに、わざと忙しそうに商品を並べ替えたりはたきをかけたりするのである。嘉郎の代わりに、彼女が昆布や煮干しを卸しに湖水屋の板場に来るようになったが、多実には声もかけずに帰ってしまう。客を連れて夕飯を食べに来ることもなくなった。嘉郎との約束が気になりながら、多実も何となく訪ねにくくて、駒込へ出向くのを控えるようになっていた。

初めは華々しい戦果で始まった戦争だが、次第に様子が変わって来た。湖水屋の使用人も、三十代までの男はみんな応召してしまったし、毎日毎晩空襲警報が出るようになると、女衆もみんな地方へ疎開して行った。疎開先のない家では、小学生を集団疎開に参加させることになったし、駅の周りの商店街は空襲による火災の広がりを防ぐために建物を壊されるという話であった。

しかしそんな混乱の中で、正二の息子勇一は元気に育っていた。正二がこっそり店から残り物を持って来たり、少しずつ米や芋を持って来てくれるので、何とかお腹を空かせないで済んでいるのだ。八重は未だに料理が下手で、米のご飯さえまともには炊けない。堅過ぎたり柔らか過ぎたりをごまかすために、よく芋や野菜を入れた雑炊を作る。が、その雑炊に味をつけるのを忘れる始末だった。たとえさつま芋でも、潰して布巾で絞り、海苔で巻いたり胡麻を振りかけてやったりすれば、勇一は喜んで食べる。ほんの少し食紅を混ぜてやれば、お菓子と間違えてはしゃいだりもする。八重はそんな多実を手品師のようだと言って尊敬してくれるほどだった。

米や砂糖が手に入らなくなっただけではなく、輸送が不自由になったために、あらゆる食材が仕入れにくくなった。長浜の本店からは冷蔵で送られて来たはずの魚も、貨車の中でどのくらい放置されていたのか、巣鴨に届く頃は腐る寸前だったりする。むかしからの贔屓筋にはとても出せないので、香辛料や生姜を擦り込んで油で揚げたり濃い味に煮つけたりして何とか急場をしのぐのが現状だった。正二が長浜まで出向いて水揚げしたばかりの鮎を自分で運ぶことも試みたが、汽車の切符が手に入りにくいし、せっかく乗った列車が警報で何時間も止められたりして、思うようには行かなかった。むかしのように口の奢った客がいなくなったとはいえ、古い板前にとってはやり甲斐も何もなくなったわけである。

七

東京の空を敵機が頻繁に飛ぶようになったある日、多実は正二と二人で軍人夫妻の客室に呼ばれた。夫の方はみんなに閣下と呼ばれている陸軍中将である。妻女は上等のお召しで作った標準服を着、白髪の目立つ髪をきりっと束ねた知的な女性だった。

一緒に呼ばれた女将は、神妙な態度で多実を客に紹介した。

「閣下、これがお名指しの多実でございます。そしてここに控えておりますのが、多実の兄の正二でございます」

閣下は、酌を受けながら覗き込むように多実の顔を見た。

「なるほど、この娘さんですか。確かに健康そうでいい娘さんだ」

何事だろう。多実はびっくりして後ずさった。

「私どもは、お宅によく伺っております富田中尉の両親でございます。女将さんからうかがったところ、まだお若いそうですから、こんな話はご迷惑かもしれませんけど、お聞きくださいませ」

と、妻女の方が少し膝を前に乗り出すようにして話し出した。最近多実はよく軍人の席に出るが、顔や名前を覚えるほど親しくなった人はいない。みんなが閣下と呼ぶこの富田中将だけは別だが、その息子だという中尉の方は思い出せなかった。

「宅の息子は、三十を半ば以上過ぎておりますので、お願いしにくいのですが、どうでしょう、多実さん、嫁になってやってはくださいませんか」

いきなりの申し込みに、多実は体を固くして兄の正二にすり寄った。正二もびっくりして、がばっと畳にひれ伏してしまった。

「あの、突然でようわかりかねますが、妹は御覧の通りまだ子どもでございます。それに、わたしどもは貧しい田舎者で、ろくに教育も受けさせておりません。閣下のお宅とは身分が違い過ぎます」

「そんなことは気にする必要ございません。私も広島出身の田舎者でございますよ」

「いえ、そんでも妹は、閣下のようなお家柄のご子息にお仕えできるような娘ではございませんので」

思いがけない話に、正二はただおろおろするばかりだった。

「いや、余りにも急で不躾《ぶしつけ》な話だから、兄さんの心配はよくわかります。恥を忍んで正直に話すことにしよう」

酒を飲み干した閣下が、足を組みなおして正二に顔を近づけた。

「ぶっちゃけた話、あいつはうちの一人息子ですが、どういうわけか子宝に恵まれません。十年待ったんですが、嫁には妊娠の兆しもないので去らせました。奴も軍人ですから、いつ命果てるかわかりません。このままでは富田の家が滅びてしまいます。そこで、すぐにも子を産んでくれそうな、若くて丈夫な娘さんをもらってやりたいのです。幸いあれはお宅の妹さんに好意を持っておりますので、是非来てやってくださらんかと思いましてな」

「ご心配なさらないでください。前の嫁はきっぱり籍も抜いておりますから、妹さんは富田家の正妻としてお迎えしますので」

と、妻女の方も口を挟んだ。

「そんな、もったいない。わたしどもにとっちゃ、罰が当たりそうなお話です。ただ、兄として誠にお恥ずかしい話ですが、こいつにそれらしい支度もしてやれませんし、必要なことを教えてやることもできません」

「それはよろしいのです。身一つで来ていただけば、必要な物はこちらで整えます。知らねばならないことは、私がお教えします」

「失礼ながら、お宅のことは調べさせてもらいましたぞ。多実さんには兄さんが三人もおられるそうですな。それぞれ丈夫で子を生しておられると聞きました」

「お名前からしていいじゃございませんか。必ず大勢子を産んでくれそうで。親御さんも、その願いを込めてお付けになったのでしょう」

「いえ、そんなわけではなく」

思わず口を挟んだ多実を、正二は咳払いして止めた。

妹の出生届を出しに行った長兄が、父親から聞いたはずの赤ん坊の名を忘れてしまい、仕方なく死んだ母親と同じ名前を書いて来たというのは親戚中で有名な話である。母親の名はカタカナだったが、せめて漢字にしようと考えた彼が、たまたま役所の壁に貼ってあった江州米のポスターを見て、実と言う字を書き写したのだと言う。長兄は自分の機転を自慢して、あちこちで吹聴しているが、それが親の願いだったと言われると、やはり少し抵抗を感じる。今でこそ、若者を戦地へ送るために「産めよ増やせよ」と叫ばれるようになったが、むかしの農村では、口減らしのために子を間引くことさえあったと聞く。三人の男の子の後に生まれた女の子など、役に立たない厄介者だったかもしれないのだ。

正二が畳に顔を擦りつけて断っても、富田夫妻は納得してくれなかった。見かねて女将が中に入り、返事を少し伸ばしてもらうことになった。富田夫妻は鮎の姿煮で食事を済ませると、良い返事を待っていると言いおいて帰って行った。

　正二が板場に戻った後、女将は多実に、懇々とこの縁談を受けるように薦めた。まだ早いからと懸命に断っても、女将はどうしても納得してくれない。仕方なく、誰にも言わずにいるつもりだった嘉郎との約束を、多実はとうとう打ち明けてしまったのである。

「そんなことがあったの？　安井さんも、多実ちゃんに目をつけるなんて、大した男だわ」

　と笑った後で、女将は膝を正して多実の両手を握った。

「あんたの気持ちはよくわかるわ。安井さんは好い人だし、わたしもあんたに約束は守らせてあげたい。でもやっぱり、その話は断りなさい」

「そんな薄情なこと、うち、ようでけひまへん」

「あんたは、とっても好い子よ。安井さんが惚れたのも当然だわ。でも、あの人と一緒になったら、あんたは一生あのお姑さんに仕えることになるのよ。あんたは知らないでしょうけど、安井さんが出征してからあのお母さんと付き合うようになって、わたしはつくづく嘉郎さんが可哀想になったわ。どうしてあの年まで彼が一人でいたのかわかったからよ。嘉郎さんは、あの身勝手な母親の犠牲なのよ」

「そやったらなおのこと、気の毒で嘉郎はんを見捨てられまへん」

「だけど、安井さんとはただの口約束でしょ？　誰も立ち会ったわけじゃないわよね。だったら、肝心の時にあのお母さんに踏み潰されるわ。その時になって後悔しても遅いのよ」

「そやかて、結婚は嘉郎はんとうちとの約束ですよって」

「彼はお人好しで正直な人だけど、男としての根性はいま一つよ。あのお母さんの前で、あんたを守ってくれる力はないわ」

どんな風に話しても、女将にはわかってもらえそうもない。もう一度考えさせて欲しいと頼んで、その晩は家に帰った。

次の日も、早めに湖水屋へ行った多実を、女将は待ちかねていた。茶簞笥《ちゃだんす》から丁稚羊羹《でっちようかん》を取り出して茶をいれながら、昨日と同じことを繰り返す。丁稚羊羹は甘味の少ない餡を薄く竹の皮に塗り付けて蒸したもので、むかし近江の商家が丁稚のおやつ代を倹約した名残である。でも多実は、子守り奉公をしている間、この丁稚羊羹さえ食べさせてもらったことがなかった。

「ねえ、多実ちゃん、実を言うと、八重はむかしわたしが世話になってた人が向島の芸者に産ませた子なの。その人は八重が生まれる前に亡くなっちゃったんだけど、若い時よくしてくれた人だから、その赤ん坊をわたしがもらって養女にしたのよ。恩返しのつもりでね。その八重が正さんと結婚したんだから、正さんもわたしの息子。あんたはその正さんの妹だから、やっぱりわたしの家族なのよ。幸せになって欲しいと思うのは当然でしょ？　絶対に悪いことは言わないわ。お願いだから、わたしの言うことを聞いてちょうだい」

女将は多実の手を取って懇願するように言う。

「昨日も八百茂の息子さんが英霊になって帰って来たじゃない。もし安井さんがこのまま帰って来なかったら、あんたは行かず後家になっちゃうのよ」

「そやかて、富田はんかて軍人はんです。何時戦争に行かはるかわかりまへん。戦死の覚悟は一緒や思います」

「それが全然違うのよ。富田中尉の場合は、よしんば彼が戦死したとしても、あんたは立派な富田家の嫁なの。あんたの産んだ子が富田家を継ぐのよ。あちらは子どもを欲しがってるけど、いざという時、本当に子どもが必要なのは、富田さんじゃなくてあんたなのよ。子どもはしっかり母親を守ってくれるわ」

確かにそうかもしれない。万一嘉郎が戦死してこのまま帰って来なかったら、多実は結婚していなくても、あのお母さんの面倒をみる約束を果たさなければならない。それを信じて、嘉郎は戦地で戦っているのだ。はっきり言って彼は新兵だから、将校に比べれば危険も多く、戦死の確率は高いだろう。でも多実は、千人針を受け取った時の彼の嬉しそうな顔や汗ばんだ手の感触をどうしても忘れることができないのである。

夜家に帰ると、今度は兄に富田家との縁談を薦められた。当然だろうが、正二も女将と同じ意見だった。特に正二は、嘉郎が出征した後、彼の母親と仕事の上での接触が多くなり、彼女の吝嗇《りんしょく》と狡猾さを嫌と言うほど感じるようになったのだと言う。この人だけは、妹の姑になって欲しくないと思うのだそうだ。

多実は嘉郎から彼らを取り巻く親戚の話を聞いている。その中で息子を育てながら店を守って来た母親の苦労は一通りではなかったろう。少しばかり狭く立ち回らなければならない時もあったのではなかろうか――。しかし正二としては、店の上客である富田家が大切なのだ。長年世話になった女将には恩も義理もある。妹を説得したい気持ちはよくわかった。

「安井はんの方は正式に申し込まれた話やない。これだけ親しう付き合うていても、兄ちゃんはあのお母はんから何の挨拶も受けてへんよ。当人同士の口約束だけでは、どうしても兄ちゃん、安心できんわ」

思い余って翌日、多実は駒込の安井商店を訪ねてみた。すると驚いたことに、嘉郎の母親は、商品が何もないがらんとした店に、ポツンと一人で座っていたのである。

「店を閉めて田舎に帰ることにしたわ」

とだけ彼女は言った。多実にはそこにある椅子に掛けろとも言ってくれなかった。

彼女が今この店をたたんでしまったら、帰って来た嘉郎はどうするのだろう。田舎に引っ込んで、この母親と二人で暮らすのだろうか。約束通り将来嘉郎と一緒になるなら、多実が兄の家を出て、この母親の面倒をみながら、彼の帰りを待つべきではないだろうか――。しかし夫不在の押しかけ女房になる決心は、今の多実にはまだ無理だった。

八

多実自身は、誰にもはっきり意思表示をした覚えがないのだが、縁談の方は勝手にどんどん進んでいた。富田閣下の友人だという軍人夫婦が結納を届けに来て、湖水屋の床の間に、今時珍しい酒樽と立派な鯛やするめが並んだ。兄の正二ではなく、女将が張り切って取り仕切っているのである。

他人ごとのようにぼんやり眺めているうちに、いつの間にか式の当日となり、髪結いが重い鬘《かつら》を頭にのせ、手の甲まで白く化粧されると、多実はもう後に引き返せないところに座らされていた。

天祖神社でお払いをしてもらい、湖水屋の広間で披露宴をするという略式の婚礼だが、集まったのは軍人ばかりで、酒を飲んでは軍歌を歌うという賑やかな宴会だった。

屏風の前に並んで座った富田中尉は、そう言えば何度か話をしたことがある客だった。会話の内容までは思い出せないが、ふざけて胸に手を突っ込む類の将校ではなかったことが、せめてもの救いだ。じっと俯《うつむ》いているだけの多実に、彼は小声で言ってくれた。

「疲れただろう？　別の部屋で休んでいてもいいぞ」

多実はほんの少し顔を上げて夫になる人を見上げた。父親より母親の方に似ているようだ。気のせいか、優しそうな表情が感じられた。

「おおきに。でも、うちは大丈夫です」

「連中は飲み始めるときりがないから、我慢しなくてもいいよ」

しかし、そこまでだった。酒臭い友人たちが三、四人でやって来ると、新郎を両側から持ち上げるようにして連れて行ってしまい、あちこちの席で酒を注いだり注がれたりして、宴が果てるまで戻って来なかった。

まるで軍人になるために生まれて来た人のように、軍服がよく似合う男である。いくつもの勲章を胸に付けているが、その下の筋肉質な体が感じられるような逞《たくま》しい中尉殿だ。彼に比べれば、痩せて背ばかり高く、分厚い眼鏡までかけた嘉郎など、とても戦役には向いていない。彼には乾物を背負って得意先を歩き回る姿の方がよほど似合っている。それなのに、将校たちがこうして酒を飲んでいる今、どこかで戦っているのだ。銃後で待っていてくれるはずの女に裏切られたことも知らずに、弾の下を這いずり回っているのである。「ごめんなさい」ではすまされない罪悪感が、文金高島田の鬘の上に重くかぶさって来た。

夜も更けて、酔った友人たちが一斉に引き上げると、もう一度髪結いが来て鬘を取り、着物を派手な訪問着に変えてくれた。その姿で奥の客間に行くと、富田夫妻が静かに酒を酌み交わしていた。

紋付を着た閣下富田忠一郎は、すっかり酔いが回って赤い顔をし、上機嫌で若い芸者にもたれかかっている。

「いやあ、めでたい。これでわしらも一安心だ。多実さんよ、頑張って、お国のために、沢山男の子を生んでくれよな」

夫人の方は静かに膝を進めて多実の手を取った。

「多実さん、よく決心してくれました。息子は元気なだけが取り柄の無骨者ですけど、どうぞ辛抱して連れ添ってやってくださいね」

決心などしたわけではないのに、今日をもって多実は富田武志という陸軍中尉の妻になってしまったのである。安井嘉郎という名の男のことはきっぱり忘れなければならない。血がにじむほど強く、多実は唇をかみしめた。

真夜中を過ぎていたが、湖水屋の女将は多実を風呂場に連れて行った。誰がいつの間に用意したのか、きちんと畳まれた白い寝巻が籠に入っていた。化粧を落とし、不思議なほど寸法がぴったり合ったその絹の寝間着を着ると、待っていたように現れた女将が、今度は多実を離れに連れて行く。小さな流れに掛けた太鼓橋を渡った小部屋は、特別に予約した人だけが使う客間である。むかしは会社の経営者や大きな商家の主人が商談のために使ったのだそうだが、最近はほとんど軍人の芸者遊びにしか使われていない。

夫になった武志はもう布団に入っていたが、一組しか敷いてない布団に当惑して、多実は敷居際に座った。

「何してる。早く入って来い」

眠っているのだと思った武志が、布団を持ち上げて言った。

「ほら、早く」

ためらう多実の手を摑んで、武志は乱暴にぐいっと引っ張った。

「あっ、痛いっ、堪忍しておくれやす」

と低い声で謝る多実を、武志は強引に抱え込んだ。

「怖いだろうが、すぐ済むから、おとなしく言う通りにしていろ。初めは痛いかもしれないが我慢するんだ。すぐ慣れるから」

こんなことに慣れるなんて嫌だ。多実は目をつぶって体をこわばらせた。そんな多実に焦れたのか、武志は乱暴に多実の寝間着の裾を開いた。

「世話を焼かすな。結婚というのはこういうことをすることなんだ。親から教わって来ただろうが」

「すんまへん。親はいまへんよって」

「何？ いない？ 田舎にもか？」

「はあ、二人とも、うちが子どもの頃に亡くなりました」

「じゃあ、あの板前にお前は育てられたのか」

「いえ、あの兄は、早ようから東京へ出てましたさかい、田舎にいる一番上の兄が――」

「そうか。そりゃあ、可哀想な話だな」

それ以上は言えなかった。小学校にも行かずに、あちこち子守り奉公をして歩いていたような女を、大日本帝国の軍人が嫁にするはずがない。ここまで来て追い帰されたら、これからどうすればいいというのだ。

「それでわかった。いくら水商売の女でも、十代で二十も年上の男に嫁ぎたいなんて言うのは、おかしいと思っていたんだ。やはりそんな事情があったのか。早く出て行けと家族に急かされたんだな」

「そ、そないなわけではありまへん」

「水商売の女」と言われたことにも驚いたが、何やら多実が望んでこの人に嫁いで来たような話になっているのも意外だった。思わず涙声になった多実を、武志はぎゅっと抱きしめた。

「よしっ。今まで苦労して来た分、これからは俺が幸せにしてやろう」

彼はそう言うと、多実の寝間着の中に手を入れ、今度はゆっくり愛撫し始めた。武志の太い指がのろのろと下腹を這うと、体の中をピリッと電流のような感覚が突き抜け、多実は思わず声を上げてしまった。

「痛いか？」

「申しわけありまへん」

「誰でも、初めての時は痛いそうだ。そのうち慣れる」

武志は多実を抱え込んで体をゆすると、思いがけないほど早く果てた。

「大丈夫か？」

武志は顔を近づけて、多実の目に溜まった涙を親指で拭いた。

「泣くな。何か悪いことをしたような気がして来るではないか。夫婦でなければしないことをしただけなのに」

ああ、これでこの男と本当に夫婦になってしまったのだ。嘉郎には詫びる言葉もない。いっそこのまま死んでしまえたら、どんなに楽だろうとさえ思った。

武志はすぐ寝入り、豪快な鼾《いびき》をかき始めた。体が動かないほど疲れているのに、多実はなかなか眠れない。夫になった人の寝顔を見つめているうちに、夜が白々と明け始めた。

べたべたした股間がどうにも気持ち悪いので、多実は音を立てないように手洗いに立った。が、その多実が戻るのを待っていたように武志はまたのしかかって来た。さっきよりもっと激しかったが、今度は多実の方がいくらか落ち着いて彼を受け入れることができた。それどころか、恥ずかしいことに、両腕を彼の背中に回していたのだった。

これが運命というものなのだろうか。濁流に飲み込まれるように流されて行く自分があまりにも不甲斐ない。でもそれはこの人には何の関係もないことなのである。この人は嘉郎の存在も、多実が彼と交わした約束も知らないのだから。その上この人は自分の両親や湖水屋の女将がどんな風に多実を説得したのか、その事情もろくに知らないらしいのだ。すべて、多実が一人で悩み苦しむべきことである。ただ何があっても、嘉郎のことだけは気づかれてはならない。息苦しくて思わず喘《あえ》いでしまう多実の口を、武志は低く酒臭い笑い声で覆った。

夜が明けると、湖水屋の玄関前で待機していた車で、多実と武志は滝野川の彼の家に向かった。どっしりした古い家だが、何の飾りもなく、質素な造りの家であった。

武志の明るい顔を見て安心したらしい両親は、早速赤飯で祝ってくれた。彼らも嘉郎という男のことは知らない。ただ純粋に一人息子の結婚を喜んでいるのだ。姑は優しく多実の肩を撫でてくれた。

「驚いたでしょう。こんなにバタバタ決められてしまって。でも、これからは私がついていますからね。何でも相談してください。決して、あなたに後悔はさせませんよ」

この非常時、軍人である父子はいつまでも個人の祝い事に酔っているわけには行かないらしく、軽く朝酒を酌み交わしただけで、迎えに来た車で出て行ってしまった。その後で、多実は姑の勝子《かつこ》と二人で兄正二の家を訪ねた。

勝子が用意してくれていた鴇《とき》色の付け下げを着て行った多実に、八重はびっくりしたらしい。消極的ながら、多実の迷いにたった一人同情を示してくれた八重だが、今となればやはり羨ましそうだった。数え歳三歳になった甥の勇一も、何か厳粛な空気を感じ取ったのか、様子の変わった叔母に飛びついて来たりせず、行儀よく座っていた。

あちこちへの挨拶が済み、生活が落ち着くと、約束通り姑は多実に料理や裁縫を教えてくれた。富田家には、むかしから住みこんでいる家政婦がいたから、勝子は台所に立つ必要などなかったのだが、多実に教えるために、包丁を持ってくれたのである。多実が驚いたのは、この家ではまだ白い米の飯を炊いていることだった。ごくたまに押麦を入れることはあったが、蒸したさつま芋を主食にするようなことはまずなかった。女学校で栄養学を学んだという勝子は、お国のために働く夫や息子の健康のために、どこからか鮭の缶詰を調達して来たり、生みたての卵を手に入れて来たりして多実に調理させた。そしてまた自分の着物の中から派手になったものをほどいて標準服に縫いなおすことも教えてくれた。絎台《くけだい》を座布団の下に敷いて布をぴんと張り、裾を細かく纏《まつ》る手順なども、多実はすぐに覚えた。

「こんな時代ですから、将校の妻がチャラチャラした着物を着ていたりしたら何を言われるかわかりません。でも人さまに会う時は木綿というわけにも行きませんから、もう一枚作っておきましょうか」

と言って、勝子は箪笥から大島紬《つむぎ》を出して来た。それをほどきながら、多実は着物の縫い方までしっかり頭に入れるようにした。

しかし、人から贈られたお祝いの品に礼状を書かなければならない段になって、ついに多実の無教養が暴かれ、習字の先生が招ばれることになった。墨をすることから初めて、漢字や変体仮名を覚えるところまではどうにかなっても、なかなか上手く書くことはむずかしい。多実の不器用さには、習字の先生も呆れ顔だったが、勝子は諦めずに、練習用の新聞紙が真っ黒になるまで、くり返し根気よく書かせた。そして夜、武志が帰って来ると、多実の勤勉さを手放しでほめてくれたりもした。

戦況は厳しくなる一方で、夜間の警戒警報は毎夜のことになった。空襲警報のサイレンが鳴れば、武志との交わりの最中でも身繕いをして床下に掘った防空壕へ隠れなければならない。しかし困ったことに、義父の忠一郎だけは多実がいくら声を枯らして頼んでも防空壕に入ろうとしないのである。義母に言わせると、「逃げる」とか「隠れる」とかいう屈辱的な言葉を彼は知らないのだそうだ。町会の役員がメガホンで「退避、退避」と叫びながら走るのも聞こえない風で、真っ暗にした部屋の真ん中にどっしり胡坐をかいて動かないのである。そんな夫に慣れている勝子は黙って壕に入り、祈るような姿勢で蹲《うずくま》るのだった。

食物の統制がますます厳しくなり、湖水屋も営業を続けるのがむずかしくなっていた。軍の伝手を頼って内々で分けてもらう食品にも限りが出て来たのだろう。もうこれ以上は無理だと判断した女将が、とうとう長浜への疎開を決めたのだった。長浜の本店は彼女の弟が継いでいるのだが、向こうも今は男手がなくなって困っているから、正二を連れて行けば歓迎してもらえるらしい。ただ困ったことに、東京育ちの八重だけは、どうしても関西へ行くのは嫌だと言う。正二と別れてでも東京に残りたいと言ってきかないのだ。ほとほと困った正二に相談されると、姑の勝子は思いがけないほど簡単に引き受けてくれたのである。多実が小さい甥の世話をすることで母性に目覚めれば、妊娠の可能性が高くなると言うのであった。

関西に発つ前の晩、八重を送って滝野川の家に来た正二は、多実にしみじみと言った。

「お前は幸せ者よのう。普通なら身分違いで相手にもされん田舎者やのに、こんなに大事にされて、ほんまに感謝やなあ。旦那はんに可愛がってもろうて、早くええ子を産めや」

正二にそう言われて、多実ははっとした。毎日稽古事が忙しくて夢中で過ごして来たが、そう言われれば、ここ二ヵ月ほど月のものがないのを思い出したのである。何度か妙な気がしたことはあったのだが、悪阻らしい症状があるわけでもなく、すぐに紛れて忘れてしまっていたのだ。玄関を出てから、正二の腕を摑んで小声で告げると、正二は大声を上げて飛び上がった。

「何や。そないに大事なこと、何で黙っとんのや」

正二はあたふたと茶の間に駆け戻り、勝子の前に手をついて妹の体の変調を報告した。

「何ですって？　本当ですか？　多実さん、何で早く言ってくれなかったんです？　最後はいつだったんですか？　それで、気分は悪くないの？」

勝子はこれからすぐにでも、多実を近所の産科へ連れて行くと言うが、傍にいた武志の方が鷹揚《おうよう》に母親をたしなめ、正二に頭を下げた。

「いやあ、お義兄さん。おかげさまです。実はこの非常時、自分も何時前線へ駆り出されるかわからない状態ですので焦っておりました。本当に、ありがとうございました」

「いや、お礼はこちらが言うことです。こんな無学な田舎娘をもろうてくださりはって、ありがとうさんでございます」

男同士が喜び合う中、八重も奇声を張り上げた。

「きゃー、それじゃあ、うちの勇一に従弟ができるんだね」

その騒ぎに、奥にいた義父の忠一郎までが立って来て、大きな手で多実の頭をぐりぐり撫でた。

「でかしたぞ。多実さん。体をいたわれよ」

多実は俯いて涙を拭いた。子どもの頃の多実は何があっても泣かない我慢強い子だったのに、この頃はどうしてこう涙もろくなったのだろう。人は幸せになると、心が弱くなるものなのだろうか。

ふっと嘉郎の顔が目に浮かんだ。千人針を受け取る時、彼も涙を流して多実の手を握ったのだった。もし彼があの千人針に守られて無事に帰って来たとしても、多実はもう彼のもとには戻れない。嘉郎と武志と、二人の男を欺いている罪深さが、太い針となって多実の心を突き刺した。こんな悪女が無事に子どもを産めるだろうか。帝国軍人の子として生まれて来る子を、正しく育てることができるだろうか。

しかし白い髭の生えた顔をくしゃくしゃにして嬉しそうに笑う忠一郎を見ると、この人を喜ばせることによって自分の不誠実がいくらか許されるような、身勝手な錯覚を持つのだった。

九

年が明けると、空襲の頻度はますます激しくなった。腹をいたわりながら防空壕に入る多実に、八重が手を貸してくれる。甥の勇一も聞き分けがよい子で、真っ暗な壕の中を怖がらず、おとなしく母親に従っている。義父だけが相変わらず避難を拒んでじっと座敷に座っていた。

その頭の上にある神棚に柏手を打ってから、義母の勝子はゆっくり壕に入って来た。

何事もなく警報解除になって壕から出る時、「ああ、よかった」と陽気に伸びをする八重と違って、多実は心が重かった。もし無事に子どもが生まれたとしても、このような環境で育てて行くことができるだろうか。ますます厳しくなる統制下で、栄養も不十分な母体から、子どもの成長に足りるだけの乳が出るとは思えないし、それに代わるミルクが手に入る可能性も少ない。それに、万一焼夷弾の直撃を受けた場合は、消火どころか、首も座らない赤ん坊を抱いて、床下の防空壕から逃げることさえむずかしいだろう。

多実が塞いでいるのに気づいてか、武志は不器用ながらいたわってくれるようになった。今までのように強引にのしかかって来ることもせず、恥ずかしがる多実をあやすように、仰向いた自分の腹の上に乗せようとするのだ。多実は八重が妊娠中兄の上に馬乗りになっていた時のショックを思い出さずにはいられなかった。あの時は何もわからずに、ただ兄の不甲斐なさに腹を立てたものだが、今同じことをしている自分に顔が赤くなる。結婚以来ただ夫のするままに従って来ただけの多実だが、今は夫を満足させるために体を揺する妻になっていた。

勝子に連れられて水天宮へ行き、朱印を捺した晒をもらって来ると、帰りに産院に寄って腹に巻いてもらった。しっかり巻かれた腹の中で、ぴくぴく子が動くのを感じるようになったのはその後間もなくである。武志はその動きに頬を当てて幸せそうに撫でまわした。

そんな日々にも空襲は絶え間なく続き、三月には東京の下町が全焼するほどの酷い災禍に襲われた。そしてその一ヵ月後、巣鴨の町が全滅したのだった。正二や八重と一緒に暮らしたあの小さな家はもちろん、湖水屋も焼け落ちてしまった。女将が早々と見切りをつけてくれたおかげでみんな無事だったが、まだ営業を続けていた三業地では犠牲者も出たそうである。有名な待合茶屋の女将が逃げ込んだ防空壕の中で死んでいたという痛ましい話も伝わって来た。逃げ場を失った人たちは、あの急な大塚駅周辺の土手を這い上がり、山手線の線路に這いつくばって生き延びたそうだ。燃える両側の町の間で火の粉を浴びた一晩、生きた心地もなかったであろう。

駒込の辺りはどうであろう。安井家は無事だろうか。嘉郎の母親は、疎開が間に合っただろうか――。勝子に事情を説明して様子を見に行くわけにも行かず、多実は心を痛めるばかりだった。

被災地の惨状を色々聞いて、もし実際に焼夷弾の直撃を受けた時は、燃える家の床下の防空壕など何の役にも立たないことを勝子は悟ったようだった。そしてお腹に子どもを宿す多実だけでも、広島へ疎開させようと提案したのである。広島市内にある勝子の実家は庭も広く、万一近くに焼夷弾が落ちても類焼は逃れるだろう。食料事情も東京よりはましだろうし、九十を過ぎてリュウマチを病んでいる勝子の母親にも、曾孫を見せてやれると言うのである。

忠一郎も武志もそれには大賛成だったが、軍人の彼らが家族を疎開地へ送って行くために休暇を取ることはできない。そうかと言って、産み月近い多実を一人で行かせるのは危険だ。取り敢えず勝子が先に行って住居を整え、追って八重が多実を連れて行くという段取りを決めた。八重もようやく観念して東京を離れる決心をしたので、帰りに長浜で正二に迎えてもらうという話になったのである。

まず運送屋を呼んで、多実と赤ん坊の衣類などを送ってから、勝子は自分の母親や妹への土産など細々した物だけを持って広島へ発った。数日後、多実と八重が出かけるために切符の手配をしていた矢先である。広島に特殊爆弾が落とされたというニュースが入って来たのは――。

勝子の実家の様子がわからなくて問い合わせているところへ、同じような爆弾が長崎にも落ちたと言う。多実は姑の安否が気になってすぐにでも発ちたいと思ったが、悲観的な情報を得たらしい武志はそれを許さなかった。この際無理をしてでも正二に迎えに来てもらおうということになったのだが、その連絡に手間取っているうちに、終戦の日が来てしまったのだった。

十

多実や八重にとっては、ほっと息をつく「終戦」でも、忠一郎と武志にとっては腸《はらわた》がちぎれるような口惜しい「敗戦」である。二人とも前日から家を出て数日音沙汰がなかったが、ようやく帰って来た時は頬が引っ込むほど痩せて疲れ切って見えた。特に忠一郎は塞ぎ込んで、食事も喉を通らないほどの衰弱ぶりである。間もなく生まれて来る孫を見届けるという目的がなければ、生きて帰って来なかったかもしれないと思われた。

勲章どころか襟章もないよれよれの軍服で、髭も伸び放題という状態で帰って来た武志も、何か悪い病気に罹《かか》っているのではないかと気遣われるほどぐったり弱って見えた。が、彼には広島へ行ったきり行方不明になっている母親を探さなければならないという息子としての強い義務感があって、何とか気力を保っているようだった。

世間では親の七光りとささやかれていたが、息子が人より早く将校になったことを誇りにしていた勝子である。それが今や軍隊時代の身分や階級を隠さねばならないほど、軍人に対する世間の風当たりは強い。広島で勝子がどんなに辛く心細い思いをしているかと心配で、多実は落ち着かなかった。役所を尋ね歩いてもらちが明かず、親戚や知人とは連絡も取れないので、結局武志と二人で広島へ出向くほかはないということになった。しかし、弱り切った忠一郎をおいて行くのも心配で、取り敢えず多実は家に残り、武志が一人で出かけることになった。

が、父親が目を離せない状態だというのに、広島へ行った武志は一ヵ月以上もの間何の連絡もして来なかった。それでいて、九月の末にようやく帰って来た時も全くの手ぶらだった。勝子の実家は爆心地に近く、親戚にも知人にも、一人も生存者を見つけることができなかったというのである。辛うじて耳にしたのは、ある病院が体中火傷を負った瀕死の初老姉妹を収容したという話だけだが、それが勝子と彼女の妹であったかどうかを確かめることはできなかったそうだ。二人とも数日で息絶え、遺品もなかったというのである。ほかにはどの病院でもそれらしい記録を見つけることができなかったという。僅かに望みが残るのは、従軍していたはずの勝子の甥で、もし彼が無事に復員して来れば、真剣に家族を探してくれるだろうという程度の希望だった。

ようやく秋の香りを感じられるようになった頃、予定日を二週間も遅れて多実は男の子を産んだ。敗戦に続いて妻が行方不明になるという不幸が重なり、魂を抜かれたようにぼんやりしていた舅もほんの少し元気を取り戻して、朝から晩まで赤ん坊の脇に横たわっている。夏の初め、もし多実が義母と一緒に広島に発っていたら、産まれなかった子である。孫の出生だけを待っていた忠一郎はどうなっていただろう。背筋が凍るような思いの中で、多実はこの子を育てる重い責任を感じたのである。

結局長浜へ行きそこなった八重が、産後の多実の面倒をみてくれた。八重は未だに料理ができないし、広島から帰ってからの武志はやたら疲れやすい様子で元気がないが、長いこと仕えてくれた家政婦が、主の忠一郎を心配して居残ってくれたお陰で、何とか飢えない程度の生活を保っていたのだ。

四十を過ぎてようやく自分の子を得た武志は、願いが叶った喜びを込めて子どもに「実《みのる》」という名を付けた。妻への感謝を込めた名前だと聞かされて、多実も嬉しかった。ますます手に入りにくくなった食料を、実の乳のためにと、家族はまず多実に食べさせてくれる。おかげで不十分ながら、多実は実に母乳を飲ませることができた。十月十日《とつきとおか》子宮の中で生きて来た子を、今は自分の手で育てているのだと思うとたまらなく緊張し、この子を守るために広島へ発った姑勝子のためにも、世界中の誰より幸せな子にしてやらねばならないと、多実は心に誓うのだった。

次の年、実がヨチヨチ歩き出す頃、多実は二人目の子を身籠もった。食糧事情がなかなか好転しないので、主婦としては心配の方が先立ったが、台所の事情に疎い男たちは率直に喜んだ。忠一郎もマッサージ師に援けられて、家の中をそろそろ歩ける程度に回復し、狭い庭を耕して野菜の種を撒く多実を、頼もしそうに縁側で眺めていることさえあった。

翌年、東京の様子を見に正二が上京して来ると、忠一郎は土産の小鮎を子どものように喜んで食べながら、熱心に東京での再出発を勧めた。身内の者が少なくなったせいもあろうが、その頃の忠一郎は旧知の人が訪ねて来てくれるのを、何より喜ぶようになったのである。励まされた正二の方も嬉しかったのだろう、遠からずもとの場所で店を復活させる約束をして帰って行った。

が、残念なことに、忠一郎は湖水屋の再開を待たずに再び床についてしまったのだった。敗戦後の急激な社会の変化にうまく対応できない心と体が、疲労の限界を超えてしまったのだ。一時小康を得たこともあったが、多実の植えた小松菜を刻み込んだお粥を二口三口食べてにっこりするだけで、それ以上は温めた牛乳しか喉を通らなくなってしまったのである。

多実が女の子を産むと、その子が自分の死んだ母親によく似ていると言って喜び、「直子」という母親の名を付けるように言い遺して息を引き取ったのだった。

葬式にはむかしの部下が大勢集まってくれたが、息子の武志としては、父の息があるうちに母を見つけてやれなかったことが何より心残りだったらしい。仕方なく、勝子が一番大切にしていた茶道具を、忠一郎の遺骨と一緒に墓に納めることにした。

子どもの頃から、軍人になるために育てられた武志は、剣道や柔道、空手など、大抵の武道は一通り心得ていたから、世話してくれる人があって、警察学校で教えることになった。おかげで若者との交流もでき、新しい生き甲斐を持つことができたが、体の方は年齢並みに弱って来たのか、軍人時代のような勢いがなかった。帰宅も早くなり、酒も飲まずに家でゴロゴロしている時間が長くなった。しかしその分だけ家庭的にはなり、日曜など子どもたちを連れて近くの公園へ散歩に行くようなこともあった。それなら実のキャッチボールの相手でもしてやればいいのにと多実は思うが、ベンチに座ってただ煙草をふかすだけである。

祖父の一言で「直子」と名付けられた長女は、直情型というか、一度言い出したら絶対に曲げない勝気な性格の女の子に育った。多分忠一郎は「直」という字に自分の母親のような優しさをイメージしたのだろうが、実際には母親の多実をハラハラさせるほど気の強い女の子になったのである。しかし父親の武志にはそんな直子がたまらなく可愛いらしく、長男の実に我慢させてでも直子の言うことは聞いてやっていた。一人で砂場にしゃがみこんで遊ぶ実より、遊具の順番を守らない男の子に立ち向かって行くきかんぼうの直子の方を、にこにこして見ていることが多かった。

実が小学校へ行き、直子が幼稚園へ通うようになる頃は、世の中も大分落ち着いて来ていた。湖水屋も、もとのところで営業を始め、正二たち三人の家族は、湖水屋の二階で女将と一緒に暮らすようになった。歳取った女将は勇一が可愛くてたまらないし、八重は家事よりも店の仕事の方が性に合っているから、いつの間にか立場が逆転してしまった形で、今は八重が仲居頭として女衆を牛耳っていた。多実も子どもたち二人を送り出した後は、時々女将を訪ねて話し相手になったり、一、二時間板場を手伝ったりするようになった。

その日も湖水屋へ行くつもりで家を出たのだが、駅で大塚までの切符を買おうとした瞬間、多実はふっと巣鴨へ行って見ることを思い付いたのだった。出札口の脇に貼ってある大きなポスターカレンダーが目についたからだ。今日は四の日でお地蔵さまの縁日である。久し振りで刺抜き地蔵にお参りしてみたくなったのだ。嘉郎と一緒に行った天婦羅屋はまた営業を始めているだろうか、あのお汁粉屋はまだあるだろうか、何だかやたら懐かしくなったのだった。

参道の雰囲気はむかしと少し変わったような気がするが、賑わいはすっかりもとに戻っていた。昼間だから当然だろうが、歩いているのはほとんど年配の女性ばかりである。戦後強くなったのは女と靴下だと言われるけれども、老人も凄く元気になったように見える。むかしのように曲がった腰を杖で支えているような年寄りは滅多にいない。お婆さんたちは、何人も横に繋がって、楽しそうに大声でしゃべりながら歩いている。後ろから見ると歳がわからないほど、派手な色の服を着ていたりもする。

一軒一軒見て行くと、この家があの時のお汁粉屋ではないだろうかと思える店が見つかった。ショーケースの中には、小豆が山盛りのぜんざいや、色とりどりの果物が入った餡蜜の見本が並んでいる。小豆色の暖簾の中も賑やかだった。あの時は天婦羅を食べた直後で満腹だったから、大して美味しいとも思わなかったが、今ならちょっと食べてみたい気がする。でもやはり一人で入る気にはなれない。今度の縁日には、実や直子を連れて来てやろうなどと考えた。

高岩寺の境内に近づくと、アコーディオンの音が聞こえて来た。片隅に白い着物を着て黒い眼鏡をかけた傷病兵が三人かたまっていて、その中の一人が多実もよく知っている「異国の丘」という歌のメロディを弾いているのだった。その人は脇に挟んだ松葉杖に寄りかかっているが、片方の足は義足だった。あとの二人は地べたに蓆《むしろ》を敷いて座っているが、一人は極端に座高が低く、両足がないようである。二人の前にはお椀のような器が置いてあり、硬貨が二つだけ入っていた。多実はきゅっと胸が痛くなった。

多実の夫は職業軍人だったにもかかわらず、最後まで国外に出なかったが、実際に戦地へ駆り出された兵士たちは、こんな体になるまで戦わされたのだ。日の丸の旗と「万歳、万歳」の声に送られて出征した日を、どんな思いで振り返るのだろう。

黒眼鏡をかけているので顔がわからないし、歳も想像がつかないが、この人たちには家族がいないのだろうか。いたとしても、その家族のために働ける体ではない。これからの生涯、ずうっとこうして物乞いのような生活を続けなければならないのだろうか――。

警察学校で教えるようになって間もない武志の給料は、二人の子を抱えた四人の生活が息苦しいほど少ない。それでもこの人たちに比べたら、健康で働けるだけでも恵まれているではないか。多実が財布から札を一枚抜き出し、しゃがんで彼らの前のお椀に入れると、座っている二人は顔を蓆に擦りつけるように深くお辞儀をした。が、多実が立ち上がった途端、片方の人が素早く札を掴んで懐に入れたのである。そうか、硬貨は問題ないが、札は風に飛ばされる恐れがあるから、すぐしまわなければならないのか。――ということは、あの人は目が見えているのだ。黒い眼鏡は目が不自由だからではなく、顔を見られたくないから掛けているのだ。一言お見舞いの言葉をかけたかったが、多実はすぐ離れることにした。

お地蔵さまにお参りした帰りにもう一度前を通ったが、器の中の硬貨はまだ二つきりだった。

立ち止まってアコーディオンを聞く人もいないし、硬貨を投げ入れる人もいない様子である。

彼らの前を通り過ぎた瞬間、多実の心にくっと鋭い刺すような痛みが突き上げた。不意に、もしあれが嘉郎だったら――という思いが湧いたのである。むかし少しでも好意を持った女に顔を見られたくないだろう。金など恵んでもらいたくないに違いない。さっさと消えて欲しいと思うのではないだろうか。まして、約束を忘れてほかの男の妻になり、子どもまで生んだ女から少しばかりの金を恵んでもらうなんて、そんな屈辱があるだろうか――。

多実は足早にその場を離れた。すると、追いかけるように、いきなりアコーディオンの曲が変わったのである。「防人の歌」だった。「海行かば水づく屍、山行かば草むす屍――」、多実が奉公していた京都の漬物屋の子どもたちが、この歌の入った愛国百人一首で遊んでいたのを思い出す。多実はよく彼らの相手をさせられたが、読み札の漢字に振ってある振り仮名が小さくて読みにくく、つっかえる度に嗤《わら》われて口惜しかったものだ。

後ろから聞こえて来るその悲しいメロディは、「おい、おい、戦争にも行かずにぬくぬく暮らしていたくせに、恵んでくれるのはたったこれっぽっちかよ」と言うように、恨みがましく聞こえた。甘いお汁粉を食べる金はあっても、働けない傷病兵に恵む小銭は持ち合わせない人々が、賑やかにしゃべりながら行く間を縫って、多実は小走りに駅に向かった。

嘉郎の出征を見送った日、多実は帰りに天祖神社に寄り、「たとえ足が一本になっても、腕が片方無くなっても、必ず生きて帰って来てくれますように」と祈ったものだ。何と残酷な祈りだったろう。「どうぞ五体満足で帰って来られますように」と祈るべきだった。

湖水屋の板場で働いている人たちに食後の果物でも買って行くつもりだったが、今日はもう誰とも会いたくない気分だった。真っ直ぐ家に帰り、子どもたちの帰りを待つことにした。

考えてみると、丁度その頃からである。多実が何となく体の不調を感じ始めたのは。月のものが止まって、三人目の子どもができたらしいのに気づいたのはもう少し前のことだが、近ごろ何となく元気がない夫の様子が心配で、そちらにばかり気を取られていたのだった。男性にも更年期というものがあると教えてくれた人がいて、大きな病院で健康診断を受けてみるように勧めたのだが、彼は笑っただけだった。

「俺をいくつだと思っているんだ。二十も若い女房と比べられたんじゃかなわんよ。俺は病院ほど嫌いなところはないんだ。病院へ通って長生きするくらいなら、今晩お前の腹の上で死んだ方がましだ」

「でも、うちはまだ子どもたちが小さいんですもの。あなたがいつまでも元気でいてくれないと困るわ」

「元気じゃないか。それともお前、最近の俺が物足りないのか？」

夫自身に自覚症状がないのなら、煩く言うこともあるまい。食事などに気を付けて、無理をしないようにゆっくり暮らしてもらえばいいと、多実は考えなおしたのである。

十一

多実が湖水屋でつい長居をしてしまった日、急いで帰ると、夕方にはまだ間があるのに、もう武志が帰っていた。座布団を二つ折りにして枕にし、畳にごろりと横になっている。

その日多実は、少しだけ女将の話し相手になろうと立ち寄った湖水屋で、勇一のパジャマのボタンを付けと、穴かがりを頼まれてしまったのである。女将は最近目が見えにくくなったというのに、勇一のことは何でもやりたがり、夜店で可愛い生地が見つかったと言って、パジャマを縫ったのだ。裁縫など習ったわけでもないのに、見よう見真似で作ってみたらしいのだが、さすがに穴かがりは手に余ったと見えて、多実に泣きついて来たのである。もうすぐ中学生になる勇一にとっては迷惑だろうが、せっかくお祖母ちゃんが作ったのだから、一、二度でいいから着て見せてやるようにと、多実は言い聞かせた。小さい時から面倒をみてもらった叔母の言うことだから、勇一も渋々頷いてくれる。多実にとっても、正二の子は自分の子と同じように可愛い。やれやれとため息をつきながらも、女将の愛情が嬉しいので、できるだけ手を貸してやることにしているのである。

多実が帰って来たのに気づいたらしく、奥から直子が出て来た。

「お兄ちゃんは？　まだ帰って来ていないの？」

「寝てる。気分が悪いんだって」

「えっ、どうしたの？　風邪かしら。熱測った？」

思わず急き込んで大きな声を上げてしまったからだろう、眠っていると思った武志が、刺のある声でぶすっと言ったのである。

「子どもの熱など、母親が測ってやるものだろう」

「お父さんがいたのなら、代わりに測ってやってくれてもいいじゃないですか」

「いたわけじゃない。たまたま近くに用があったから寄ってみたら、あいつが真っ青な顔して倒れていたんだ」

「倒れていた？」

「ああ、母親がいない家にな」

「どうしたんでしょう」

「どうしたんでしょうじゃないだろう？　子どもが病気だというのに、ふらふらほっつき歩いている母親がどこにいる？」

納得はできなくても、一言も返せなかった。心配そうに母親を見上げている直子の視線が怖いような気がした。

多実は立って行き、実が寝ている部屋の襖を開けて見た。まだ綺麗に片付いたわけではないが、祖父がむかし使っていた奥の六畳に、最近の実は一人で寝るようになっていたのだ。

「実、どうかしたの？　気分が悪いんだって？」

「うん。でも、もう治った」

「じゃあ、どうして寝てるの？　お父さん心配してるじゃないの」

実はのろのろ起き上がった。布団を畳もうとするので、多実が手を貸そうとして傍に寄ると、その多実の肩に実はだるそうにもたれかかって来た。

「どうしたの？　まだ気持ち悪いの？」

実の額に自分の額を押し付けて見たが、熱はなさそうだった。

「お兄ちゃん、学校で吐いたんだって。先生が自転車で送って来てくれたんだよ」

ついて来た直子が言った。

「そうだったの？　それで？　まだ吐きそうなの？」

「ううん。もう治った」

それでも実は力なくとろんとした目をしている。多実はそのまま実をおぶって、医者の家へ走った。

運よく最後の患者が帰った後で、診療所を締めようとしていた産科医が、すぐ妻の小児科医を呼んでくれた。

実を診察してくれた小児科医は、首を傾げて小声で言った。

「神経性の自家中毒ですね。学校でいじめられたり、親に折檻されたりした子が、時々こういう症状をみせることがあります」

「親に折檻？」

「お宅ではそんなはずありませんから、学校で何かあったんじゃないですか？　消化のいいものを食べさせて、早く寝かせて上げてください。もし明日学校に行きたがらないようでしたら、担任の先生にご相談なさるといいかもしれませんね」

医者が打ってくれた注射が効いたのか、実も帰りは普通に歩けるようになっていた。

「今日、学校で何かあったの？」

「別に」

「お友達と喧嘩したり、先生に叱られたりしなかった？」

「叱られたりしないけど、ただ――」

「ただ？」

「算数の時間、お母さんたちの前で間違えて恥ずかしかった。みんなに笑われたし――」

「お母さんたちの前？」

「うん。今日は授業参観日だったから」

はっとした。そう言えば、今日は実の学年の授業参観日だった。その後父母会もあったはずなのに、多実はすっかり忘れていたのだ。自分の母親が姿を見せないのも寂しかったろうし、大勢父兄が見ている前でやらされた問題を間違えたりしたら、恥ずかしかったに違いない。

「お父さんに話した？　そのこと」

「ううん」

「言わないでおこうね。済んだことだから」

「うん」

「お夕飯、何が食べたい？」

「何も食べたくない」

「じゃあ、おうどん作るから、少しだけ食べる真似してごらん。全然食べないと、またお父さんに怒られるから」

「うん」

実は下を向いたまま頷いた。

「ごめんね、お母さん留守にしていて」

自分の体調もよくないし、お腹の子どものことや夫の様子など色々気になることが重なっているのは確かだが、そのために子どもの父母会を忘れたなんていうことは今までになかった。一体どうしちゃったのだろう。この歳でもう呆けて来てしまったのかと、多実は拳で自分の頭を叩いた。

こんな風で、三人目の子を、ちゃんと産めるだろうか――。実が生まれた時、真っ白い眉毛をぴくぴくさせて嬉しそうに笑った義父の顔を思い出す。あのお祖父ちゃんを喜ばせるために、多実は一所懸命に子どもも産み、育てて来たような気がする。しかし今度は夫のために産むつもりだった。三人目が生まれたら、さすがに夫も元気になるのではないかと思ったのである。それなのに、最近の武志はやたら不機嫌で、今までになくきつい言葉で妻を責める。やはりどこか体の具合が悪いのではないだろうか。

夫婦揃ってこんな風では、生まれて来る子どもが可哀想だ。お兄ちゃんとお姉ちゃんになるのを楽しみにしている二人の子どもたちのためにも、夫にはもっとシャンとしていてもらわなければならないし、自分ももう少し緊張しなければならない。

そんな風に考えると、また多実は何となく気分が悪くなり、食べてもいないのに吐き気を感じ、頭痛に悩まされるのだった。上の二人の子は生まれて来るのがただただ楽しみだったものだが、三番目のこの子には、はっきりした理由もないのに不安を感じる。お願いだから、元気に生まれて来てねと、自分の腹を擦ることもあった。それなのに、思いがけなく一ヵ月半も早く破水してしまったのだ。「この馬鹿ものっ」と、多実は自分の頭を柱に打ちつけたものである。

十二

多実はただ医師に紹介されるままに従っただけだが、K総合病院の小児科は全国的にも有名なのだという。多実は聞いたことがないが、医師は週に一度ラジオの健康相談にも出ている先生だということを、八重が店に来る客から聞いて知らせてくれた。その治療が功を奏したのか、六週間早く生まれた健二だが、五週間目にはほぼ正常な新生児の平均体重に近づいていた。大事を取って六週間預かってもらったが、秋も終わりに近づいたので、寒くなる前にと、医師に退院をすすめられたのだった。

実にも直子にも着せた白い毛糸のベビー服を着せ、姑の手作りのおくるみに包んで、多実は健二をしっかり抱いた。

近所の産院からだったけれども、実も直子も退院する時はこのおくるみに包まれて帰ったのである。姑の勝子は初孫の顔を見ることができずに逝ってしまったが、彼女が遺してくれたこの綿入れのおくるみは、三人の孫を一人一人温かく包んでくれたのだ。初孫のために彼女が用意してくれた服や沢山の襁褓は、早々と送った先の広島で消えてしまったが、どうしてか、このおくるみだけは家に残っていたのである。もしかすると、これは姑が孫のためではなく、自分の子どものために作ったものではないだろうか。武志がお腹にいる時、若かった勝子が心を込めて縫ったのかもしれない。そうだとすると、五十年以上の間、四人の赤ん坊を寒さから守ってくれたことになる。

表地の柄はでんでん太鼓や笛、雪兎など、色々な子どもの玩具である。そう言えば、直子が幼稚園へ行くようになった時から押し入れに突っ込んだままになっている玩具箱の中に、確かまだでんでん太鼓があったはずだと多実は思い出した。実や直子の時は、早々と玩具を買い集めて親の方が楽しんだものなのに、今回は保育器の中の健二を見守ることにばかり気を取られて、玩具のことまで考えつかなかった。あの玩具箱を出して見せたら、上の子どもたちの方が大喜びするのではないだろうか。

長いこと保育器の中で育てられて来た健二はよく眠る。抱き癖がついていないから、あまり泣きもしない。時間が来てお腹が空けばミルクを欲しがるだけだ。母乳を、健二にはとうとう一滴も飲ませてやれなかった。張って来る度に絞って捨てていたのだ。今になって抱き締めてやっても、健二は母親の乳房から乳の匂いを感じてくれないだろう。

病院からの帰り、タクシーの運転手に頼んで駒込の安井生花店へ寄ってもらい、多実は仏壇用の菊の花を買った。舅夫婦にも健二の退院を喜んでもらおうと思ったからである。嘉郎の従弟の妻だという女性は、多実を覚えていて、三輪のガーベラをおまけにつけてくれた。そしておくるみの中で眠っている健二を覗き込んで、「おめでとう」と言ってくれたのである。多実にはそれが、嘉郎からのエールのように聞こえて、思わず涙ぐんでしまった。

彼女は明るい声で言った。

「乾物屋時代を知っているお客さんが見えたって話したら、主人がびっくりしていました。懐かしいって」

大きなひまわりの花を描いたエプロンで手を拭きながら、彼女は言った。

「戦死したという従兄が描いた山百合の絵があるはずなんですって。どこかの展覧会に入選した、とってもいい絵だそうですよ。今度静岡へ行って訊いてみるって、主人が言っていました」

「まあ、そんな絵があるんですか？　わたしも拝見したいわ」

「もし譲ってもらえたら、この店に飾るって言っていますから、その時は見にいらしてください」

本当なら嬉しい。できれば美術学校へ行って絵を学びたかった嘉郎である。そんな絵がどこかに埋もれているのなら、この店に飾ってもらえば喜ぶに違いない。

彼女の話の様子では、親戚関係も嘉郎から聞いていたほど悪くはないような気がする。母親世代は別としても、歳の似通った従兄弟同士は案外仲好く付き合っていたのではないだろうか。

わけもなく多実はほっとした。

菊を仏壇に供え、ガーベラを花瓶にさして居間の棚に置いた。武志が気づくとは思えないが、訊かれたら近所の花屋で買ったことにするつもりだった。

子どもたちは、帰って来るなり興奮して、初めて会う弟に飛びつこうとする。

「駄目、駄目。赤ちゃんは黴菌《ばいきん》に弱いんだから、ちゃんと手を洗って嗽《うがい》してからでなくちゃ、触っちゃ駄目よ」

「はーい」

二人は競うように洗面所に飛んで行った。

間もなく、八重が湖水屋の女将からのお祝いを届けに来た。子どもたちには、いつものように丁稚羊羹を土産に持って来てくれる。しかし実も直子も羊羹には見向きもせず、夢中で弟をあやしている。

「あ、あくびしたよ。小っちゃいベロが見えた」

「僕の指摑んだ。舐めようとしてる」

「駄目だよ。お兄ちゃんの指、黴菌ついてるんだから」

「洗って来たもん。大丈夫だよ」

「それでも駄目なのっ。舐めさせたりしちゃ。黴菌は石鹸でも死なないんだから」

「直子だって、健二の頰っぺたにキスしたじゃないか」

「キスはいいのよ。お兄ちゃんもやってごらん。健ちゃんの頬っぺた、柔らかくてマシュマロみたいだから」

まるで人形のようにおとなしく、健二は彼らのされるままになっている。初めて会う自分の兄姉が、彼には何に見えるのだろう。八重はその辺に散らばっている玩具を弄《いじ》りながら、そんな子どもたちを面白そうに眺めていた。

「お義姉さん、これから忙しい時間なのに、お店、留守にしていて大丈夫なの？　女将さんに怒られない？」

と多実は心配したが、八重は気楽に笑う。

「平気、平気。あの家じゃあ、もともとあたしなんか数に入っていないようなもんだから。勇一さえいれば、女将はご機嫌なのよ」

「勇一君にも、弟か妹を作って上げたいわねえ。お義姉さん、頑張ってもう一人産まない？　勇一君のために」

「何言ってんの。あたしの歳で、もう子どもなんか無理よ。それより、そろそろ女将さんの老後の心配しなくちゃ」

「それはちょっと早過ぎない？　お義姉さんがそんな心配してるって知ったら、女将さん怒るわよ、きっと」

「怒るにきまってるから、まだ何も言わないわよ。でも、目は悪くなるし、脚は弱るし、やっぱ歳は争えないわよ。ただ、何てったって、あの人はあたしたちの大恩人だから、世界一贅沢な老後を迎えさせてあげたいねって、正さんと話してるのよ」

「豪華客船で世界一周させてあげるとか？」

「それもいいけど、琵琶湖の傍に、静かな別荘建ててあげるなんていうの、どうかな」

「静かな別荘より、お義姉さんや勇一君と賑やかに暮らす方が、女将さん喜ぶと思うなあ」

そんな話をしながらでんでん太鼓をくるくる回していた八重も、実と直子が赤ん坊に夢中で、全然自分に関心を持ってくれないので、さすがに退屈らしく大きなあくびをした。

「やっぱ、そろそろ帰るかな。お宅の旦那も帰って来る頃だしね」

「そうなの。最近、彼、やけに帰りが早いのよ。歳のせいかしら、やたら疲れるみたいで」

「そうなんだってね。だるくてしょうがないって、この間も正さんにこぼしてたわ」

「えっ？　あの人、一人でお宅にお邪魔するの？」

「うん。最近よく来るわよ。やっぱ彼、正さんが一番話しやすい相手みたいね。多実ちゃんはすぐ大騒ぎするから、黙っててくれって言われたけど、彼、自分の体のこと、ちゃんと気づいてるみたいよ」

「本当？　わたしには何ともないって見栄張ってるけど」

「やっぱ原爆の直後、お母さんを探して広島を歩きまわったのがいけなかったんじゃない？あの頃はまだ街中放射能がいっぱいだったっていうから」

「えっ、そんなことってあるの？　全然知らなかった」

「彼が言うまで、知らない顔しててあげなさい。女房に心配されるのって、すごく煩わしいらしいから。男って、そういうもんなのよ」

「だけど、夫婦なんだから――」

「夫婦だからよ。自分でもわかってること、女房にしつこく言われると、ついカアッとしちゃうのよ、男って。特に軍人上がりは見栄っ張りのくせに、案外臆病なとこがあってさ、本当のこと知るの怖いのよね。だから切れやすくなるのかもしれないわね」

　このところ、健二のことで頭がいっぱいだった。夫の健康の方は、気にはなったが、そこまで深刻に考えなかった。そう言えば、彼は原爆直後母親の消息を求めて爆心地を一ヵ月以上歩き回ったのだ。体中たっぷり放射能を浴びて来たのかもしれない。そんなことに気づいてやれなかったなんて、何という女房だろう。恥じ入るばかりだった。

「大丈夫。正さんが知り合いのお医者さん紹介したから、そのうち自分で診察に行くわよ。店のお客さんでね、最近京都からこっちの病院へ転勤になった人なんだって。とっても優秀な先生だそうだから、信頼して待っていらっしゃい」

　ありがたかった。十六の歳に東京に出て来てから、兄夫婦には世話になりっぱなしだが、見えないところで、夫まで厄介をかけていたとは知らなかった。明るいだけで何の苦労もないように見える八重だが、義妹夫婦のためにこんな心配をしてくれていたのだ。

八重と入れ違いに帰って来た武志は、まず健二の顔を覗き込んで、

「実と同じ顔だな」

と軽く言った。片手でネクタイを緩めながら、そこにあったでんでん太鼓を摑み、健二の顔の上で軽く振る。太鼓の音を追いかけるように顔を左右に動かす健二を見て、ほっとしたように言った。

「大丈夫だ。見えてる」

「見えてるって？　あなた、もしかして、この子の未熟児網膜症を心配していたの？」

「ああ、万一のことがあったら、可哀想だもんな」

健二の視力について、多実は一人でくよくよ心配していたが、夫には言ったことがなかった。心配してもどうしようもないことを、夫からまでくどくど言われたら、たまらないと思ったからである。どうせ彼は何も知らないだろうから、はっきりするまで言わないでおこうと決めていたのだ。まさか、彼は彼で同じことを心配していたとは知らなかった。

しかしはっきり言えば、健二は太鼓の「音」に反応したのかもしれない。古い色褪せた太鼓が、この子の目にどの程度見えているのかわからない。でも、多実はそれも黙っていることにした。健二の心臓の不安も、今は話題にするのをよそう。今日はただ、みんなでこの子の退院を祝うことにしよう。

多実は今でもたまに、子守り奉公に行かされた最初の家で、赤ん坊を負ぶったまま居眠りし、縁側から転げ落ちてしまった時のことを思い出す。多分赤ん坊に怪我をさせてしまったのだろう、その家の主人に「出て行けっ」と怒鳴られたので、何も考えずに飛び出してしまったのである。まだ子どもだったから方向など判らず、雨上がりのずるずる滑る山道をただ夢中で走ったのだった。木の間からちらちら見える麓の村の灯りが鬼火のようで凄く怖かったのを覚えている。疲れ切った多実は、山の中で泣きながら眠ってしまったらしい。朝になって駐在所の巡査が見つけてくれた時、よく無事だったと感心された。その山には猪や山犬など獰猛《どうもう》な獣が沢山いたのだという。

大人になってからも、あの時のことを思い出すと背筋が寒くなる。そして思うのである。多実は子どもの頃から、ただ無鉄砲に走って来ただけで、自分で考えて行動したことがないのではないか——と。

いつも誰かに追い込まれたり、何かに引きずられたり、成り行きでどうしようもなく、目の前の道をつっ走って来たのである。でも、不思議とそのためにひどい目に遭ったことはない。いつも何とか無事に通り過ぎて、ここまで生きて来た。もしかすると神さまは、多実が何もできない愚かな女だと知っておられるのではないだろうか。だから川に浮かぶ朽ち葉のように、岩にぶつかったり沈んだりしないように、うまく流してくださっているのかもしれない。

この子たちは、不運にもそんな女の子宮から産まれたのだ。神さまはきっと憐れに思って守ってくださるに違いない。何も知らなかったとはいえ、そんな妻を娶らされた不運な夫も、何とか守ってくださるだろう。

炊飯器の蓋を取ると、赤飯の匂いがモアッと台所に広がった。実と直子は赤飯よりカレーライスの方が好きだけれども、これは多実がこの家に嫁に来る前からの習慣で、おめでたい時には必ず赤飯を炊くのである。それをまず仏壇に供えて、武志が両親の位牌に手を合わせるのだ。最近はその後ろで、実と直子も小さな手を合わせるようになった。彼らはお祖母さんに会ったことがないし、お祖父さんの顔も覚えていないはずだが、どこからか語り掛けて来る声が聞こえるのではないだろうか。

多実は、そんな家族の一番後ろで、ひっそりと手を合わせる。南の島で、もしかしたら多実の名を呼びながら命を落とした人に、「許してください」と頭を下げるのである。「こんなに幸せで、ごめんなさい」と、心の中で呟くのだ。嘉郎の怒った顔を一度も見たことがない多実だが、多分一生そう言って謝り続けるのだと思う。

麻里子《まりこ》が学校でまた倒れたという電話が母からかかって来た。

「だから今日はまだ無理だと言ったじゃないの。昨日まで熱があった子を、こんな寒い日に学校へ行かせるなんてどうかしてるわよ。とにかくこれから迎えに行って来るから」

と、母は咎《とが》めるような言い方をする。

「どうかした？」

と係長が低い声で訊いてくれた。

「娘が貧血で倒れたんだそうです。昨日まで風邪で休ませていたんですけど、今日はもう大丈夫だと思ったものですから学校へ行かせてしまったんで、母に怒られたところです」

「ああ、子どもはちょっと快《よ》くなるとおとなしく寝ていてくれないんだよね。学校へ行くのだって、勉強したいからじゃなくて、友達と遊びたいからさ」

心配だろうからすぐ帰れと係長は言ってくれた。課長が戻って来たら、自分が用を頼んだことにしておくからと言う。

「ありがとうございます。でも、うちは世話やきのお祖母ちゃんがいますから」

「いいって。子どもはやっぱ母親の顔を見ると安心するもんだよ。どうせもうすぐ退社時間だから帰りなさい」

係長の息子はまだ小学生だし、サッカーに夢中だというから、学校や友達が大好きな明るい少年なのだろう。麻里子の場合は大分事情が違うけれども、せっかくだから係長の好意に甘えさせてもらうことにした。

昨夜から熱も下がって、今朝はすっかり平熱になっていたのに、ぐずぐずしてなかなか起きようとしない麻里子を、いつもの甘ったれだと思ったから、佑子《ゆうこ》は叱るようにして無理に学校へ行かせたのである。もしかすると風邪がまだ治りきっていなくて、本当に体がだるかったのかもしれない。そう言えば朝ご飯もろくに食べなかった。でも、中学二年になった麻里子の場合、高校への進学を真剣に考えなければならない時期なのだ。今の成績では都立高校は難しいと、この前の個人面談で担任に言われたばかりである。少々の無理はさせなければと、母親の佑子の方が少しムキになったのだ。こんな体で登校させるのはまだ早いと言って反対した祖母の多佳《たか》が、それ見たことかと佑子を責めるのも無理はなかった。

足早にスーパーマーケットの前まで来ると、店先にグレープフルーツが積まれていた。つやつやした黄色い肌のホワイトとオレンジ色のルビーがそれぞれ別のワゴンに盛られている。死んだ夫はこれが大好きで、食卓にはいつも一つか二つ転がっていたものだ。が、最近は同居している多佳が血圧降下剤を飲んでいるので買ったことがない。どういう理由かよく知らないが、その薬とグレープフルーツは相性が悪いというのだ。美味しそうだなと思ってつい立ち止まってしまうが、母が食べられないものをわざわざ買って帰るのも意地が悪いような気がしてやはり素通りする。

電車の中で、あのグレープフルーツが二箱届いた日のことを思い出した。夫の康介《こうすけ》は高校の教師だったが、何かの時にこれが大好きだという話を生徒にしたらしいのだ。その年のお歳暮に、クラスの父兄からグレープフルーツが二箱届いたのだった。康介はもちろんだが、麻里子も大喜びで、グラニュー糖をたっぷり振りかけた果肉をスプーンですくっては食べていた。

あの頃は康介が突然いなくなることなど想像もしなかったし、母の多佳と同居することになるなどと考えてみたこともなかったのである。

いつもと同じように学校へ出て行った夫が、突然心筋梗塞で倒れたと聞かされて、佑子は目の前が真っ暗になった。公立高校の教師をしていたのだから、毎年健康診断は受けていたはずなのだ。特に異常を聞かされたことはなかった。康介の専門は英語だが、高校ではバスケット部の顧問をしていて、毎週末ほとんど休みなしで指導に行くほど元気な人だったのだ。他校との試合があった日などは、試合の後生徒をぞろぞろ連れて来て佑子を慌てさせた。勝った日はもちろんお祭り騒ぎだが、負けた時も、やれお握りだ豚汁だと腹いっぱい食べさせてやると、生徒たちは明るい顔で帰って行ったのだった。

佑子の父の危篤が知らされたのは、康介の葬式の直後だった。父は十年以上前から何回も脳梗塞を起こしていたが、その度に持ち直して母が一人で看病していたのである。慌ただしく帰郷したが、結局佑子は父の最期に間に合わなかった。が、驚いたことに四十九日がすむと、何の相談もなく、いきなり母が上京して来たのである。短い間に、母娘して同時に未亡人になってしまったのだから、この際一緒に暮らすことにしようと言うのであった。

はっきり言えば、佑子の両親は娘婿にあまり好感を持っていなかったのである。父には康介が、教師のくせにボール投げをして遊んでいるだけの軽い男に見えたらしい。市役所に勤めていた父は気難しい人だったが、それなりに土地の人から頼りにされ、尊敬もされていた。郷土史の研究をしていて、家の中はその関係の本でいっぱいだった。が、娘の夫はろくに本も読まず、英語はしゃべれても日本語は敬語も正しく使えない粗野な男だというわけなのだ。あれでは孫娘の躾も心配だと父はよく愚痴をこぼしていたそうだ。その康介が死んでしまったので、娘や孫と気楽に暮らせそうだと、母はむしろ楽しげに乗り込んで来たのである。

母が家事を一切受け持ってくれるのはありがたいし、おかげで佑子は勤めに出られるようになったわけだが、煩いほど孫の世話をやくのだけは、どうにも迷惑だった。さすがに役員だけは受けないでくれるが、父母会から授業参観まですべて多佳が出席するのである。たまに佑子が出られる時でも、多佳は必ず一緒に来てちゃっかり隣に座っているのだ。「麻里子ちゃんちのお祖母ちゃん」と言えばクラスの有名人に近いほどだった。

「麻里子、体育の時間に倒れたんだそうだよ。近頃の先生は冷たいね。病み上がりの子なら、こっちが言わなくても休みなさいって言ってくれるものじゃないか。それを休ませないばかりか、ほかの子と一緒にマラソンまでさせたんだとさ」

佑子の顔を見るなり、多佳は興奮気味で教師をなじった。少し時間が遅過ぎると思ったが、ともかく佑子は担任に電話をしてみることにした。

「娘がご迷惑をおかけして申し訳ございませんでした」

とまず謝ると、担任は声を低めて言った。

「ただの貧血のようでしたから心配ないと思いますけれど、様子によっては明日も休ませた方がいいですね。いつでもいいですけど、麻里子さんのことについては、一度じっくりお母さまとお話ししたいと思っています」

「すみません。勤めているので、つい母に任せっぱなしで」

と、佑子は受話器に向かって何度も深く頭を下げた。

電話では詳しく話せないけれどもと断った上で、担任は事情を説明してくれた。やはり体がだるかったのだろう、麻里子は体育の専任教師に「休んでもいいですか」と訊いたのだそうだ。体育の専任は麻里子が昨日まで風邪で休んでいたことなど知らないから「駄目だ」と答えたという。もし麻里子が「風邪を引いているから休みます」と言えば休ませたのに、中学生にもなって教師に判断を仰ぐような子では駄目だと思ったから、敢えて休ませなかったと、体育の教師は言ったそうだ。

「とかくお祖母ちゃん子は過保護になりがちで、言わなくてもわかってもらえるという甘えを持っている子が多いんです。麻里子さんは特に自主性に欠けているように見えますから、お母さんも気をつけてあげてください」

「はあ、気をつけます。申し訳ございませんでした」

と言って電話を切ったものの、何となく後味が悪かった。

「どうして体育を休みますって言わなかったの？」

と訊くと、麻里子は不思議そうな顔をした。

「休んでいいですかって訊けば、いいって言ってもらえると思ったんだもん」

「そこがあんたの悪いとこなんだよ。こう言えばこう答えてくれるだろうなんて、甘ったれた期待を持っちゃ駄目。あたしはこうしたいんですっていう気持ちを、はっきり伝えなくちゃ」

すると多佳が横から口を出した。

「先生に向かってそんな言い方させようったって無理だよ。子どもは誰だって、先生には控えめな言い方をするものだよ。佑子だって、鉄棒から落ちて足首を捻挫した時、先生におんぶされて帰って来たことあるじゃないか。あの時、自分から先生におぶってくださいってたのんだのかい？」

「あれは小学校の時のことじゃないの。本当に痛かったのよ。足が折れちゃったかもしれないって思うほど痛くて泣いてたら、先生の方からおぶってあげるって言って背中を向けてくれたのよ」

「そうだよねえ。先生のワイシャツの背中がびしょびしょになるほど泣いてたよね」

「むかしの先生って、そんなに優しかったんだ」

と、麻里子がぽつんと言った。多佳は大きく頷いた。

「ああ、むかしはいい先生がいっぱいいたもんだよ。今みたいにギスギスした先生なんていなかったよ」

「パパも、そんな優しい先生だったのかなあ」

それには答えにくかった。生徒をぞろ〳〵つれまわしてやたら人気はあるように見えたけれども、彼が女生徒をおぶって歩く図は想像しにくかった。

「どうかなあ。親しまれる先生だったことは確かだけど」

麻里子はちょっと涙ぐんで言った。

「もしバスケの試合で足を捻挫した子がいたら、パパもおぶってあげたんじゃないかな。あたし、そんな気がする。パパがそういう優しい先生だったから、津山さんだって未だにお線香上げに来てくれるんだよ」

「そう言えば、最近津山さん来ないねえ。麻里子が病気だって電話してみようか。驚いて飛んで来るんじゃないかな」

と、多佳がふざけるように言った。

「お祖母ちゃんったら、何言ってるの。忙しい津山さんをそんなこと言って呼び出すなんて、とんでもないわよ」

佑子は思わずきつい口調になった。津山のこととなると、自分が妙に真剣になるのが何だか恥ずかしい。上海に出張しているはずの彼が、そろそろ帰って来る頃なのを気にしていたところだったからかもしれない。

「よっこらしょっ」という掛け声と一緒に多佳は立ち上がり、夕飯の支度にとりかかった。いつもならもう食べ始めている時間だが、麻里子の貧血騒ぎでまだ用意していなかったとみえる。

「今日は麻里子のお相伴で、みんなお粥をたべようかねえ」

多佳が台所から大きな声で訊く。佑子は麻里子の顔を見て頷きながら答えた。

「おかずはハムエッグでどう？ それくらいなら麻里子も食べられるでしょう？」

「あたし、何も食べたくない。お粥に海苔のふりかけでいいよ」

「何言ってるの。そんな風だから体力が付かなくて、貧血ばかり起こすんじゃないの。少しは努力して食べなさい」

「まあ、いいさ。今は食欲がないのも当然だよ。そのうち体の調子が戻ったら何でも食べるよねえ、麻里子」

心得た風で多佳は冷蔵庫をかき回し、リンゴと胡瓜にハムをまぶしたサラダを作った。茹で卵とトマトで綺麗に仕上げてくれたが、麻里子は本当に食欲がないらしく、リンゴを二切れくらいつまんだだけだった。

玄関に置きっ放しにしていたハンドバッグの中で、佑子の携帯が鳴った。立って行ってみると、やはり津山からだった。

「今日、会えないかな」

麻里子は咄嗟に左手で携帯と口を囲った。

「ごめんなさい。今日はわたし、もう家に帰って来ちゃってるの。麻里子が学校で倒れたものだから」

「えっ、麻里子ちゃんに何かあったの」

「ううん、ただの貧血よ。あの子時々脳貧血を起こすの。昨日まで風邪で学校休んでたのに、体育でマラソンしたんだって。馬鹿よね。中学生にもなって自分で自分の体を管理できないんだから」

「それじゃあ、これからお見舞いに行くよ」

「やめて。あなたとのこと、母にはまだ気づかれたくないのよ」

「大丈夫。上手くやるから」

「駄目よ。あなたはできても、わたしは上手くなんてできないわ」

「心配するな。麻里子ちゃんに何か美味しいもの買って行くよ」

電話を切って茶の間に戻ると、多佳が誰からの電話か訊きたそうな顔で見上げる。

「津山さんだったわ。麻里子のこと話したら、お見舞いに来るって」

「わあっ」

と麻里子が喜んだ。

「それじゃあ、病人らしくちゃんと寝ていよう」

「無理しなくてもいいわよ。どうせ仮病だってこと、見抜かれちゃうんだから」

「仮病じゃないもん。あたし、本当に気分が悪かったんだよ」

「でも、今はもう治ってるんでしょ」

「そりゃあ、そうだけど」

「それなら、お粥くらい残さずに食べなさい」

津山が来ると聞いて、多佳もそわそわと立ち上がった。康介の大学の後輩である津山は、今商事会社に勤めているが、学生時代世話になった縁で、康介の勤めていた高校へ土日にバスケットのコーチとして来てくれているのである。康介の葬式を取り仕切ってくれたのも彼だし、その後も時々顔を出して佑子や麻里子を励ましてくれる。多佳も彼の若い快活さは気に入っているらしく、彼が来るとまるで自分の客のように歓待するのである。

半年ほど前から、佑子は彼と外で会うようになっていた。そして彼が上海へ出張する前の晩、羽田のホテルでついに彼の誘いにのってしまったのだった。

「帰ったら、結婚のこと本気で相談しよう」

と彼は耳元で言った。熱い息に火をつけられたように、佑子は体中の血が音を立てるのを感じた。

「駄目よ。わたしをいくつだと思ってるの？　中学生の娘までいるのよ」

「歳なんて、どっちが上でも下でも問題じゃないよ。僕だって、離婚しなければ、子どもがいたかもしれない」

「わたしたちが結婚なんかしたら、すぐ学校中の噂になるわ」

「先生の奥さんは、再婚しちゃいけないのかい？」

「そう、駄目なのよ。特にあなたとは」

「僕があの高校のコーチを辞めればいいのかな」

「なお駄目よ。わたしが夫の教え子を裏切ることになるわ」

「じゃあ、当分内縁の関係ということにしておこうか」

「馬鹿ね。会社に知られたらクビになるわよ、あなた」

「そんなことでクビになんかなるものか。僕みたいな優秀な社員、滅多にいないんだから」

津山は面白そうに笑って佑子の乳首を唇でつまんだ。佑子は思わず体を震わせて声を上げてしまう。

家に来るという彼を、佑子は平静に迎える自信がなかった。大好きな津山さんが来ると知って、こんなに喜んでいる麻里子をどうしたものだろう。落ち着かないままに、佑子はコートを羽織った。

「ちょっと買い物に行って来るわ。お茶菓子、何もないから」

「そうかい。じゃあ、お酒を買っておいで。こんな寒い日はビールより熱いお酒の方がいいだろう？　何かつまむものも見繕って来るといい」

麻里子がベッドで半身を起こして言った。

「津山さん、お煎餅が好きだよ。甘いものは弱いって言ってたよ」

「いやによく知ってるのね」

「あたし、好きな人のことは何でもすぐ覚えるんだ」

多佳がにやにやして言った。

「おや、麻里子は津山さんが好きなのかい？　困ったね。麻里子が大人になるまで津山さん待っててくれるかな」

「あたし、別に津山さんのお嫁さんになりたいなんて言ってないじゃない。お祖母ちゃんは考えることがいやらしいんだから」

麻里子は頬を膨らませて布団にもぐりこんだ。が、すぐにまた起き上がって、パジャマを着換えると言い出した。

「汗臭いと嫌だから」

「津山さんに嫌われると困るものねえ」

と笑いながら、多佳は整理箪笥から小花模様のネルのパジャマを取り出した。そして焦れったそうに佑子を追い立てた。

「何ぐずぐずしてるの。早く買い物して来なさいよ。津山さんが来る前に帰って来なくちゃならないでしょ」

「はい、はい。お祖母ちゃんはせっかちなんだから、もう」

月が出ているせいか、外は案外明るかった。コートの襟を立てて佑子は足を速めた。まずスーパーマーケットに行って酒を買わなければと思うのに、足が自然に駅へ向かうのを止められなかった。改札口が見える駅前の本屋の軒に目立たないように立って待つと、二十分もしないうちについた電車から、ぞろぞろ降りて来る人の中に津山の顔が見えた。恐る恐る近づくと、彼は嬉しそうに右手を挙げた。

「早かったのね。まだ飛行機の中かと思ってたわ」

「午前中の便だったんだよ。もう会社にも顔出して来たんだ」

津山は片手に提げた大きなレジ袋を目の高さに上げて見せた。

「グレープフルーツだよ」

「あっ、彼が好きだったこと、覚えていてくださったのね」

「酒の次に好きだったよね」

「麻里子も好きなのよ。きっと喜ぶわ」

「よかった。じゃあ、急ごう。寒かったろう」

津山は片腕を佑子の首に回すと、きゅっと唇を押し付けた。

「駄目だったら。だから家に来ちゃ困るって言ったのよ。こんな風じゃ母に見破られるわ」

「大丈夫だよ。お母さんの前では行儀よくするから」

しかし津山は、大通りを暗い横道に入るとすぐ、佑子をブロック塀に押し付けた。乱暴に唇を吸いながら佑子の腰に手を回す。接触した体の一部に刺激されて、佑子はつい息を弾ませてしまう。

「人が通るわ」

「うん。知ってる人が通るとやっぱ具合悪いよね」

津山は思いがけないほど素直に離れると、荷物を持ち替えて佑子の背中を払った。

「先に家へ行っていてくださらない？　わたしとは、どこかで入れ違いになったことにしてちょうだい」

「何故さ」

「自信がないのよ。わたし、あなたほど図々しくないから。スーパーに寄って買い物してから帰るわ」

「そうか。じゃあ、気をつけてね」

津山に手を振って大通りに戻り、佑子はスーパーで酒とあられを買った。思いついて缶ビールも半ダース買うと、重いので店員がレジ袋を二枚重ねてくれた。やはり彼にも一緒に来てもらって持たせればよかったと、苦い笑いが込み上げて来た。

家に帰ると、茶の間がもう賑わっていた。麻里子はパジャマの上に毛糸のカーディガンを羽織って津山の横に陣取っていた。卓袱台の上で津山がグレープフルーツを切ってくれたらしく、畳んだ布巾の上に果物ナイフがのっている。麻里子はもう美味しそうに食べ始めていた。

多佳は津山に何か温かいものを食べさせようと思っているのだろう、小さな土鍋を火にかけていた。

「遅かったじゃないか。何ぐずぐずしてたのよ。お客さんはとっくに見えてるのに」

「ごめんなさい。お酒をどれにしようか、迷っちゃって」

台所の壁に掛けた小さな鏡で自分の顔を確かめてから、佑子は徳利と猪口を盆にのせて茶の間に行った。多佳も卓上コンロを持って来て、ふつふつ煮立っている湯豆腐の鍋をのせた。

「すみませんねえ。せっかく買い物に出たんだから、美味しいお刺身でも見繕って来ればいいのに、この子は気が利かないから」

そんなことを言いながら、多佳は津山の真向かいにべったりと座り込む。

「佑子、糠味噌の蕪が漬かり頃だと思うよ。出しておいで」

普段はこまめに動く多佳だが、客が来るといつもこうして座り込み、佑子を立たせるのだ。

近所に親しい人もいないし、孫だけが相手の毎日だから、話し相手が欲しいのだろう。

「津山さんは、お嫁さん、まだなんですか？」

「はあ。まだチョンガーです。好きな人はいるんですけど、僕では不足らしくて、相手にしてくれません。情けない話ですが、片思いです」

「まあ、何ていう人でしょう。男を見る目がないんですね、その人。そんな人ならきっぱり諦めておしまいなさい。津山さんでなければという方がいますよ、必ず」

立て続けに酌をして酒を勧めながら、多佳のおしゃべりは止まらなかった。その間、麻里子は一人でグレープフルーツを食べている。この頃滅多に食べさせてもらえない好物を独り占めできて、満足そうだった。

「麻里子なんか、津山さんが大好きで、早く大人になって津山さんのお嫁さんになりたいって思ってるくらいですよ。ねえ、麻里子」

「お祖母ちゃんったら、またそんなこと言う。好きだっていうのとお嫁さんになりたいっていうのとは全然意味が違うんだって言ったでしょ。いつもそんなこと言ってあたしをからかうんだから」

グレープフルーツにスプーンを突き立てながら麻里子は祖母を睨む。それでも口ほどには嫌でないらしく、ペロリと舌を出して見せた。

「この子ったら、しょっちゅう風邪引いたり貧血起こしたり、体が弱くて困ってしまいますのよ。どうしたら丈夫になれるでしょうね」

と佑子が口を挟むと、津山は得意そうに笑った。

「よーし、僕が鍛えてあげよう。あのお父さんの娘なら、丈夫になれないはずないんだから。どうだい、麻里子ちゃん、僕と一緒に毎朝体操しないか？　高校はパパの行ってた高校に入ってバスケやるとか」

「ああ、それがいいわ。津山さんにびしびし鍛えてもらったら、丈夫になれるわよね」

と佑子が笑うと、麻里子は食べかけのグレープフルーツで顔を隠すようにして体を傾けた。

「嫌だぁ。あたし体育が一番苦手なんだもん。バスケなんて大嫌い。パパのいた高校へなんか、死んだって行かないよ」

「困ったなあ。それじゃあ、水泳にするか。毎日学校の帰りにプールに通って一時間ずつ泳ぐとか」

「嫌っ。あたし、水に顔つけるだけで、心臓がおかしくなっちゃうんだ」

「この調子なんです。そのくせ勉強もしないで漫画ばっかり見てるんですよ」

佑子はため息をついて、すがるように津山を見た。

「本当に困ったお嬢さんだな。先輩が甘やかし過ぎたな」

熱い湯豆腐で徳利に二本ほど酒を飲むと、津山は膝を正して座り直した。そろそろ帰ると言う彼を、多佳はしきりに引き留めたが、佑子は黙って玄関に立って行った。

「また電話する」

先の尖った靴に足を入れ、靴ベラを返しながら津山は低く呟いた。

「できるだけ早く」

多佳と麻里子が立って来たので、佑子は頷くだけにした。

「佑子、駅までお送りしたら」

と多佳は言ったが、津山は顔の前で両手を大きく振った。

「とんでもない。妙齢のご婦人がこんな時間に外出しちゃいけません。それに外は凄く寒いですから家にいてください」

と言って大声で笑い、自分で玄関の扉を閉めた。

「明るくていい人だね。今度、日曜にでも昼間ゆっくり来てもらいよ」

鍵を締めながら、多佳は楽しそうにそう言った。


電話をかけて来るのはいつも彼なのに、待ち合わせの店に先に着くのは佑子に決まっていた。いつものように一番奥の席を確保してコーヒーを注文する。ここなら、入り口の扉が開いてもその度に冷たい風が吹き込んだりしないし、ガラス越しに外が見えるから駅の方から歩いて来る彼に手を振って見せることもできる。そろそろ来る頃かと外に気を取られていると、不意に頭の上から声をかけられた。

「飯山先生の奥さまですよね」

ドキッとして見上げると、ワイン色の素敵なコートを着た若い女性が目の前に立っていた。見覚えのない顔だった。

「私、尾山知子《ともこ》です。覚えていらっしゃいませんか。高校時代、バスケット部のマネージャーをしていましたから、よく先生のお宅にお邪魔しました」

「あらぁ、すっかり綺麗になっちゃって、わかりませんでしたわ」

「高校生の時は真っ黒に日焼けして飛び回っていましたけど、今は人並みに化粧していますから」

断りなく彼女は佑子の前の席に腰かけた。

「私、ここから見えるあの保険会社の営業部に勤めていますの。社に帰ろうとして通りかかったら、外から奥さまが見えたので、あんまり懐かしかったから入って来てしまいました」

「そうですか。わたしもここからあまり遠くない会社に勤めていますのよ。コーヒーが飲みたくなると、よくここへ来るんです」

津山と待ち合わせしていることは知られたくなかった。佑子はどうしても思い出せないが、この女性が本当にバスケット部のマネージャーだったのなら、当然津山とも顔見知りだろう。彼が現れないうちに出なければならないと佑子は焦った。

「飯山先生が亡くなって本当に寂しいです。みんな今でも、集まれば先生のこと話していますのよ」

津山もそんなことを言っていた。卒業生は大学でも職場でもそれぞれバスケットを続けているそうで、時々集まっては康介の噂をしているらしい。

「私はあの後一年で卒業してしまいましたけど、津山コーチは今も土日には来てくれているそうですよ。すごく面倒みが良くて、みんなに慕われています。飯山先生のおかげですわ」

その津山コーチが、間もなくここに現れるはずなのだ。佑子は腕の時計を見た。

「あ、わたし、そろそろ帰らないと。中学生の娘がいるんです。何かとむずかしい年ごろなので」

「覚えています。可愛いお嬢さんでしたよね。確か麻里子さんとおっしゃいましたよね」

「まあ、娘の名前まで覚えていてくださったの？」

人懐こい性格らしく、彼女はしゃべり続けた。

「先生には口止めされていましたけど、もう時効だからばらしてもいいかな。先生の初恋の女性の名前を付けたんだって聞いています。飯山先生って、よくそういう冗談をおっしゃったんですよ。楽しい方でした」

「嫌な人ねえ。きっと小学生の頃の同級生の名前だわね」

「いいえ。高校の英語の先生だそうです。とっても素敵な方で、その先生の影響で飯山先生は英文科をお選びになったんですって。その先生に格好いいとこ見せたくて、バスケも頑張ったんですってよ」

尾山知子はそう言ってクスッと笑うと、肩をすくめた。

「あの人って、むかしから片思いで失恋ばかりしていたわけね」

「あら、そんなことありませんでしょ。初恋なんて、実らなくて当たり前ですもの。最終的には奥さまみたいな素敵な女性を射止めたじゃありませんか」

知子はウェイトレスを招いてココアを注文した。その機会に佑子は立ち上がった。

「ごゆっくりなさってくださいね。わたしは急ぎますので失礼します」

知子は慌てたように立ち上がったが、佑子は両手で彼女を押さえるようにしてレジに向った。

駅へ急ぎながら、夢中で携帯を操作した。呼び出し音は聞こえるのに彼が出ないのは、まだ電車の中にいるからだろうか。駅で少し待ってみたが、なかなか現れない。今日は縁がなかったと思うしかない。取り敢えず、都合が悪くて会えないというメールを入れた。

電車に乗ってから、あっと思い出したことがあった。康介が彼らを家に連れて来た日、みんながお握りを食べながらその日の試合のことを話しているのに、一人だけ長いことトイレに入っていた女の子がいた。ようやく出て来ると、その子はそっと台所の佑子の傍に来て、月のものが一週間も早く来てしまったと打ち明けたのだ。どのような応急処置をしたのかわからないが、このままそっと帰りたいから、みんなには適当に取り繕っておいて欲しいと頼むのである。

佑子は急いで二階に駆け上り、買い置いてあった生理用品を出して来て彼女に与えた。そしてもし我慢できるなら、もう少し残ってお握りを食べて行くように勧めたのである。彼女は喜んでそれを使い、結局最後までみんなと一緒にいたのだった。まだ使っていない新しい物だったが、自分がいつも使っているのと同じ型なので十分役に立つと思ったのだが、その子には初めての型だったらしく、着け心地が悪かったのだろう、しょっちゅうスカートの中に手を入れて具合を確かめていた。男子生徒に気づかれるのではないかと、佑子はハラハラして見ていたのだが、あの女子高生が尾山知子だったと思い出した。

当日は名前も訊かずに帰したのだが、次の日、康介が尾山知子から預かったと言って、その生理用品を持って帰って来たのである。物が物だけに返してもらうことなど期待していなかったが、中身が何なのか知りたくて職員室で開けてしまったという康介の方はびっくりしたらしい。幸い、ほかの教師には気づかれなかったそうだが、慌てて鞄に押し込んで来たという。康介の狼狽振りを想像すると、何だかおかしくなって思わず笑ってしまったのを覚えている。

津山から電話がかかって来たのは深夜であった。

「驚いたよ。打ち合わせが長びいて三十分も遅れちゃったから、急いで行ってみたら、君の代わりにむかしのマネージャーがいるんだもの」

「わたしだって驚いたわ。いきなりあの子が現れたんですもの。それで早々に逃げて来たのよ。メール入れておいたから、あなたはあそこへ行かずに帰ったと思っていたわ」

「メールに気づいたのは彼女と別れてからだったんだ。打ち合わせの間マナーモードにして鞄に入れっぱなしだったのを忘れちゃってさ」

「びっくりしたでしょ？　あの子の方も」

「うん。だけど彼女より僕の方が慌てちゃったよ。不思議な偶然だっていうことにしたけど、お陰で夕飯をおごらされたよ」

「それは楽しかったでしょう。綺麗な方でしたもの」

「それだけじゃないよ。彼女、生命保険のセールスやってるんだってさ。早速養老保険を押し付けられたよ。明日契約書持って会社に来るらしい。職場の奴を紹介しろなんて言うんで困ってるんだ」

「でも保険なら、無駄にならない買い物だからいいんじゃやない。教え子を応援してくださって、康介もきっと喜ぶわ」

「冗談じゃないよ。今度は、外から見えない店にしよう」

「密室にしましょうか。それで見つかったら、夕飯や生命保険くらいじゃ済まないかもしれないけど」

「おい、おい、脅かすな。心臓障害で保険にも入れなくなりそうだ」

次の約束をすることも思いつかずに、津山は電話を切った。

麻里子は結局一週間学校を休んでしまった。あまり友達がいない子だが、体育の時間に派手に倒れたので、学級委員が声をかけてくれたらしく、何人かで見舞いに来てくれたそうだ。多佳は張り切ってもてなしたという。

「急だったからカレーライスにしてしまったけど、みんな喜んで食べてくれたよ。友達っていいものだねえ」

みんなで小遣いを出し合って花を買って来てくれたそうで、麻里子が登校する日には何かお返しを配らせなければと多佳は言う。

「子ども同士のお付き合いよ。同級生が誘い合わせて来てくれたんでしょ？　親がお礼するなんておかしいじゃない。友達に心配してもらった幸せを忘れないで、今度ほかの子が病気になった時は麻里子がお見舞いに行けばいいのよ」

「そりゃあそうだけどさ。でも、たとえノート一冊でも、ボールペン一本でも、お礼すれば、麻里子がみんなから好かれると思うよ」

「お祖母ちゃんがノートくれたから麻里子を好きになるなんて、そんな友情じゃしょうがないでしょ。お祖母ちゃんがあんまり手を出したら、ますます麻里子が自分で友達を作る努力をしなくなるわ」

「お前もケチな女になったものだねえ。安月給の教師なんかと結婚して苦労したからかい？」

「そんなことないわ。ただわたしは麻里子にちゃんとした友達付き合いをさせたいだけよ」

「あの子は気が弱いから、親がほんの少し背中押してやらなくちゃ駄目なんだよ。いじめられっ子になんかなったらどうするのさ」

佑子も、子どもの頃は人付き合いが下手で友達ができにくかった。体質も似ていて、よく貧血で気分が悪くなったものだ。が、衛生室で一時間も横になっていれば何とか治ってクラスに戻れたし、たかが風邪くらいで麻里子のように一週間も十日も休んだことはなかった。それにあの頃は、多佳も縫物の手内職などをしていて、娘のことをこんなに心配してはくれなかった。家に遊びに来てくれる子など一人もいなかったが、それに気づいていたかどうかもわからない。そんな母親に不満を感じたこともなく、佑子はごく普通に小中学校時代を過ごしたのである。割合成績が良かったので、市役所勤めの父が東京の大学へ行かせてくれたのだが、その時も多佳は娘を一人で送り出すことに反対などしなかった。その大学の先輩の康介と、ひょんなことから付き合うようになって、結婚までしてしまったのだけは、両親にとってとり返しのつかない悔いとなったのだろうが——。

高校時代からバスケットの選手だったという康介は、背が高くてどこにいても目立つ男だった。気軽に人の世話を焼くので、女子学生には割合人気がある学生だった。入学して初めての学園祭の後、飲み過ぎて気分が悪くなった佑子を軽々と抱いて衛生室に運んでくれたのが彼だったのである。たったそれだけのことから付き合いが始まり、成り行きで同棲することになり、卒業前に佑子は妊娠してしまったのである。一人娘の将来を楽しみにしていた父が、康介に好感を持てなかったのは当然かもしれない。多佳は佑子のお産の面倒をみに来たし、その後も度々訪ねて来たが、父が娘の家族に会いに来たことが何回あったろう。麻里子は祖父の顔などほとんど覚えていないのではないだろうか。

「父さんは、お前のことをそりゃあ心配してたよ。何もわからないうちに母親にされちゃったことも、自分の責任のように感じてたよ。勉強させたくて送り出した一人娘を、あんな男に持って行かれちゃったんだものね、ひどくがっかりして悩んでたよ」

父が死んでからも、母は繰り返しそう言っていた。佑子も父には申し訳ないことをしたと思っている。が、その埋め合わせを麻里子にさせるわけにはいかない。つい津山に愚痴をこぼしたのが、彼とこんな関係になるきっかけになってしまったのである。

一週間経ってようやく登校した麻里子は、祖母に小さなメモ帳を沢山持たされたようである。可愛い子猫の絵の表紙で、特に女子はとても喜んでくれたそうだ。英語や数学のノートを貸してくれた子もいたという。佑子はもう何も言わないことにした。麻里子には、祖母の心遣いに感謝するように言い聞かせただけだった。

津山から何の連絡もなく二週間ばかりが過ぎた頃、思いがけなく尾山知子から電話がかかって来た。成長した麻里子を見たいから、近いうちに訪ねてもいいかと言うのである。咄嗟に断りたいと思った。あまり親しくなりたいタイプの女性ではなかったし、話好きな多佳と馴れ合って入り浸ってくれても困る。一番怖いのは、彼女の敏感な嗅覚が、佑子と津山の関係を嗅ぎ出すのではないかということだった。忙しくて何時に帰れるかわからないからと言って断ったが、それでもと言うので、取り敢えず自宅ではなくこの前の店で会う約束をした。

知子が差し出した名刺を見て、佑子ははっきり言った。

「わたし、保険にはお付き合いできません」

しかし知子はにこやかに笑ってみせた。

「皆さん、始めは大抵そうおっしゃいます。でも最後には必ず感謝されますのよ。いつかここで奥さまに偶然お会いした日、これもまた偶然に津山コーチにお会いしましてね、その場で快く契約していただきました。コーチは離婚なさって、今はお一人なんですって。それならこれからの人生設計にまず必要なのは保険ですからってお勧めしたんです。とっても喜んでくださいましたわ」

「そうですか。それはよかったですね」

「その直前に奥さまにお会いしたことをお話ししましたら、彼もびっくりしていました。そんな偶然なんて滅多にあることじゃないし、きっと飯山先生のお引き合わせだろうから、二人で先生のご仏前にお線香上げに行こうっていう話になったわけです。彼も先生のお宅にお邪魔したことがあるので、麻里子ちゃんに会いたがっていましたから」

「うちは、わたしがこうして外に出ていますので汚くしていますのよ。人さまに来ていただけるような状態ではありませんから」

「ご心配なく。私も津山コーチも古いお付き合いですもの。そんなこと、全然気にしませんわ」

こういう時、どう言って断ればいいのだろう。来ないでくださいとはっきり言えないのが焦れったい。無理に拒んで、もし悪い印象を与えでもしたら、彼女のことだからすぐにむかしのバスケ仲間に吹聴してくれるだろう。生徒を家へつれて来るのが好きだった康介が、今となっては恨めしかった。

「津山コーチは商事会社にお勤めでしてね、今は台湾に出張中なんです。帰ったらすぐ電話をくれることになっていますから、その時、日や時間を決めましょうっていうことになっていますの。台湾のお土産も楽しみですしね」

そう言って知子は肩をすくめた。

「だったら、うちなんかではなく、お二人でどこか素敵なところへいらっしゃったらいいじゃないですか。映画を見るとか、美味しいものを食べるとか」

「でも、私たちって飯山先生あってのお付き合いですから、まず先生にお線香を上げてからでなければ――」

「あの世に行ってしまった人のことなんか、もうお忘れください。お線香なんかより、お若い方同士が仲良くしてくださる方が、あの人嬉しいと思います」

たまらなくなって、佑子は伝票を持って立ち上がった。

「ああ、奥さま、それは私が――」

知子は腰を浮かせたが、ちょうどその時彼女のオーストリッチ柄のハンドバッグが、どこかで聞いたことのある軽いメロディを流した。すみませんと断って、彼女はハンドバッグから赤いスマホを取り出し、耳に当てた。その間に佑子は素早くレジで勘定を済ませ、スマホに話しかけている知子に会釈だけして外に出た。ちょっと待って――と言うように知子は腰を浮かせたが、佑子は振り返らなかった。

もしかしたら、あの電話は津山からの連絡ではないだろうか。津山が台湾に行っていることなど、佑子は知らなかった。上海へ行く前の晩は羽田のホテルまで呼びつけた人なのに、今回は何も言わずにこんなに長いこと姿を隠しているのだ。こんな関係になっていながら彼の真剣なプロポーズを受けようとしない佑子が悪いのは確かだが、それにしても、これほど簡単に若い知子に乗り換えられてしまうとは思わなかった。言葉通り本当に佑子を愛してくれていたのなら、もう少し悩んでくれてもよかったではないか。

そんなことになっては困ると恐れながら、心のどこかで彼が有無を言わせず結婚に突き進んでくれることも、佑子は期待していたのだ。力ずくで我武者羅に巻き込んでくれたら、見栄も誇りも捨ててついて行ったかもしれないではないか。でもやっぱり、彼はそんな面倒なことをしたくなかったのだ。いや、する気になれなかったのだ。口煩い母親や体の弱い中学生の娘がいる年上の女など、そんなに苦労して手に入れるほどの価値があるはずはないのだ。

大きな音を立てて佑子の心は崩れた。何かに追いかけられているように急ぎ足で駅へ向かいながら、喉に突き上げて来る熱いものを何度も飲みくだした。

駅前の信号が急に赤に変わり、つんのめるように立ち止まると、佑子はハンドバッグのポケットから携帯電話を出した。自分を押さえつけるようにして津山にかけてみる。応答はなかった。何年も使っている古いガラ携だから、海の向こうまでは電波が届かないのだろうか。買い換えればいいのにと津山にも言われたことがあるが、何となくそのままになっていたのだ。帰りが遅れることを多佳に知らせる必要のためにだけ持っていることになっている携帯に、高級な機能は必要ないからだ。麻里子がスマホを欲しがっているのに我慢させていることも、新しい物を買いにくい原因の一つである。麻里子の学校ではスマホを持って登校することを固く禁じている。それでもみんな鞄に忍ばせているのだそうで、放課後はお互いにかけ合って楽しんでいるらしい。麻里子に誘いの電話をかけて来るような友達はいないだろうが、麻里子としてはやはりみんなと同じものを持ってみたいのだろう。やはりそろそろ考え方を変える時だろうか——。

今日は少し遅くなると電話しておいた佑子が思いのほか早く帰ったので、久しぶりに三人で夕食をし、一緒にテレビを見る夜を過ごした。学校へ行くようになって少しずつ顔色もよくなったように見える麻里子だが、やはり疲れやすいのか、好きなドラマが終わると勉強もしないで寝てしまう。私立に行かせるほどうちは豊かではないのだといつも言い聞かせているのだが、麻里子には全然実感がないらしい。今までのほほんと過ごして来たように、これからも何とかなると思い込んでいるのだろう。でもまあ、寝込まないでくれるだけでもありがたいじゃないかと言う多佳に逆らってまで、眠たがる麻里子に勉強させることもできず、不安なまま何となく許してしまうのである。

十二時を過ぎて多佳も寝てしまった頃、居間の電話が鳴った。風呂にも入らずにこれを待っていた自分に気づいて佑子は飛びついた。受話器を持ち上げただけの動きなのに、不思議なほど息が切れた。

「台湾なんですってね」

「うん。やたら急な仕事でね。連絡しないで来てしまった」

「尾山さんから聞いたわ」

「そうだってね。さっき連絡して来たよ。一緒に君の家に行こうってうるさいんだ、彼女」

「困るわ。断ってくださいね」

「むずかしいな。凄く強引なんだもの」

「うちへ来ることより、あなたと会いたいのよ、彼女は」

「そんなことないよ。彼女にとっても、バスケは青春そのものだったんだもの。やっぱ先輩のことは忘れられないんだよ」

でも嫌なの。あの子だけは――。ましてあなたと一緒に来るなんて――。どうしてそこのところをわかってくれないのだろう。佑子は受話器を耳に当てたまま涙ぐんでしまう。

「あのね、今日行った台北の会社の近くに桜が咲いていたんだよ。日本のソメイヨシノみたいなのじゃなく、もっと小さな紅い花だったけど」

「まあ、こんな季節に？」

「うん。綺麗だったよ」

寒桜だろうか。それとも、台湾ではこの季節に桜が咲くのだろうか。もっとも花の名前などろくに知らないだろう津山のことだから、似たような花を桜と思い込んだのかもしれない。案外紅梅だったりして――と思うとおかしくなった。康介にもそんなところがあった。チューリップ以外はみんな赤い花、黄色い花といった具合に片づけていたくらいで、家に花を飾っても気づいてくれたことなどなかった。もちろん佑子は一度も彼から花などもらったことはない。

佑子の父は盆栽が趣味だった。庭に沢山並んだ鉢の中に、そう言えば立派な寒桜があったことを思い出す。一年間丁寧に手入れしてようやく花が咲くと、父は得意そうに床の間に飾っていた。花の季節はとても短かかったように思うが、寒い冬にほんの数日花を咲かせるために、父は一年間大切に育てていたのである。

日の当たる縁側で、かがみ込むようにして鋏を使っていた父の背中に、子どもだった佑子はよく話しかけたものだった。自分の方を向いていない父親の表情が、あの頃の佑子には見えていたような気がする。

いつも汗をかいていた康介との暮らしは、楽しくまた幸せでもあったけれど、父のあの背中に見たような静かな落ち着きは感じたことがなかった。四六時中賑やかな若い声に囲まれている彼の傍で、彼が大切にしている生徒たちを佑子も大切にして来た。彼らが投げ合うボールから目を離さずに、康介と一緒に息を切らせて走っていたような生活だった。その康介が可愛がっていた一人の女生徒を、こんなに疎ましく思う自分が醜くてやりきれない。津山が旅先で見た桜に感動したと言うのが意外に思えるほど、心にゆとりをなくしている自分に驚く。今日佑子は、あの喫茶店から家までの道にどんな花が咲いていたか、全く思い出せなかった。

「いつお帰りになるの？」

「明日の夕方」

「羽田へお迎えに行ってもいいかしら」

「じゃあ、例のホテルで夕飯食べようか。尾山も来るって言ってるけど、いいだろう？」

ガーンと何かに頭を殴られたような気がした。

「それなら。わたしは遠慮するわ」

「いいじゃないか。一緒に君のうちへ行きたいって言うくらいだもの。僕が君を誘ったって言えば、彼女も喜ぶよ」

何と鈍い人だろう。説明してもわかってもらえそうにない。佑子は黙って受話器を置いた。その手の甲に冷たい涙がぽつんと落ちた。

「今頃誰からだね」

いつの間にか、後ろに多佳が立っていた。佑子は鼻を吸り上げる振りをして、手の甲で顔をこすった。

「会社の人よ。明日の打ち合わせを今頃かけて来たの」

「礼儀をわきまえない人だねえ。何時だと思っているんだろう」

「しょうがないわよ。色々事情があるんだから」

声が震えるのをどうしようもなかった。

「早く寝なさい。風邪を引くよ。お前に何かあったら、一番可哀想なのは麻里子なんだからね。わたしができることなんて、知れてるんだから」

寝巻の襟を搔き合わせながら、多佳はブルッと肩を震わせた。

「お母さんこそ、そんな恰好で起きて来たら風邪を引くわよ」

立とうとすると、引き止めるようにまた電話が鳴った。受話器に手を出そうとした佑子に、多佳はピシッと言った。

「出ないでおきなさい。非常識だっていうこと、向こうに気づかせた方がいいから」

「でも——」

正直なところ、佑子は自分がいきなり電話を切ってしまったことを悔いていた。何も知らない知子に悪気があったわけではない。津山は焦れったい男だが、今回は仕方のない成り行きだったろう。せめてその桜の写真を撮って来てちょうだいと頼みたかった。

いつになく厳しい態度で立つ多佳の前で佑子がためらっているうちに、電話は諦めたように音を止めた。これで終わりかもしれない。シュートされたボールは、向こう側のゴールに入ったのだ。目の前で、寒桜の花びらがはらりと散ったような気がした。

女系家族

義兄の亮介《りょうすけ》が死んだことを知らせて来たのは、彼の娘の厚子《あつこ》であった。夫の夏雄《なつお》が死んでから滅多に彼らの家を訪ねない咲子《さきこ》は、亮介がそれほど弱っていたとは知らなかった。が、考えてみれば亮介は夏雄より二回り年上のはずだから今年八十歳である。ということは、亮介の妻であり、夏雄の姉である春子《はるこ》も、もう七十歳を過ぎているわけだ。みんな歳を取ってしまった。だんだん身内が減って行く。

「今週の金曜日にお通夜を、土曜日にお葬式を予定していますが、内々でするつもりですので、義叔母さまはどうぞご心配なく。義母はお知らせしなくていいと言うのですが、わたしが義叔母さまのお声を聴きたくなって、勝手にお電話してみただけですから」

と厚子は言った。

「いいえ、知らせてくれて嬉しいわ。主人は亡くなりましたけど、やはりお宅は彼の実家ですもの。わたしは他所《よそ》から入って来た嫁でも、うちの由利《ゆり》にとっては父方の義伯父さまじゃないですか。是非お線香を上げに伺います」

「すみません。義母には叱られるかもしれませんけど、義叔母さまにいらしていただければ、わたしは嬉しいです」

と言う厚子の声が、鼻にかかって湿っぽく聞こえた。

「それにしても、お父さま、そんなに悪かったんですか？　全然知らなかったので、お見舞いもせずにごめんなさいね。確かもう五年くらい前になりますよね、お父さまが倒れて大騒ぎしたのは――」

「ええ。五年前です。その節は本当にお世話になりました。義叔母さまがとんで来てくださらなかったら、あの時父は死んでいましたよね」

「そんなことはないでしょうけれど、大変だったわよね。春子さん、すっかり動転していらしたから」

「本当に。あの時は、たまたま病院が義叔母さまの家の近くで助かりました」

五年前、亮介が心筋梗塞で倒れた時、救急車で連れて行かれた病院が気に入らなくて、春子は夫を自分の知っている病院へ移そうとしたのだ。とても動かせる状態ではない父親を案じて、厚子が咲子に助けを求めて来たのである。電話では何のことかわからなかったが、ともかくも急いで駆けつけてみると、病院の玄関で半狂乱の春子が瀕死の夫を抱きかかえて医者や看護師と争っていたのだ。必死で春子を説得し、何とか思いとどまらせたのだが、一分一秒を争う患者を挟んでの大騒動を、咲子は未だに忘れられない。後で聞けば、看護師の一人の言葉遣いが春子の気に障ったのだとか。気位の高い義姉に改めて驚かされた事件だった。

「その後は、すっかりお元気になられたと聞いていたんですけど――」

「ええ。あれからずっと順調だったんです。二、三日前から風邪気味だったそうですけど、昨日義母が出かける時は元気だったのに、夜帰ったら、二階で亡くなっていたんだそうです」

「まあ、それじゃあ、春子さんびっくりなさったでしょう。でも、階下にはお義祖母さまがいらしたんでしょう？　全然気づかれなかったということは、大したお苦しみはなかったのかしら」

「さあ、どうでしょう。わたしはそんなはずないと思います。父は階段の方に身をのり出して俯せになっていましたし、摑んでいたシーツもくしゃくしゃでした。布団を敷こうとして倒れて、かなり苦しんだのではないかと思います」

厚子はそう言って声を震わせた。

「家族がいても、あの家で父はいつも独りぼっちでした。正真正銘の孤独死だとわたしは思っています」

咲子は受話器を握ったまま立ち竦んでしまった。父親を亡くした厚子の悔しさは痛いほど伝わって来るが、慰める言葉を思いつかないのである。

亮介の妻春子は、若い頃から化粧品のセールスをやっていた。普通ならとっくに定年になっている歳だが、成績が良いので嘱託か何かで今もまだ都心の営業所を任されていると聞く。春子の母親の季代《きよ》も九十歳を超して、少し認知症気味だが、まだまだ達者だということだ。ただ最近は耳が遠くなり、一日中大きな音でテレビを付けているというから、亮介が二階から助けを求めても聞こえなかったかもしれない。亮介の連れ子で義祖母の季代や義母の春子とは血の繋がりがない厚子としては、腹立たしさでいっぱいなのだろう。普段、会社の寮で暮らしている厚子にはどうすることもできなかった父の死について、誰かに訴えたい気持ちが渦を巻いているのに違いない。

夫の夏雄が生きていた頃は、咲子も週に一、二度は姑を見舞うために彼らの家を訪ねていた。早く亡くなった父親から、長男として家族の面倒をみる義務を叩き込まれて育った夏雄は、妻の咲子にも長男の嫁としての気遣いを強要したのである。

夏雄の話によれば、父親が亡くなったのは彼がまだ中学生の頃で、以後十五歳年上の姉春子の働きで家族は何とか生きて来たのだそうだ。高校を卒業した夏雄は、今度こそ自分が母や姉のために働く番だと張り切っていたのだが、就職した途端地方への転勤が続き、日本中あちこち引っ越して歩くことになってしまったのだ。転勤先で咲子と知り合って結婚し、由利という娘が幼稚園に通う歳になって、ようやく本社へ戻って来た時は、姉の春子も子どものいる亮介と遅い結婚をしていた。年取った母親の面倒をみながら仕事も続けていたのである。

これからは長男として親孝行しようと、夏雄は実家からあまり遠くないところにアパートを借りたのだが、そこに住み始めてすぐ、突然の交通事故で呆気なく死んでしまったのだった。

姑の季代が少しずつおかしくなり始めたのは、その頃からである。冬の寒い日に薄着のまま町を徘徊して風邪をひき、肺炎を起こしかけたことがある。物忘れもはげしくなり、炊事の途中でテレビに夢中になってしまうので、台所の鍋は一つ残らず真っ黒になってしまった。娘婿の亮介を、死んだ夏雄と間違えることも珍しくなかった。それでも春子は仕事を続け、定年になった亮介に母親の世話を任せていたのだ。

「お通夜でも告別式でも結構ですから、義叔母さまがいらしてくださったら、わたしだけでなく父も喜ぶと思います。父はやはりわたしのことが心配だったらしく、もし自分に何かあった時は咲子義叔母さまに相談するようにと、いつも言っていましたから」

「頼りない義叔母ですけど、厚子ちゃんの相談相手くらいにはなりたいわ。だって、本当なら長男であるうちの夏雄が、お義祖母さまを引き取ってお世話しなければならなかったのに、早々と死んじゃって、亮介さんに押し付けちゃったんですものね。わたしも最後までお義兄さまに甘えちゃって、申し訳なかったわ」

「それはいいんです。義母と義祖母は一卵性双生児みたいで、誰にも切り離せない仲だったんですから。義母には、父より義祖母の方が大切だったんです」

「そうね。仲の好い母子だなあって、わたしも嫁に来てからずうっと感心して見ていました」

厚子とこんな風に親しく話をしたのは初めてのことである。厚子はまだまだ話したい様子だったが、葬儀を前にして色々忙しいだろうからと、先に切り上げたのは咲子の方だった。厚子と話していると、どうしても古い記憶が蘇って来てしまい、気が重くなるのである。

電話機の液晶画面が暗くなるのを見定めると、ふっとため息が出た。これでとうとう一族から男性が一人もいなくなってしまった。夏雄が死んでから、この家では亮介がたった一人の男性だったのだ。亮介とはろくに話をしたこともなかったが、何となく力が抜けるような妙な喪失感を覚えた。

義姉の春子が亮介と結婚したいきさつを咲子は知らない。どうしてか、夏雄は咲子を伴わずに一人で結婚式に出たのである。多分、世話になった姉を差し置いて先に結婚してしまった後ろ暗さからだったのではないだろうか。

その頃春子はもう五十に手が届く歳のはずだったが、亮介と結婚するとすぐ、熱心に不妊治療を始めたのである。が、当然のことにその効果はなく、何度試みても夫婦間人工授精は成功しなかった。姉思いの夏雄は、奇跡を祈るような気持ちで見ていたのだろう。とても無理だと思ったが、咲子も口を挟めなかった。

夏雄が本社に戻って、実家の近くに住むようになってからは、ちょっとした珍しいものが手に入る度に、咲子はこまめに姑に届けるようにしていた。確か近所の人から旅行の土産に鯵《あじ》の干物をもらった時だったと思う。少しでも早い方が良いと思って、娘の由利が幼稚園に行っている間に急いで持って行ったことがある。そしてたまたま姑の季代が厚子を叱っているところに行き合わせてしまったのだった。

厚子はその頃中学生だった。定期試験か何かで早く帰って来たらしいが、ひどく空腹だったのだろう。家に誰もいなかったので、戸棚にしまってあった和菓子を見つけて食べたようだ。それを知った季代が、ひどく腹を立てて叱りつけているところだったのである。季代は、裁縫用の二尺差しでピシピシ厚子の手足を叩き付けていた。

「いつだってこの調子なのさ。盗み食いをしておいて、悪いことをしたなんていう気持ちはこれっぽっちもないんだ。この子には」

確かに厚子は、唇をきつく結んだまま上目遣いに義祖母を見つめるだけで、一言も謝ろうとしなかった。もしかするとこれは濡れ衣で、不当な義祖母の仕打ちに無言で抗議しているのではないかと、咲子も思ったほどだ。が、季代は咲子を見ると更に興奮した様子で怒鳴り声を上げた。

「こんな嫌な子を押し付けられて、いくら何でも春子が可哀想じゃないか。そう思わないかい？　咲子」

見ていられなくなって、咲子は思わず二人の間に飛び込んだ。

「お義母さま、許してあげてください。厚子ちゃんはよっぽどお腹が空いていたんです。我慢できなかったんですよ。ねえ、そうでしょう、厚子ちゃん」

咲子は厚子の肩を抱いて言い訳してやったが、厚子は頷きもしなかった。

「これくらいの歳の子はとってもお腹が空くんです。わたしもそうでしたからよくわかります。

でもこれからは黙って食べないで、お義祖母さまのお許しをいただいてから食べることにしましょうね、厚子ちゃん」

咲子は言葉を尽くして謝ってやったのだが、厚子は頑固に黙ったままだった。季代は余程腹に据えかねたと見えて、今度は咲子に向かって声を荒くした。

「あんたみたいに幸せな結婚をした女には、春子の苦労なんてわかりゃしないんだ。知ってるかい？　この子の母親は自分で産んだ子を甲斐性なしの亭主に押し付けて出て行ったんだ。そんなあばずれ女の子を、何で春子が育てなきゃならないんだい。えっ、そう思うだろう？」

そして季代は長い物差しを今度は真っすぐ咲子に向けて来たのである。

「夏雄も夏雄だ。長男のくせに、姉さんの気持ちを踏みにじって、勝手に結婚しちゃうんだから。可哀想に、春子は青春を台無しにして弟のために働いたんだよ。何の報いもなしにさ。それなのに、女房のあんたは春子に一言でもお礼を言ったかい？　春子の苦労も知らずに、夏雄に抱かれてぬくぬく暮らしているだけじゃないか」

その時の季代の唇に血がにじんでいたのを咲子は忘れられない。そして思ったのである。この家に、由利は絶対連れて来るまい。あんな小さな娘にこの光景を見せたら、どんなショックを受けるだろう。また万一夏雄が実家のこの有様を見たら、すぐにも母親を引き取ろうと言い出すに違いない。そんなことになったら、この気性の激しい姑と田舎者の咲子がうまくやって行けるわけがない。可哀想でも、厚子のことに口を出すのはよそうと決めたのだった。

その後、会う度に季代が腹立たしそうに訴えたところによると、厚子は何度も家出騒ぎを起こしたらしい。万引きで警察に捕まったこともあるそうだ。本当か嘘かわからなかったし、はっきりさせるのも恐ろしかったから黙って聞き流していたが、そんな時父親の亮介は何をしていたのだろう。もしかして父親の耳には何も入っていなかったのではないだろうか。生《な》さぬ仲だけに、春子は春子なりの気遣いで継子の不品行を父親には隠してやっていたのかもしれない。自分の不満を代弁してくれる母親に頼って、春子はこの義娘を育てる心の苦痛に耐えたのかもしれない。

そんなことがあってから、咲子は厚子のポケットに黙って千円札を押し込んでやることがあった。チョコレートの小箱をそっと鞄に入れておいてやったこともある。厚子が可哀想だからというだけではなく、何とか事を起こさないで欲しいと願ったからである。我慢できなくなった季代が、息子の家に転がり込んで来たりすることがないようにという願いであった。厚子から礼を言われたことは一度もなかったが、自分の娘を守るためには、まずこの子を守らなければならないと咲子は思ったのである。それを厚子がどう受けとめたかはわからないが、咲子は必死の思いだった。

その後間もなく夏雄が死んで無力な未亡人になった咲子は、夫のいない心細さと引き換えに、姑の恐ろしさから解放されたのである。夫の実家を訪ねる義務感に縛られることなく、娘の由利も普通に伸び伸びと育てた。そして由利は念願だった高校の教師になったのである。厚子にとってはたった一人の肉親である亮介が死んでしまったのは本当に可哀想だが、咲子にとっては冷たい風が心を吹き抜けて行く程度の感覚でしかなかった。

夏雄が死んでから勤めるようになったスーパーマーケットでは、一日中立ったままレジを打つ仕事だから、スカートなどはいたことがない。しかし喪服を着るには黒いストッキングが必要だ。とりあえず一足だけ買って帰った。それから長いことしまいっ放しにしていた真珠のネックレスと指輪の入った箱を小引き出しから出してみた。夏雄がこれをくれたのは、まだ由利が生まれる前だった。結婚記念日のために出張先の須磨で買って来てくれたのだ。新婚早々留守が多い夫に不満を感じていた咲子が、初めてもらったプレゼントである。が、夏雄が死んでからピンク色に輝く真珠のネックレスを胸もとに飾る機会は殆《ほとん》どなかった。今回の葬式にもやはりピンクはまずいだろう。姑の歳を考えると、そう遠くない将来、また必要になるかもしれないから、廉《やす》い貝パールの黒真珠を調達することにしようか——などと考えた。

由利が帰るのを待って、遅い夕食を食べながら、咲子は亮介のことを話した。

「パパが死んじゃったんだから、もう義理はないようなものだけど、厚子ちゃんが可哀想だから、わたし、やっぱり行ってお焼香して来ようと思うのよ」

と言ってみると、由利は当たり前のように頷いた。

「あたしも行くよ。お通夜って夜でしょ？　お葬式も土曜日なら、あたし行けるから」

「無理しなくていいよ。春子義伯母ちゃんは、うちに知らせる気もなかったくらいなんだから」

「あたしにとっちゃ、厚子ちゃんはたった一人の義従姉だもん、こんな時くらい行ってあげたいよ。それにお祖母ちゃんだって春子伯母ちゃんだって、あたし何年も会ってないしさ」

確かに夏雄の娘である由利は、あの季代のれっきとした孫である。春子も血の繋がった伯母なのだ。夏雄の妻でしかない咲子とは違う濃い血縁関係である。会いたいという気持ちも、自然なのかもしれない。

「最近よく葬式でもなくちゃ親戚と顔を会わせないって言うけど、それってただの横着だよね。会おうとしないから会わないだけだよ。こんなに長いことお祖母ちゃんたちにご無沙汰してるのも、あたしたちが親戚付き合いを大切にしなかった証拠だよ。春子伯母ちゃんだってママにとっては気が重い小姑だろうけど、あたしにとっては大切な伯母なんだ。向こうも母子家庭になっちゃったことだし。この機会にちゃんとした付き合いを始めてみようよ」

と言う由利に、咲子は頷くしかなかった。鯖の味噌煮とほうれん草の胡麻和えという簡単な夕食を食べ終わると、由利はさっさと食器を片付けた。

「じゃあ、金曜日はどこかで待ち合わせて一緒に行こう。適当な場所、考えといてよ」

「そうだね。三十分くらい前に駅で会おうか」

このところ、日曜と言えば図書館へ行く娘と、時給にいくらか色を付けてもらえる休日出勤に魅力を感じる母親との生活は、まるで独身女二人の同居生活である。たとえ通夜でも葬式でも、母子で一緒に出かけようという話になると、思わずいそいそしてしまうのが咲子にはおかしかった。

香奠《こうでん》は、どのくらい包めばいいのだろうか。夏雄が死んだ時、亮介の名でもらったのと同じ金額にするべきだろうか。明日にでも銀行へ行って金をおろして来なければ――と思っていると、由利がすっと一万円札を三枚突き出した。

「これで足りない分はママが出して」

「いいよ。香奠くらいわたしが出すよ」

「いい歳して母親に全部負ぶさるなんてみっともない真似できないよ。月給前だからこれしかないけどさ」

娘も働いて金を得るようになると、しっかりするものだ。それなら今回は、この娘の後にひっそりついて行くことにしようと、咲子は決めた。


通夜の式場は夏雄の時と同じ菩提寺である。が、広い本堂に座ったのは、春子と厚子、そして咲子と由利の四人だけだった。季代は足が弱って来たので、夜は外出させないのだと春子は言う。確かにその方がいいと咲子も思った。かなり痴呆が進んだ季代が、住職の前でおかしな振る舞いをしても困るだろう。久し振りで祖母に会うのを楽しみにして来た由利はがっかりした様子だったが、咲子はわざと明るく言った。

「そうですよね。歳を取ると、ちょっとしたことで転んで骨折したりしますものね。それがもとで寝込まれたりしたら、それこそ大変ですわ」

「母の場合、わたしたちが傍で気を付けますから、滅多に転んだりしませんけどね」

と春子も軽い調子で言った。が、咲子はぴしっと額を打たれたような鋭い痛みを感じた。余計なことを言うのではなかったと口をつぐんだ。

いつも春子のことを、「弟のために苦労を背負い込んで来た可哀想な子」と言っていた季代を思い出す。早く夫に死なれた妻は、自分の無力によって娘に苦労させた負い目を感じているのだろう。が、娘の方は、夫を亡くした母親の苦労を見て育って来たのだ。お互いを思いやる母子の情の美しさに、素直に頭を下げる思いだった。厚子を物差しで叩いていた時の季代の恐ろしい形相が目に浮かんで来てしまうのを懸命に打ち消しながら、咲子は両手を合わせた。

読経の後、葬儀屋が案内してくれた料理屋も、夏雄の時と同じだった。夏雄はまだ現役の会社員だったから、大勢の友人が会葬に来てくれて、二階の大広間を借り切っての精進落しだったが、今日はたった四人で卓を囲むという寂しさである。でも春子は思ったより明るく、久しぶりに会った姪の由利に話しかけた。

「由利ちゃん、高校の先生になったんだって？　よく頑張ったわね。わたしの父も小学校だけど先生だったのよ。わたしが赤ん坊の時に死んじゃったから、全然覚えていないけど」

遠いものを見るような目になって、春子はそう言った。咲子は思わず箸を止めてそんな義姉を見つめた。おやっ？　という表情で由利も顔を上げた。夏雄から、父親は大工だったと聞いていたからである。

物怖じしない性格の由利は、首を傾げて言った。

「お祖父さまは建築業だったって、あたし、生前父から聞いた覚えがあるんですけど、記憶違いだったかしら。今伯母さまたちが住んでいらっしゃるあのお家は、そのお祖父さまが建てた家なんだって、聞いたような気がしますけど、そうじゃなくて、先生だったんですか？」

春子は返事をせずに、きつい目で由利を見つめた。すると、厚子がとりなすように口を挟んだ。

「由利さん、建築家だったのは、夏雄義叔父さまのお父さまよ。つまりあなたのお祖父さまよ。義母の実の父親は小学校の先生だったの。本当よ」

「えっ。じゃあ、お祖母さまは再婚なさったんですか」

「再婚っていうか——。最初のご主人が早く亡くなったそうで——」

厚子は困ったように曖昧に話を切り上げた。納得できないという顔で由利は咲子を見た。咲子も初めて聞く話なので、うろうろ目を泳がせてしまった。しかし春子は黙ったまま急須を取り上げ、自分の茶碗に茶を注ぎ足した。仕方なく、咲子は言った。

「お義姉さまと夏雄が本当の姉弟ではないこと、わたしも存じ上げませんでした。主人はそういうこと、あまり話してくれませんでしたから」

「何言ってるの？　本当の姉弟よ。母親は同じだし、一緒に育ったんだから。夏雄は優しい子だったから、父親が違うことなんて意識しないでくれたのよ」

茶を一口飲んでから、春子は静かに続けた。

「父も、夏雄とわたしを区別しないで、同じように育ててくれたしね。亡くなる前に、わたしの手を握って、夏雄のことを頼むって言われたわ」

「あっ、主人もお父さまから、お前は長男だからお母さんとお姉さんをしっかり守りなさいって言われたんだそうですよ。何時もそう言っていました」

「良いお祖父さまだったんですねえ」

由利が感動したように言うと、厚子が小さい声で言った。

「そうなんです。とっても良いお祖父さまだったんだそうです。それなのに、お義祖母さまは今でも教師だった初恋の人が忘れられないみたいなんですよ」

「厚子っ」

春子はきっとした目で厚子を見据えた。

「むかしは、今と違って大変な時代だったのよ。色々むずかしい事情があって、お祖母さまも人にはわからない苦労をして来たのよ。他人のくせに、面白半分に余計なことを言うものじゃありませんっ」

他人？　咲子は思わず口の中で呟いてしまった。確かに厚子は季代や春子と血は繋がっていないが、他人ではなかろう――。春子の夫亮介の娘なのだもの、正真正銘この家の家族ではないか。咲子にしても、夏雄と結婚してからは、この家族の一員として暮らして来たつもりである。でも実のところ、春子にとっては赤の他人でしかなかったらしい。

何か言いたいと思ったが、言葉を思いつけなくて咲子は黙った。が、気まずくなった空気をもとに戻してくれたのは、いつものように明るい性格の由利だった。

「あたし何も知らなかったけど、お祖母さまって、本当に凄い方なんですね。二度も夫に死なれたのに、子どもたちを一人でしっかり育てて来たんですね。自分の父が、そういう母親に育てられた人だったって初めて知りました。普通の女なら愚痴の一つもこぼすでしょうに、何もおっしゃらないなんて、強い人ですよね、お祖母さまは――。何だか感動しちゃうな」

それから由利は、しんみりした声になった。

「この家の人って、みんなそれぞれ自分の歴史を背負って生きているんですね。春子伯母さまには、亡くなったお父さまの教育者の血が流れている。あたしの父親は、大好きなお姉さまとは違う建築家の父親の血を受けていた。そして厚子さんは亮介伯父さまの娘。――まるで物語の中にいるみたいな気がして来るわ」

「結局、あなたが一番幸せ者なのよ、由利ちゃん。両親とも本当の親のもとで普通に育ったんだから」

と、春子も調子を合わせるように言った。すると厚子がぽつんと呟いた。

「一番可哀想だったのは、わたしの父じゃないかしら。周りはみんな他人、死ぬ時まで一人ぼっちだった――」

それを聞いて咲子は思わず口を出した。

「わたしと同じよ。この家の中で血が繋がっているのは由利一人だけ。あとはみんな他人――」

由利が頷いて言った。

「するとあたしだけが、この家のみんなと血が繋がっているたった一人の人間なのかあ」

「そうしてわたしだけが、誰とも血が繋がっていない他人なんだわ」

と厚子が続けた。しかし厚子のその言葉を無視するように、春子が低く笑った。

「と言うことは、これからは由利ちゃんがこの一族の中心になるってわけよ。由利ちゃん、頼んだわよ。この女ばかりの一族をうまくまとめて行くリーダーになってよね」

「まあ、そんな――、この子がリーダーだなんて。一番年下ですのに」

咲子は慌てて顔の前で大きく両手を振ったが、誰一人まともに相手にしてくれていないのを感じただけだった。みんなまた箸を持ち直してゆっくり食べ始めたのである。

次の日の告別式には、春子が車椅子を押して母親を連れて来た。本堂に入る時は、車椅子から降ろした季代を両側から春子と厚子が抱きかかえるようにしてそろそろ歩かせ、ようやく椅子に座らせた。が、座るとすぐ季代は頓狂な声を上げて、

「おしっこ」

と言い出したのである。春子は嫌な顔もせずにまた母親の脇に自分の肩を入れて抱き上げた。

「お祖母さま、お久し振りです。今日はあたしにお手伝いさせてください」

と、由利が身軽に立って反対側を支えた。

「ああ、咲子かい。頼むよ」

と、季代は由利の肩に腕を回した。

「あら、嫌だ。いくら何でも歳が二倍のあたしと間違えられるなんて、由利、可哀想よね」

と咲子が肩をすくめて見せると、厚子もくすっと笑った。

「父なんか、いつも亡くなった夏雄義叔父さまと間違えられていましたよ。でも、間違えている間は優しくしてくれるから喜んでいました。反対に大事な一人娘の婿だっていうことに気がつくと、途端に怒鳴り出すんですから。早く春子に子どもを産ませろーって」

「よほど孫が欲しかったのね」

「何とか義母に子どもを産ませてやりたかったんでしょうね。もしかしたら、初恋の人の血を絶やしたくないのかな――なんてわたしは勘ぐったりしましたけど――」

春子と由利に抱えられてトイレに行った季代は、なかなか戻って来なかった。咲子はため息をつきながら呟くように言った。

「何て言っても、お義祖父さまが亡くなってからずっうと春子さんを家族のために働かせて来たことが、お義祖母さまの泣き所なんじゃない？　娘が可哀想でたまらないのよ」

「そうなんです。挙句の果てはわたしみたいな出来の悪い継子を押しつけられることになっちゃったわけですから」

「出来が悪いなんて、とんでもないわ。厚子ちゃん、立派な介護師になったじゃないの」

「立派でなんかありません。学歴もコネもないから、体でお年寄りの世話をして暮らしてるだけです」

「心細いお年寄りに喜ばれるなんて、最高に良いお仕事だと思うわ」

「自分の父親は看取れませんでしたけどね」

「残念だったわねえ。でも、厚子ちゃん、本当のことを言うと、わたし心配なの。今度はあなた、あのお義祖母さまの介護をさせられることになっちゃうんじゃないかしら」

「ええ。でも、義祖母どころか、義母ももう七十を過ぎているんですよ。普段はああして元気にしていますけど、時々脳貧血で倒れるんです。昨日言っていた義母の本当の父親は白血病で亡くなったそうですから、遺伝的なものがあるんじゃないかって、父は心配していました」

「まあ、そんなこと全然知らなかったわ。だって春子さん、やたら元気そうなんですもの。もしかしたら歳を間違っているんじゃないかって思うくらい」

「わたしも詳しい事情は知らないんですけど、義祖母は義母の父親と結婚していたわけじゃないらしくて、義母は戸籍上私生児なんです。そんなこともあって、結婚も就職もしにくかったから、セールスの仕事に夢中になったんじゃないかと思います。そんなこともあって義祖母も義母から目を離せないんですよ」

話しながら、厚子は絶えず気遣わしげに厠の方を見ている。慣れない由利に季代を任せたことが心配なのだろう。

「もしかすると義祖母は、義母の病気が心配で、同じ血を持つ孫が欲しいんじゃないかと考える時もあります。素人考えですけど、輸血のことや何かも考えているんじゃないかと思います。義祖母は義祖母なりに一所懸命なんですよ」

「厚子ちゃん、大人になったのねえ。施設で働いていると色んなお年寄りを見るからかしら。そんな風にあの気の強いお義祖母さまを理解してあげられるなんて、偉いなあと思うわ。わたしが知っている厚子ちゃんは——」

「物凄く突っ張っていた子でしたものね。盗み食いばかりして」

と言って厚子はくすっと小さく笑った。

やがて春子と由利に支えられて季代が長い廊下を戻って来ると、厚子は小走りに近づいて行った。

「ご苦労さま。由利ちゃん、大変だったでしょう？　初めての経験かしら」

「うん、初めて。大変な仕事だわね。あたし不器用だから、お祖母さまの着物、ちょっと汚しちゃったみたい」

「大丈夫よ。心配しないで」

厚子は二人から抱き取った季代を手際よく椅子に座らせると、大きなビニールのバッグからタオルとウェットティッシュを出して、季代の着物の裾を叩くようにして拭き、消毒綿で手を拭いてやった。

厚子はこの義祖母から物差しで力いっぱい打たれた子どもの頃の痛みを、もう覚えていないのだろうか。見ていただけの咲子でさえ体が震えるような記憶なのに——。実力が逆転した今、あの頃の仕返しをしてやりたいなどと思ったりしないのだろうか。咲子は不思議な光景を見るように厚子の手もとを見守った。

春子は何事もなかったように座ったが、由利は肩で息をつくようにして咲子の隣に座った。そして咲子の耳に口を付けて、早口に囁いた。

「ママは、自分でトイレに行けなくなったら施設に入ってね。あたし、こんなこと毎日はできないから」

「それより、あんたが嫁に行く方が先でしょ。わたしが惚ける頃には、いなくなっていて欲しいわ」

咲子も負けずに言い返したが、内心では自分の将来のことも本気で考えなければならない時期が近いことに気づき始めていた。

住職の読経も済み、亮介の遺体は火葬場に送られて行く。春子だけが乗った霊柩車の後を、葬儀屋の車で季代をふくめた咲子たち四人も続いた。

「心細くなるわねえ。とうとう女ばっかりになっちゃって」

と咲子がため息をつくと、季代が真面目な顔で言った。

「大丈夫。うちの春子はしっかりした子だから」

「あら、あたしや厚子ちゃんはしっかりしてないのかな」

と、由利がおどけたように言った。咲子も笑って調子を合わせた。

「厚子ちゃんはともかく、由利は味噌っかすだから、数に入っていないのよ」

「失礼ねえ。つい昨日じゃないの。あたし、春子伯母さまから一族のリーダーになれっておだてられたのよ」

誰に似たのか、由利は割合人に馴れやすい性格である。この分なら、春子や厚子とうまく付き合って行ってくれるだろう。それとも——と咲子は考える。これからのこの一族のリーダーは、意外と厚子なのではあるまいか。早々と男たちが消えてしまった女だけの一族では、血の繋がりなど何の力もない。しがらみに足を取られず、まして学歴や収入などに関係なく、ただ実力だけがものを言うようになれば、厚子をおいてほかに誰がいよう。

亮介の遺体が火葬炉に入り扉が閉められた時、涙を流したのは厚子だけだった。春子は何事もなかったかのように母親の着物の前を合わせ、車椅子を押して炉に背中を向けた。控え室に移動する廊下の途中で春子の携帯が鳴ったので、車椅子は厚子の手に渡り、春子は立ち止まって話を始めた。

「すみません。今日はどうしても時間の都合がつきませんので明日伺います。いえ、大したことではございません。ちょっとした片づけ物があって手が離せないだけです。明日は間違いなく伺いますので」

と言う声が聞こえた。春子は明日からもう仕事に戻るらしい。忙しいことは同情すべきなのか喜んで上げた方がいいのか、今の咲子にはわからない。取りあえず夫の死を悲しんでいる暇などないのは、春子にとって救いなのかもしれない。が、貧血という持病を抱えているという七十歳の春子は、本当に大丈夫なのだろうか。

「おしっこに行っておこうかね」

と言う季代の車椅子の向きを変えて、厚子はみんなから離れた。咲子と由利は立ち止まらず、案内の女性に従いて控え室に向かう。

「やっぱりあたしたち、他人なのかもしれないね」

二人きりになると、由利がぽつんと言った。

「パパが生きていた間だけの親戚だったのかな」

そうかもしれないと思いながら、それでも咲子は言ってみた。

「でも、厚子ちゃんはしっかりした娘さんだよ。由利なんか一人っ子だから、ああいうお姉さんみたいな義従姉がいると気強いかもしれないよ」

その時、電話をし終わって足早に追って来た春子が後ろから声をかけて来た。

「由利ちゃんって、歩き方まで夏雄に似てるね」

「えっ。嫌だな。あたし、男みたいな歩き方してる？」

「あんまり女っぽくはないね。でも、まあ、いいさ。その方が虫がつかなくて」

と言って春子は笑った。

「よくなんてありませんよ。この子だってそろそろ虫がついてくれなきゃ」

咲子は冗談のつもりでそんなことを言い、アハハと笑ってしまってから、ここが火葬場であることを思い出して慌てて口をおさえた。が、春子は気にもしない風で言った。

「冗談でなく、由利も少しお化粧して女を磨いてごらん。厚子みたいに男が寄り付かない女になっちゃったらおしまいだから。そのうちわたしの会社の化粧品、送って上げるわ」

「わあ、嬉しいなあ。お化粧して職員室の連中悩殺しちゃおう」

由利は飛び上がって喜んだ。咲子は春子に近づいて真面目に言った。

「厚子ちゃん、介護師になったんですってね。頼もしいじゃないですか。お義姉さんも、もう安心して退職できますね」

「わたし、あんな子頼りにしてないわよ。実際自分の父親の最期も看取れなかったんだから」

「そうだったんですってねえ、お気の毒に。お義兄さん、一人きりで、さぞ心細かったでしょうねえ」

「仕方ないわよ。誰かいれば助けられたという病気じゃないから」

「でもやっぱり、お義姉さん、そこにいなかったことが悔やまれるような気がなさいませんか？　わたし、自分がそうだったから、お義姉さんのお気持ちよくわかるんです。お察しします」

「もしそこにいたとしても、何もできなかったじゃないの」

「ええ。実際にはそうです。でも、もしそこにいたら、何かできることがあったんじゃないかって、わたしはずい分長いこと悩みました。夏雄さんは交通事故でしたから、それこそ一緒にいたって助けられなかったのはわかっていますけど、もし傍にいたら、しっかり手を握っていてあげられたんじゃないかとか思って——」

「それって、夏雄のためじゃなく、あんたの気持ちの問題でしょ。そりゃあ、そこにいたっていうだけで、こっちの気持ちは楽になるわよ。何もしなくたってね。でも人って、死ぬ時は誰でも一人なのよ。誰が傍にいたって、苦しむのも死ぬのも本人だけなのよ」

春子はそう言って由利を振り返った。

「ねえ、そうでしょ？　由利ちゃん」

由利は何も言わなかったが、小さく頷いた。

白いカバーがかかったテーブルが並ぶ部屋に入ると、

「ただ今お食事をお持ちしますので、この席でお待ちください」

と言って案内係の女は出て行った。入れ替わりに厚子が季代の車椅子を押して入って来た。

「早かったわね」

春子がすぐ立って車椅子を自分の脇に回す。

「さあ、お母さん、今日はわたしと一緒にお昼ご飯食べるのよ。久しぶりねえ」

「そうかい。今日は日曜だったかね」

季代はにこにこして卓の上の湯呑に手を伸ばした。すると春子が素早くその湯呑を取り上げて、ふうふう吹いた。

「大丈夫だよ。気をつけて飲むから」

「熱いお茶を膝の上にこぼしたりしたら大変でしょ」

咲子は春子の細かい気の遣い方を感心して見ていた。ほうじ茶はもうすっかりぬるくなっていて、ずっしりした厚手の茶碗も触れないほど熱くない。もしかしたら春子は、まわりの者に手本を示しているのだろうか。母にはこんな風にしてやって欲しいと、教えているつもりなのかもしれないと思った。

「由利ちゃんも、これからは時々お祖母ちゃんを訪ねてあげてくれないかしら。由利ちゃんだって、もしかしたらお姑さんのいる人のところへお嫁に行くことになるかもしれないでしょ。今から年寄りに慣れておくと役に立つわよ、きっと」

そう言いながら、春子は湯呑を季代の口にあてがい、少し傾けて茶を飲ませた。季代が咽《む》せて咳をすると、静かにその背中を撫でさすった。

黒い塗りの盆に並んだ料理が運ばれて来ると、季代は嬉しそうに身を乗り出した。咳が料理にかからないように、手をかざすようにして春子は覆ったが、季代はかまわず咳き込みながら箸を取り上げる。咲子は丁度季代と向かい合わせの席だったので、季代の咳が届かないように自分の盆を少し手前に引いた。が、季代は吸い物を一口飲み込むと、またごほごほと咳き込んだ。

「お母さん、ゆっくり食べましょう。時間はたっぷりあるから」

春子はそう言って、優しく母親の背中を撫で続ける。厚子と由利は箸を取り上げたが、咲子はなかなか食べ始める気になれなかった。それでふっと思い出したことを口にしてみた。

「わたし、いつかお宅へ伺った時、お義兄さんにお蕎麦をご馳走になったことあるんですよ。お肉や竹輪やお葱など色んなものが入っていて、とても美味しいお蕎麦だったわ」

すると厚子が、嬉しそうに頷いた。

「ええ。父はお蕎麦が得意でした。むかしから、日曜にはいつもお昼にお蕎麦を作ってくれたんです。それが嬉しくて、子どもの頃のわたしは日曜を楽しみにしていました」

「優しいお父さまだったのね。厚子ちゃんのこと、最期まで心配なさっていたわね、きっと」

と咲子が言うと、どうしたわけか季代はたちまち機嫌を悪くして箸を投げ出した。

「あいつの話はするなっ。あいつは男のくせに、台所が好きな変な奴だったよ。女房に子どもも産ませられない甲斐性なしのくせに、台所を這い回るのだけは大好きなんだから。あ、そう言えば、とうとう死んじゃったんだってね、あいつ」

由利ははっとしたように顔を上げて咲子を見たが、咲子は目配せをして小さく首を振った。斜め前の席の厚子を見たが、厚子は硬い表情のまま黙って吸い物碗の蓋を開けていた。

「よっぽど孫の顔が見たかったのよね、お母さん。だけどほら、今日は夏雄の娘が来てくれてるのよ。お母さんにとっては初めての内孫よ」

春子が由利を指したが、季代には理解できた様子がなかった。無理もない。物心ついた頃から咲子は由利を滅多に季代に会わせなかったのだから。一度捨てるように置いた箸をまた拾い上げ、季代は不機嫌な顔のままだし巻き卵を食べ始めた。かちゃかちゃ入れ歯の音が耳障りだった。

「子どもに返っちゃったみたいで、可愛いでしょ？」

と春子は、そんな母親の肩を撫でながら由利に言う。由利は複雑な表情で、それでもしっかり頷いてみせた。厚子は黙ってただ食べ続けていた。「もしよかったら――」と口に出かかった言葉を、咲子はやはり飲み込んだ。厚子を、自分が引き取ってやれないものかと思いついたのである。彼女をこの義祖母の家におくのはあまりに可哀想ではないか――。が、それは咲子が春子と厚子の母子関係を断ち切ることになりかねない。やはり出過ぎたお節介だろう。

火葬が終わったことを知らせる迎えが来て、一同は食堂を出た。ゆっくり歩いて火葬炉の前に戻ると、もう人間とは思えない崩れた形の白い骨が台に乗せられていた。四人は交代で長い箸を持ち、いくつかの骨を拾い、白い冷たそうな骨壺に収めた。始めのうち春子は厚子と一緒に拾っていたが、やがてぼんやりした顔で車椅子に座っている季代に箸を渡した。季代は素直に箸を持つには持ったが骨を挟むことはできず、春子に手首を摑まれて厚子の箸に近づけるだけだった。が、どうしたわけか、急に表情が変わって涙を流し始めたのである。

「どうしたの？　お母さん」

春子がそっとその手から箸を取り上げた。

「夏雄まで死んじゃったなんて――。こんなに小ちゃくなっちゃって――。わたしだけが置いてけぼりじゃないか――」

顔を覆った両手の指の間から、絞られて出るような季代の切ない泣き声が漏れた。

「お義母さん、これは夏雄じゃありませんよ。夏雄はもうとっくに――」

と、咲子が言うと、わっと厚子が泣き出した。咲子も由利も込み上げて来る嗚咽を懸命にこらえた。

「あとはお願いします」

と春子が箸を置いた。

「かしこまりました」

係の男は小さな刷毛で骨を掃き集めて骨壺に入れると、最後に頭蓋骨で蓋をするように覆い、その真ん中に僧が座って祈る形だという喉の骨をのせてから深くお辞儀をした。

骨壺は厚子が抱き、写真は由利が持って火葬場を出ると、駐車場に止めてあった葬儀屋の車がすっと近寄って来て、一同を駅まで送ってくれた。

家までその車で帰ると言う春子たちと別れて二人だけになると、由利が大きく息を吐いた。

「厚子ちゃんが可哀想で見ていられなかったわ」

本当に――。あの三人はこれからどうするのだろう。厚子は仕事を辞めることはできないだろうし、春子がまだ働き続けるのだとすると、一人では何もできそうにない季代を誰が看るのだろう。もし夏雄が生きていたら、有無を言わさず自分の家に連れて来るだろうが、今の咲子にはそれもできない。季代の痴呆はますます進むだろうし、施設に入れる決心がつかないのなら、そろそろ春子が仕事を辞める潮時ではないだろうか。化粧品のセールスはかなり良い収入になるそうだが、七十を過ぎた春子の健康のこともあるし、この辺で母子二人の静かな生活に切り換えたらどうだろうか。余計なことだが、咲子は一人でそんなことを考えた。


由利は厚子の携帯の番号を聞き忘れたことを口惜しがったが、初七日や四十九日の法事については、改めて声がかかるだろうと、咲子は気にもしなかった。が、その後春子からも厚子からも何の連絡もない。せめて埋葬に立ち会いたいと思っていた咲子は、彼女たちから拒絶されたような気がして心が滅入った。

亮介も死んでしまったことだし、厚子としては、もう義叔母や義従妹との付き合いなど、面倒になってしまったのだろうか。それならそれでいいと割り切るしかあるまいと思った。

が、それから二年目の暮れになって、不意に厚子からはがきが来たのである。

「喪中につき、年末年始のご挨拶を失礼申し上げます」

という型通りの挨拶の後に、「一昨年来病気加療中だった義母春子が、十一月に亡くなりました」という思いがけない文面であった。このようなはがきは亮介が死んだ年にももらわなかったことを思い出して、咲子は呆然とした。春子はあれから間もなく発病し、二年近い闘病の後、亡くなったらしい。厚子としては、義母の看病と義祖母の介護に忙殺されて、咲子や由利に知らせる余裕などなかったのに違いない。はがきを前にして咲子は言葉を思いつかなかった。

春子が貧血症だということは厚子から聞いていたが、それも咲子は半分信じていなかった。本人からは、自覚症状があるようなことを一切聞いていなかったし、もしいくらか症状があったとしても、あの春子が百才になろうとしている母親より先に逝くはずはないと信じ込んでいたからだ。勤めていたのだから、会社の健康診断なども定期的に受けていたはずだ。発病したのはいつのことだろう。どこの病院で、どんな治療を受けたのだろうか。後から後から疑問は湧いて来るが、判ることは何もなかった。ふっくらして重そうな季代を抱いて車椅子に乗せる春子の背中が、痛々しいほど細かったのを思い出すだけである。血液の少ない体で、あれだけ活動していた春子の精神力を、咲子は恐しくさえ感じたのである。

結局、残ったのは季代と厚子の二人である。はがきには電話番号が書いてなかった。咲子が知っているもとの住所にかけてみても、「ただいま電話に出られません」という虚しいコンピューターの声が聞こえるだけである。多分厚子は職場に泊まり込みで働いているのだろう。あれだけ痴呆が進んだ季代が一人で家にいるわけはないから、どこか施設に預けたのに違いない。春子は由利に自社の化粧品を送ると言ってくれたが、その約束も果たしてくれなかった。

「あたしたち、どうすればよかったのかなあ」

咲子は縋るような目を娘に向けた。

「どうしたらよかったんだろうね。今回はママの怠慢だけじゃなさそうだものね」

由利は慰め顔で言ってくれたが、やはり夏雄に申し訳ないような気持ちはどうしようもなかった。

「パパがいないと、どうしても親戚付き合いってむずかしくなるんだね。しょうがないから、そのうちあたしが新しい親戚を作ってあげるよ」

などと、由利はふざけて咲子の背中を叩いた。

「何言ってるの。馬鹿だね。あんたは親戚じゃなくて、新しい家族を作るんだよ。旦那を見つけて子どもを産んで――」

はがきに書いてあるもとの住所にお悔やみの手紙を送ってみたが、返事は来なかった。しかし戻って来ないところをみると、引っ越してしまったというわけでもなさそうである。

春の彼岸に墓地へ行ってみると、夏雄の父親が亡くなった時造ったという御影石の墓の裏に、新しく亮介と春子の名が彫られていた。長男である夏雄の名が父親に並んで彫られた時は当然だと思ったが、その夏雄の名に続けて姓の違う亮介と春子の名が彫られているのは、どうにも違和感がある。亮介は養子としてこの家に入って来たわけではない。それなのに、どうしてここに眠っているのだろう。この墓の下で、夏雄が姉夫婦と仲良く語り合っている風景を想像すると、何となく妬ましい気分にさえなった。将来咲子が入って行く時には、多分季代も加わっているだろう。結束の固い家族の中に、おずおずと入って行く自分が何とも惨めに感じられる。もし由利が一生結婚しないで傍にいてくれたら、この狭い墓の中でも彼女の隣に自分の席を確保できそうな甘えがわいて来る。自分には、この娘しかいないのだと思った時、ふっと同じ思いで春子を抱きしめたのであろう季代の顔が目に浮かんだ。そして嚙みしめた自分の唇に血の匂いを感じたのである。

咲子は思わず墓石に彫られた夏雄の名に両手を押し当てた。「助けてー」と叫びたい気持ちだった。自分も姑の季代と同じ女になって行きそうな怖さを感じたのである。一人で来てよかった。由利を連れて来ていたら、愚かな母親のエゴを見破られてしまうところだった。

厚子から長い手紙が届いたのは、間もなく梅雨に入ろうという頃で、その日も朝からじとじとと雨が降っていた。早番の日だったので、夕方スーパーから帰って来てポストを開けると、夕刊の下にへばりつくように分厚い封筒が入っていたのだ。茶封筒に印刷されているのは、埼玉県の介護施設の名である。滅多に外へ出ない咲子が初めて見る町名であった。

開けてみると、雨が中まで沁み込んでいて厚子の下手な字を一層読みにくくしていた。しかし一所懸命に書いたに違いない厚子の気持ちは十分伝わって来る素朴な文面だった。

「お世話になりっぱなしで長いことご無沙汰してしまいました。今私がいる施設は入居者に対してぎりぎりの数の介護師しかいないので、忙しくて目が回りそうです。それに父が死んだ後、無理に頼んで義祖母を入れてもらった施設から、しょっちゅう何やかやと言って来るので、行ったり来たりも大変です。義祖母は相変わらず元気なのですが、認知症が酷くなって我儘を言うので、施設のみんなに嫌われているらしいのです。でもこちらに連れて来るともっと大変なので、何とか頼んで置いてもらっています。

この手紙を書いたのは、咲子義叔母さまに私たちが住んでいたあの家をもらっていただけないかと思いついたからです。義祖母や義母の荷物が置きっぱなしで全然片付いていませんし、あれ以来私はほとんど帰っていないので雨戸も閉めっぱなしです。このままでは腐ってしまいますよね。でも、私にはどう手を付けたらいいのかわからないので、義叔母さまにお願いしようと思いついたわけです。

咲子義叔母さまなら、あの家に残っているガラクタを処分して、住んでくださるのではないかと思ったのですが、無理でしょうか。面倒なら、いっそのこと売ってしまってくださっても、私は一向にかまいません。この仕事をしている限り、どこへ行ってもほとんど二十四時間勤務の生活ですから、私には自宅は要らないのです。それにあの家は夏雄義叔父さまのお父さまがご自分の手で建てた家だと聞いていますので、私のような他所者が勝手に処分することはできませんが、咲子義叔母さまなら、夏雄義叔父さまの奥さまなのですから、勝手になさっていいのではありませんか。

私にとって未練があるのは、父が植えた庭の梅と杏子の木、それに秋には綺麗に紅葉する楓の木だけです。だからと言って、それを掘り上げてもどこに持って行くこともできません。季節が来て花が咲いたら、義叔母さまや由利ちゃんが見てくだされば嬉しいです。建物の方は、むかし義祖母に閉じ込められた真っ暗な押し入れや、頭から冷たい水をかけられたお風呂場、寒い真冬に外へ突き落とされた縁側など、あまり良い思い出がないので、未練も何もありません。義母が死んだ後、一時期あの家に一人でいた時は、義祖母を殺してやりたいと思った悪魔のような子どもの頃の自分を思い出して心が締め付けられ、ろくに眠れませんでした。

幸いなことに、あの家には人を殺せるような毒もなく、さすがに私には刃物を振りまわすほどの勇気がなかったので、犯罪者にならずにすみましたが、警察に捕まらなかっただけで、私の中身は立派な殺人犯でした。恥ずかしい話ですが、義祖母のお椀には必ず唾を吐いてから味噌汁を注いでいたくらいです。もし父に見つかっていたら、どんなに叱られたかしれません。

私は父が五十近くなってから生まれた子ですので、父は私の将来をとても心配していました。

私の生母との離婚で何もかも失くしてしまったので、せめて住む家と母親を与えたくて再婚したのだと言っていました。私が義祖母や義母に愛されるような娘ではなかったので、父の思惑通りには行きませんでしたけれど、義母の方は父をそう憎く思っていなかったようで、亡くなった時は迷わず自分の実家の墓に埋葬してくれました。まさかその後すぐ自分も追いかけて同じ墓に入ることになるとは思わなかったでしょうけれど――。

恥ずかしいことばかり書いてしまいましたけど、そんなわけですので、咲子義叔母さま、どうぞあの家を受け取ってください。お願いします。お返事は別にいりませんので、売るなり住むなりご自由になさってください。

厚子拝」

封筒の中には、厚紙で包んだ鍵が二つ入っていた。一つは玄関のものだろうが、もう一つは勝手口の鍵かもしれない。

今咲子が由利と二人で住んでいるのは、夏雄が実家へ行きやすい位置に選んだ三ＤＫのアパートである。初めは借りていたのだが、家主が変わった機会に改築して売りに出されたので、夏雄が会社から借金して買い取ったのだ。夏雄が死んだ時、退職金と生命保険でその借金も精算した。いずれ由利が結婚する時は考えなければならないが、当面由利と二人きりの生活には不便を感じていない。

夏雄の生家にはずいぶん長いこと行っていないが、大工だった父親が自分と家族のために建てた家だというから、地震にも強く、細かいところに工夫が施されているのだろう。それに夏雄は、生前地方を転勤して回っている間も、定期的にペンキ屋を入れたりして手入れさせていたから、あまり傷んでもいないはずだ。亮介はどの程度手入れしていたのかわからないが、夜店で苗を買って来ては、狭い庭に植えていたらしい。特に玄関の前に植えた楓の紅葉を自慢していた。

家族の間で相続の話が出たことはないから、名義は誰のものになっているのか咲子は全然知らないが、母親と一緒に住んでいた行きがかり上、春子の家ということになっているのではないだろうか。いきなり厚子からこんな話を持ち掛けられても、どうしたらいいのか見当がつかないが、いずれ何とかしなければならない家であろう。

厚子には、考えてみるという返事を出しておいて、次の日曜に由利と一緒に見に行くことにした。

蒸し暑いが天気は良かったので、玄関脇の楓が綺麗な緑の葉を広げていた。今まで咲子がこの家に来たのは、夏雄に代わって義母の様子を見るためでしかなかったから、台所と茶の間以外の部屋はほとんど知らない。まして二階は春子たち夫婦の寝室だと聞いていたから、上がって見たこともなかった。覗き見の興味もあって、咲子は急な階段を上がってみた。

湿っぽく黴臭い部屋にまず風を入れようと雨戸を開けると、窓の下はすぐ隣家の庭で、洗濯物がひらひらしていた。もとは夏雄の勉強部屋だったらしいが、春子が結婚してからは夫婦の寝室として使っていたそうだから、亮介が一人で死んでいたのもこの部屋だろう。子どもの頃の夏雄が、ここでどんな風に暮らしていたのかは全くわからない。

洋服箪笥の中には亮介の背広が何着も下がっており、作りつけのクローゼットには春子のコートやスーツが下げられていた。さすが職業婦人の衣類は手入れが行き届き、ほとんどの服にクリーニング店のタグがついている。夏雄が使っていたのかもしれない机には花柄のカバーがかかって小型のテレビが置かれていた。鏡台はないが、壁に全身が映る大きな鏡がかかっている。本は全然ないが、アルバムが二冊ほどあり、春子の職場のであろう、団体旅行の写真が沢山貼られていた。探してみたが、春子の父親かと思われる男の写真は一枚も見つからなかった。

不思議なことに、亮介と厚子の写真も全然なかった。

「洋服がいっぱいあるけど、あたしや厚子ちゃんがもらって着られそうなのは一枚もないね」

と由利ががっかりしたような声を出した。

「春子伯母ちゃんって、ずいぶん小柄だったんだね」

「でも、さすがに大工さんが選んだだけあって、床の間の柱なんか立派だね。収納場所なんかも、クローゼットが作り付けになっていたりして便利にできてるわ。台所を見て来てごらん。今時珍しい床下収納庫まであるよ」

「越して来ようか。案外快適に暮らせそうじゃない。会ったことはないけど、あたしのお祖父さんが造った家だって聞くと、住んでみたい気がするな」

と由利は明るく言った。

階下の三部屋は、茶の間と季代のいた六畳間と、厚子の部屋の四畳半だ。季代の部屋はいかにも年寄りが使っていた部屋らしく、古い布団が押し入れにいっぱいだし、大きな黒い取っ手の付いた古めかしい箪笥には着物やセーターが詰め込まれている。箪笥の上に千代紙を貼った小箱がのっていて埃にまみれていた。開けてみるとネックレスやブローチなど安物のアクセサリーがいくつか入っている。季代がこんなものを身につけているのを見たことがないが、若い頃は案外おしゃれだったのだろうか。

厚子の部屋はさすがに片付いていて何も残っていない。押し入れに布団もないということは、みんな今住み込んでいる施設へ持って行ったのだろう。

がらんとした押し入れの中を覗くと、白い壁いっぱいに「死ね」「悪魔」「殺してやる」「バカヤロー」などという字が乱暴に書かれているのにびっくりした。中学生の頃、義祖母に閉じ込められて、腹癒《はらい》せに書きなぐったのだろう。季代に物差しで叩かれていた厚子の反抗的な顔を思い出さずにはいられなかった。由利が来ないうちに、咲子は急いで押し入れの襖を閉めた。消えにくいクレヨンだが、上からペンキを塗ってしまえば隠せるだろう。何も入っていない押し入れだから、開け放しておけば、こんな季節でも数日で乾くに違いない。ついでにトイレや風呂場などの汚れた壁も明るい色で塗ってやろう。

「お祖母ちゃんや春子伯母ちゃんの物は、ママが暇を見て片付けに来るわ。由利がよければ、夏休みに引っ越して来ようか」

「そうだね。あたし、力持ちの友達連れて来るよ」

亮介が死んだのはついこの間のことのような気がするが、あれからもう三年も経ってしまったのだ。その間に春子が死に、季代が施設に入り、この家には誰もいなくなってしまったわけである。そこに建てた人の孫が住むことになるなら、家も喜んでくれるに違いない。できるだけ手入れして、大切に住まわせてもらうことにしよう。

悲しいことが続いても、辛いことが起こっても、月日はどんどん流れて行く。厚子の辛い記憶も、あの落書きと一緒に消してやろう。仕事が休みの日には、厚子も帰って来ることが楽しみになるような家にしておいてやろう。

帰りに咲子はもう一度墓に寄ってみることにした。夫の命日には少し早いが、たまには由利と一緒に参ってみたくなったのだ。

「大勢入ってるじゃない。賑やかになったね」

と、由利は墓石の裏を見て言った。

「これならパパも寂しくないよね。お姉さん夫婦も来たし、遠からず大好きなお袋さんも来るはずだし——」

「そんなこと言うもんじゃないよ。お祖母ちゃんはまだどこかの施設で元気にしているんだから」

「元気なうちに、一度見に行って上げようか。死んだ人のお墓参りするより、生きてるお祖母ちゃんを見舞ってあげようよ」

「だけど、お祖母ちゃん、もう何もわかってくれないみたいだよ。すっかりボケちゃったから」

「わかんなくたっていいんだよ。行ってあげれば何かあった時、ママが悩まなくてすむよ」

「悩むって、何を？」

「今厚子ちゃんが悩んでるじゃない。自分がお義祖母ちゃんを憎んだり殺したいと思ったりしたこと、恥じてるじゃない。他人から見れば、あんなにいじめられたんだから憎んだって当たり前だと思うけど、本人は苦しいんだよ。あの家に住めないほど」

柄杓で墓に水を掛ける由利を、咲子は黙って見ていた。この子がいてよかったと思う。近い将来この子が恋をして結婚し、自分を離れて行く時のことを想像すると、身がよじれるほど寂しいが、自分が死んだ後のことを考えれば、やはりしっかり支えてくれる人がいて欲しい。厚子のように独りぼっちにはしたくないと思った。

「引っ越すと決まれば、今住んでるアパート、売りに出せるように、手入れしておいた方がいいね」

空になった手桶を下げて、咲子はふっと呟いた。すると由利が言ったのである。

「売らないで貸せばいいじゃない」

「借りてくれる人なんていないよ。高級なマンションならともかく、今時たった三部屋の安アパートなんて」

「あたしが貸してもらうかもしれないよ」

「えっ、まさかー。あんたが？」

「うん。ちゃんと家賃払って借りるよ」

驚いて咲子は立ち止まった。危うく手桶を落とすところだった。

「まさか、あんた結婚を考えてるんじゃないだろうね」

「考えてるよ。時期はまだわからないけど、案外早いかもしれない。だって、こんないい女を男どもがいつまでも放っておくわけないでしょ」

「もしかして、好きな人いるの」

「いるって言うと少し早いかもしれないけれど、好きだって言ってくれる人はいるよ」

「何故もっと早く言わないのさ。ママ会いたいよ、そんな人がいるんなら」

「向こうもママに会いたがってるけどさ。今一つあたしに飛び越えられないものがあってね」

「何言ってるの。あんたの周りに飛び越えられないほど高いものなんて何もないじゃないの。もしあっても、そんなもの踏み潰しちゃえばいいのよ。ぐちゃぐちゃ考えていたってしょうがないじゃない」

由利にそんな人がいたことも気づかなかったなんて、何という迂闊《うかつ》な母親だろう。そう言えば、ついさっき由利は引っ越しの時は誰か力持ちの友達を連れて来るようなことを言っていたのを思い出した。もしその人が本当に由利の手に余るような重い物を持ってくれる人なら、この家にも久しぶりで男性の家族ができるではないか。もしかしたら、その人との間に男の子が生まれるかもしれない。拭い切れない不安と心配を抱えながらだが、咲子にもほんのり夢のような色の未来が感じられた。

ついこの間、この墓の前で自分の居場所に不安を覚え、由利がずっと自分の傍にい続けてくれることを願ったのを思い出し、その身勝手さを恥じたくなった。いいんだよ、由利、わたしのことなんて忘れてくれてかまわないよ。ママにはここに夏雄さんがいる。お義母さんや春子さんなんかに負けるもんか。間に割り込んで、あんたをこんないい娘に育てたことを自慢してやるさ。

水道の脇に手桶を置くと、その周りを掃き清めていた寺男が会釈して言った。

「早めにお帰りくださされ。天気予報がまた雨になると言っていましたで」

「そうですか。ありがとうございます。全くお天気が変わりやすい季節ですね」

「風邪をひきやすいですから、どうぞお気をつけなすって」

咲子は由利の腕を抱くようにして私鉄の駅に向かった。

今夜にでも手紙を書いて、厚子にあの家に住まわせてもらうことを伝えよう。ついでに季代のいる施設を教えてもらっておこうと思った。

紅い造花

友人が地域の仲間と画展を開いていると聞いたので、真夏の日差しがギラギラした日だったが、思い切って行ってみた。

会場の入り口には、色とりどりの花を生き生きと咲かせた植木鉢がずらっと並べられている。あまり綺麗なので、丁度受付にいた友人にその花の名前を訊いてみると、彼女はおかしそうに笑って言った。

「さっきのお客さまは、あんな日なたに置いたら可哀想だから日陰に移してあげなさいっておっしゃったわ」

造花だと気づく人は滅多にいないと言うのである。まさかと思ったが、しゃがんでよく見ると、なるほど、柔らかな花弁も複雑な形の葉も絹布のような手触りのしなやかなプラスチックでできていることがわかった。色も自然で変化に富んでいる。最近は造花もこんなに精巧にできるのかと感心してしまった。

子どもの頃、ほんの少しだが近所のお婆さんの内職を手伝ったことがあるが、あの時の造花はもっとバリバリした感触の花弁だった。突っ張った葉を茎からはがすようにして形を整えたのを覚えている。

会場に展示された友人の作品は、木立の多い郊外の小道を描いた風景画で、水彩の上にパステルを乗せるという凝った技法によって、温かみのある深い色合を出している。森のはずれにポツンと見える小さな家に、何か懐かしいものを感じて心を惹かれた。中学生になったばかりの私が、遊び半分で内職を手伝ったあのお婆さんの家を思い出させたからである。母親のいない二人の孫を育てていた、小柄だが気丈なお祖母さんだった。

人に馴れにくい性格の私には、その頃友達がいなかった。でも、独りで下校する惨めな自分を曝《さら》したくない見栄だけはあって、通学路ではなく、馬鈴薯畑の中の細道を歩いて帰ることにしていた。その道は大きな農家を囲む森を迂回していたから、家までおよそ三十分かかったが、ほとんど人に会わずにすんだのである。森のはずれにあるその小さな家の家族以外には——。

あれから何十年も経つのに、東京の近郊に今でもこんな風景が残っているのだろうか。短い付き合いだったが忘れることができないあのお婆さんと子どもたちの顔が浮かんで来て、一瞬じわっと胸が熱くなった。

空襲で家を失った私たち家族は、母方の伯父の家に転がり込み、一年半ほど厄介になっていた時期がある。確か開戦二年目頃だったと思うが、目先の利く伯父は、当時まだ畑ばかりだった東京の郊外に家を買って早々と移住し、戦災を免れたのである。夫を早く亡くした妹家族も一緒に転居することを勧めたそうだが、子どもの学校のことを考えたりしてなかなか決断できなかった母がぐずぐずしているうちに、焼夷弾に見舞われてしまったのだ。私たちは、母のリュックサックに入っていた干飯を噛み、水筒の水を少しずつ飲みながら一晩中歩き通し、次の日の朝になってようやく伯父の家にたどり着いたのだった。義伯母はすぐ薩摩芋を蒸して食べさせてくれた。気分が悪くなるほど腹が空いていたはずなのに、その水っぽい薩摩芋を半分も食べないうちに私は眠り込んでしまったらしい。目が覚めた時、口の中は芋を頬ばったままだった。私は小学校五年生、弟はまだ三年生になったばかりだった。

終戦後従兄が復員して来ると、伯父の家も手狭になったし、義伯母への遠慮もあったのだろう、母と私たちは少し離れた町にある小さな家に移ることになった。もとは軍需工場の工員用社宅だったという長屋の一軒を、伯父が知り合いになった会社の幹部に頼み込んで借りてくれたのである。幸い小学校が近くにあり、私たちは裏が白い広告の紙を二つ折りにして糸で綴じたノートを持って通うことになった。

伯父は世渡り上手と言うか、ここへ越して来てからまだ何年も経っていないのに、いつの間にか大勢の人と親しくなり、すっかりこの町に溶け込んでいた。そして幸運にもその知り合いの一人が、母を小さな電器製造工場に紹介してくれたので、貧しいながら家族三人何とかその家で暮らせるようになったのだった。若い工員が数人で雑魚寝していたそうで、畳も襖もボロボロの長屋だったが、すぐには手入れする余裕がなかったので、取り敢えず破れた畳の上に毛布を敷き、伯父の家からもらって来た小さな卓袱台で食事をしたり勉強したりして暮らした。

とうとう親しい友人が一人もできないまま小学校を卒業した私は、小学校とは反対方向にある中学に通うことになり、その馬鈴薯畑を通って森を抜ける道を見つけたのである。


森のはずれにあるその小さな家の前では、私の下校時間、いつも二人の子どもが仲好く遊んでいた。小学校二、三年生の男の子と、就学前らしい女の子である。

その子たちと親しくなったきっかけは、通りかかった私の足もとに彼らのゴム毬《まり》が転がって来たことだった。拾ってやると、人懐こい女の子は私の腕に飛びつくようにして毬を受け取り、後ろから来た男の子は丁寧にお辞儀をしてたどたどしく礼を言ったのである。後になってこの子たちのお祖母さんから聞いたところによると、長男の息子である健一というこの男の子は脳性麻痺で、少し言葉がもつれるのはそのためだったようだ。

「ここがあんたたちのお家なのね」

私はその家を指さして訊いた。

「うん、お祖母ちゃんがいるよ」

と女の子が言った。

「お母さんは？」

「いない」

女の子の方は小さいのに利発そうで、男の子と違ってはっきりものを言う子だった。

「トッコはお父さんもいないんだ。戦争で死んじゃったから」

と、男の子がゆっくりつけ足すように言った。

「あれっ、あんたたちは兄妹じゃないの？」

「うん、違うよ」

よくは判らないが、何か事情があって一緒に暮らしている従兄妹か何かなのだろうと私は勝手に思い込んだ。そして少しの間、その子たちと毬を蹴り合ったりして遊んだのだった。

その子たちのお祖母さんに会ったのは、それから何日か後のことである。大きな風呂敷包みを背負ってどこからか帰って来ると、子どもたちと遊んでいた私を家に招き入れてくれたのだ。

「とうもろこし茹でてやるから、食べて行かんね」

私は遠慮なくギシギシ音のする縁側に腰かけ、茹でたてのとうもろこしをご馳走になった。

まだ食糧事情のよくない頃だったし、近所に知り合いもない流れ者の家族は、そんな風に他人から声をかけてもらえることなど滅多になかったのである。空腹だった私には、所々紫色の実がまじったとうもろこしは思いがけないほど美味しかった。

「そうかい。お父さん、いねえのかい。そんなのに空襲で爆弾にやられたんじゃあ、お母さん大変だったろう。気の毒になあ」

人の好さそうなお婆さんは、くしゃくしゃした目に涙さえためて、私の話を聞いてくれた。

「あんたのお母さんはいくつね」

「三十九歳です」

「三十九かあ。それで、子どもはあんた一人ね」

「弟がいます」

「二人ねえ。その弟さんは小学生かい？」

「五年生になりました」

お婆さんは少しの間一人で頷いていたが、やがて背負って来た大きな風呂敷包みを開いて、沢山の造花をざざぁっと畳の上に広げたのである。それを見本通りに組み合わせて花束にするのが彼女の仕事らしかった。面白そうなので私も少しやらせてもらったが、内側がベタベタするテープの扱いに馴れさえすれば、大して難しい仕事ではなかった。緑色の粘着テープでまとめた花束をバリッとしたレースで包み、細い針金でしっかり締めた上にリボンを結んででき上がりである。形が崩れないように専用の箱に詰め、車で集めに来る業者に渡すらしい。

もともと勉強より手先の仕事の方が好きな私は、「なかなか上手いじゃないか」と、お婆さんからほめてもらえるほど手際よくまとめることができた。

「あんたのお母さんは内職なんかしないのかね」

「工場に勤めていますから」

「じゃあ、内職よりよっぽどいい給料もらってるんだ」

「いいえ、母は臨時職員だから、本雇いの人より給料はずうっと安いんだって、いつも愚痴をこぼしています」

「でもそのうち本雇いにしてもらえるんだろう？」

「さあ、よくわかりません」

造花を組みながら、私とお婆さんはそんな話をした。

健一の母親は、健一を出産するとすぐ産褥熱で亡くなったことや、敏子はこの家の次男の娘だが、その次男が南方で戦死したので、母親が田舎へ帰って再婚したことなどを、お婆さんもぽつりぽつりと話してくれた。

「あのご時世、男の子を二人も産んだのはお手柄だったんだよ。わたしゃ親戚中からほめられたり羨ましがられたりしたもんさ。だけど二人とも出征しちまったんだ。お国のために産んだようなもんだわさ。そんでも長男は復員して来たけんど、次男の方は骨も帰って来ねえ」

「で、今はケンちゃんのお父さんは会社にお勤めなんですか？」

「いや、北海道で道路造ってる。滅多に帰って来ねえがな。ま、愚痴しか言わねえ母親と知恵遅れの息子が待ってる家へなんか、帰って来たって面白くねえだろうからな。だけんど、男は一人でいると酒ばっか喰らって金なんぞ全然貯めやしねえ。困ったもんだ」

お婆さんは肩凝り性らしく、時々首を曲げては片方ずつ肩を拳で叩く。そんなお婆さんの肩を不器用な手つきで叩く健一に代わって、私は三十分ほど揉んで上げた。

「ああ、いい気持ちだ。あんたって、何やっても上手いねえ。器用なんだな」

ほめてもらうと気分がよくて、私も親指に力を込めた。

「あんたのお母さんはまだ若いから、肩なんて凝らねえだろうけど、歳を取るとどうしようもなく凝るもんなんだよ」

お婆さんはそう言って両肩を交互にぴくぴく上げ下げする。私は黙って笑っただけだった。私の母も、物差しなどを使ってよく自分の肩を叩いている。私は気づかない振りをしているだけだ。揉んでやったら喜ぶだろうと思いながら、その頃の私は理由《わけ》もなく母に背を向けていたのである。

母の不甲斐なさを責めるのは筋違いだとわかっていても、貧しさへの不満がどうしようもなく腹から吹き上がって来るのだ。戦災に会わなかったこの町の同級生に比べて、何も持たず何も手に入れられない自分の貧しさを、母のせいにでもしなければいられなかったのである。木口の布袋などではなく、友達のような革の鞄を持って学校に通いたかった。毛羽だった爪先にいつ穴があくかとハラハラしながらズックの運動靴に足を入れる朝、学校の下駄箱に並んだ革靴の踵を忌々しく思い出したりした。工場から帰って来る母の疲れ切った顔を見ると、どうしようもなく気が重くなり、自分が母と同じ無力な女であることが、たまらなく疎ましく思えて来るという始末の悪い中学生だったのである。

夕方になって、私が「帰る」と言うと、健一と敏子に手を引っ張られて、お婆さんも外まで見送りに出て来た。お婆さんは、

「この次は、お母さんも一緒に遊びに来てもらっておくれな」

と言ったが、私はとうもろこしのお礼だけ言って頭を下げた。お婆さんの言葉を母に伝える気はなかった。何故かよくわからないが、こんな楽しさは母と共有できそうに思えなかったのである。

少し長居をし過ぎたのを悔いて私は駆け出した。母が工場から帰って来るまでに、夕食の支度をしておかなければならなかったからである。

クラブ活動など何もしていなかったから、家族の夕飯の支度だけは受け持とうと決めたのは私自身だったのだが、それは決して疲れて帰る母をいたわる気持ちからではなかった。自分だって家族の役に立っているのだという自負で、母に対抗していたのである。親に対して弱みを持ちたくなかったから、夕飯を用意する役だけは果たそうと意地を張っていたのだ。ただその日は、自分だけ美味しいとうもろこしを食べて来たことに偽れない負い目があった。腹を空かせているだろう弟に、半分残して持って来てやればよかったという、少し酸っぱい後悔に急き立てられていたのかもしれない。

水の表面に浮く押し麦を流さないように注意深く米を磨ぎ、細かく切ったさつま芋と一摘みの塩を入れて釜を火にかけると、少し黄色くなりかけたキャベツをザクザク切りながら、「夕

飯もうすぐできるからね」などと、いつになく弟に優しい声をかけたりした。

それから毎日、健一と敏子は家の前で私の帰りを待っているようになった。祖母がいる時は、遠くから駆けて来て私を両側から捕まえ、無理にでも家に上がらせようとする。お婆さんも待っていたように、トマトを切ったり枝豆を茹でたりしてくれた。そうしたおやつがありがたかったのも事実だが、ほんのちょっと手伝うだけで大袈裟に感謝される造花の内職も、実は楽しかったのである。

毎日自分の家の夕飯を作るのなどは当たり前の仕事で、母からも弟からも礼を言われたことなどない。たまにカレーライスを作れば弟は喜ぶし、煮物の味がよければ母がほめてくれることもある。が、それ以上のことはない。お婆さんが、「いつもより沢山できた」とか、「早く仕上がった」とか言いながら、嬉しそうに一つ一つ箱にしまうのを見ていると、私はとても幸せな気分になるのだった。頼まれて、北海道にいる健一の父親にお金を送ってほしいという手紙を書いて上げた時など、何か凄いことをしたような満足感に浸れたのである。

内職が片付いた後、卓袱台の足元に小さな紅い花が一つ落ちていたことがある。正確に数えて持たされるわけではないらしく、時々半端に花や葉が残ることがあって、お婆さんはいつもそれを仏壇の花瓶に挿していた。

その時も、お婆さんは拾って花瓶に投げ込もうとしたのだが、その手を健一がおさえた。

「その花さ、お姉ちゃんに上げようよ」

「こんな物、あげたってしょうがないだろう」

「だって、お姉ちゃんのお父さんも、仏壇の中にいるんでしょ？　だからさ」

私は、小さな針でくっと胸を刺されたような気がした。うちには仏壇などないのだ。空襲警報のサイレンが鳴る度に母がリュックサックに突っ込んでいたから、位牌だけは無事に持ち出せたが、仏壇など買う余裕はないので、その位牌を茶の間の棚に無造作に置いてあるだけなのである。しかもその棚には本や薬箱などがゴタゴタ載せてあり、父の位牌など埋まってしまってしまうほどである。ひっくり返っていることがあっても気づかないくらいだった。

「そのお花、お姉ちゃんの頭に飾ってあげようよ」

と敏子が傍から口を出した。

「そうだね。お姉ちゃんをお嫁さんみたいに綺麗にしてあげよう」

健一が私の髪にそっとその紅い花を挿すと、敏子が嬉しそうに手を叩いた。

「綺麗、綺麗。もっといっぱい飾ろうよ」

健一が仏壇の花瓶から造花を何本か抜いて更に私の髪に挿すと、敏子は喜んでピョンピョン飛び跳ねた。

「トッコもつけたい」

「うん、トッコにもつけてあげよう」

健一は仏壇の花瓶をひっくり返し、赤やピンクの花を選んで敏子の髪にも挿してやった。敏子は大はしゃぎで私を鏡台の前まで引っ張って行き、頰っぺたをくっつけて笑った。

「何だねえ、仏壇の花なんか頭に挿して。お姉ちゃん、気持ち悪いだろうが」

お婆さんは呆れ顔だったが、私は花を髪に挿したまま彼らの家を辞した。少し行って振り返ると、敏子と健一はまだ私を見送っていて手を振った。

「お姉ちゃーん、とっても綺麗だよー」

「ありがとうー。大切にするわー」

私も手を振って彼らに応え、彼らが見えなくなるまで頭の上でぶらぶら動く造花を落とさないように歩いた。

夕飯の支度にかかる前に、私はその造花を牛乳の空き瓶に挿した。アネモネに似たその紅い花は、茶の間全体を思いがけないほど明るくしたので、私は恥じるような気持ちで棚の上を片つけたのである。

棚の上が少しばかり綺麗になっても、弟は全然気づかない様子だったが、さすがに母は帰るとすぐ驚いた顔で訊いた。

「これ、どうしたの？　あんたが父さんのお位牌に花を供えるなんて——。何かあったの？」

「別に、何もないよ。友達からもらったんで、挿しておいただけだよ」

と私は素っ気なく言い返した。母は不可解な表情で首を傾げ、ちょっと花の向きを直したりしていたが、次の日、安っぽい一輪挿しを買って来て造花を挿し替えたのである。

「焼ける前のうちの庭に、都忘れがいっぱい咲いてたのを覚えてるかい」

「覚えてない」

「うす紫の寂しい花でね、むかーし父さんがどっかからもらって来て植えたのが、どんどん増えたのさ。せっかく植えるなら、もっと派手な紅い花にしたらしたらいいのにって、わたしは思ったもんだけど――」

母は珍しく位牌に手を合わせて、そんな話までした。結核だった父が死んだのは私が小学校に入る前だから、病みつかれた顔だけはぼんやり覚えていても、それ以上のことは思い出せない。しかしそう言えば、子どもの頃、私はあの家で紅い色を見た記憶がないような気がした。


森の中で薄《すすき》が穂を出し始めたある夕方、健一が紅い造花を一輪、指でくるくる回しながら家の前に立っていた。そして近づいた私に、黙ったままそれをにゅっと差し出したのである。私はお礼を言って受け取ったが、彼が一人でいるのが妙に気になった。もらった花を胸のポケットに挿しながら、周りを見回して訊いてみた。

「トッコちゃん、どうかしたの?」

急に涼しくなったから、風邪でもひいたのではないかと心配になったのだ。でも、健一は顔を横に振った。

「お祖母ちゃんと出かけた」

「どこへ？」

「知らない」

「ケンちゃんは、どうして一緒に行かなかったの？」

「僕はバカだから」

「そんなことないじゃない。トッコちゃんの優しいお兄ちゃんでしょうが」

「でも、バカなの。生まれた時からなんだって」

そんなことを言いながら、それでも彼の表情は悲しそうでも辛そうでもなかった。

「あのね、僕、お姉ちゃんが大好きだよ」

「あたしもケンちゃんが好きよ」

「でも、結婚はできないからね」

私は思わずぷっと吹き出してしまった。

「そうよね。大人になったら、ケンちゃんにはあたしよりもっと好きな人ができるかもしれないものね」

しかし健一は真顔で首を横に振った。

「そうじゃなくて、大人になったら、僕、按摩さんになるからだよ。お姉ちゃんのお婿さんにはなれないんだ」

私は肩凝り性のお婆さんを思い出した。按摩になるというのは、祖母を喜ばせるのが何より嬉しい建一が思いついた将来の夢なのだろう。

「按摩さんになったら、ケンちゃん、あたしの肩も揉んでくれるかなあ」

「うん。揉んであげるよ。待っててね。僕、なるべく急いで大人になるから」

繕い物をしながら、時々辛そうに首を回している母を思い出して、私は心の中で呟いた。いつかこの子にあんたの肩も揉んでくれるように頼んであげるよ、と。

その晩である。一張羅の服を着ていつもより遅く帰って来た母は、どうしたわけか、靴を脱ぐなり怖い顔で私を問い詰めたのだ。森のはずれの家のあの家族と知り合いだったことを、何故今まで秘密にしていたのかと厳しい態度で訊くのである。

「別に秘密にしてたわけじゃないよ。母さんには関係ないと思ったから言わなかっただけだよ」

「ずっと前から、あのお婆さん、わたしに会いたがってたそうじゃない。あんたに連れて来てくれるように頼んだって言ってたわよ」

「そう言えば、今度は母さんを連れて遊びに来いとか言われたことあるけど」

「そんなこと、わたしに一度も言わなかったじゃないの」

「用もないのに、母さんがあんな所に行くはずないと思ったからだよ。いつだって、忙しがってるから」

「行くはずないと思っても、人に言われたことはちゃんと伝えなさいよ。それが親子ってものでしょうが――。おかげで今日は大恥かいたわよ。あんたがしょっちゅう行ってはご馳走になってるなんて、全然知らなかったもの」

ご馳走になると言っても、豪華な夕飯を食べさせてもらったわけではない。たかがとうもろこしやトマトである。この間は胡瓜に味噌をつけて食べさせてもらったが、その程度のことで母がそんなに怒るわけが、私にはわからなかった。

娘が親しくしている人を知らないということは、母親にとってそんなに恥ずかしいことなのだろうか。第一、母は何故あのお婆さんを知ったのだろう。駅にも町にも通じていないあの道を、母が通るわけなどないのに――。母は勤めているのを理由に、私の保護者会にも来たことがないのだ。それに、中学まではまともな広い道路があり、あんな寂しい周り道を三十分もかけて歩くのは、一緒に通学する友達がいない私くらいなものである。

何が何だかわからなかったが、それ以上説明する気にもなれなかったので、私はふてくされて寝てしまったのだった。

母がお婆さんと会ったわけがわかったのは、その後何日か経ってからのことである。

期末試験の最終日だったと思う。珍しく午前中に帰れた日、偶然お婆さんが造花の風呂敷包みを背負って帰って来たところに出会ったのだ。敏子も一緒だった。私の顔を見るといつものように笑って、うどんを食べて行けと言うので、私は縁側から茶の間に上がり込んだ。私の母と会ったわけを、お婆さんから聞き出したいと思ったからでもある。

しかし私が訊く前に、お婆さんは買って来たばかりの油揚げできつねうどんを作りながら話し始めた。

「あんたが言わないでいたのなら、わたしも黙ってた方がよかったのかな。いい娘さんを持ってるお母さんがあんまり羨ましかったもんだから、ついしゃべっちまったんだよ。あんたがうちの孫たちを可愛がってくれてることをさ。敏子が本当のお姉さんみたいに思って甘えてることも言いたくなっちまってさ」

何と驚いたことに、お婆さんは知り合いに頼んで私の母を紹介してもらったのだと言う。それも、長男つまり北海道で働いている健一の父親の嫁になって欲しいと頼むためだったそうだ。私は驚いて声も出なかった。

「こんな優しい娘さんを育てた人なら、間違いねえと思ったからだよ。歳は倅《せがれ》より少し上だけど、案外それくれえの方がいいかもしんねえって思ったしな。早く旦那に死なれて苦労してる人なら、女房失くした倅の気持ちもわかってくれるだろうと思ってさあ」

私は頭がくらくらして、何の話を聞かされているのかわからなくなった。そんなことを考えていたのなら、何故私に話してくれなかったのだろう。大人同士で決めてしまえば、中学生の娘など、どうにでもなると思ったのだろうか。そう言えば最初に会った日に、彼女がまず母の歳を訊いたことを、私は今になって思い出した。

「お母さんが望むなら、健一は施設に預けてもいいんだ。敏子は普通の子だから、そんなに苦労はかけねえだろうけど、健一の面倒見んのは、やっぱ大変だろうからな」

と、お婆さんは言った。

「それで？　母は何てお返事したんですか？」

「少し考えさせてくだせえって言うから、楽しみに待ってたんだよ。いい返事が来たら、すぐ倅を呼んで会わせようと思ってさあ」

お婆さんはずずっと鼻を啜り上げてから続けた。

「倅に一度会ってさえくれりゃあ必ず気に入ってくれると思うんだ。子どもの頃から風邪一つ引いたことがねえ頑丈な体だから、お母さんには絶対苦労させねえ。畑は売っちまったから百姓には戻れねえけんど、どんな力仕事だってできる体だからな、あいつは」

それなのに、会いもしないで断って来たのが納得できないと、お婆さんは不満顔だった。

誰の紹介か知らないが、母は何を考えてこのお婆さんに会ったのだろう。しかも、その場ですぐは断らず、少し考えさせてくれと言ったのは、どういう意味だったのだ。中学生の私は怒りと失望で体が震えた。母が再婚を望んでいるなどと、想像したこともなかったのである。生意気で素直でない私など、どこに放り出してくれてもかまわないが、小学生の弟がいるのに、母はもう一度結婚したいのだろうか。

母がこの話を断ったのは、私がこの家族と知り合いだったからなのだろうか。私がとうもろこしやトマトをご馳走になっている負い目があったからだというのか。だとしたら、私が始めから何もかも正直に話していたら、どうなっていたのだ。お婆さんに言われた通り、私が母を連れて遊びに行っていたら、話は違っていたというのだろうか。

それよりも、もしお婆さんが前もって打診せず、直接母を長男に会わせていたら、ひょっとして母は、その頑強な体に惹かれて結婚を決めたのではないだろうか。そうすれば、健一は私の弟に、敏子は妹になっていたかもしれないのだ。お婆さんの言うように、健一を施設に預けるのが条件だったとしたら、私はそんな母を決して許さない。私が学校を辞めてでも、健一を育ててみせようではないか。

自分では、何がどうなることを望んでいるのかわからぬまま、私はただ母を憎んだ。塩辛いきつねうどんにぽたぽた涙を落とす私を不思議そうに見ていたお婆さんは、一体何を考えていたのだろう。まさかこの縁談が駄目になったことを、私が悲しんでいるとでも思ったのではないだろうか。

どうしてもうどんが喉を通らず、私は箸を置いた。甲高い涙声が出ないように、口をきつく結んだまま深くお辞儀をすると、私は後ずさって外に出た。

真っ直ぐ家に帰る気にはなれなくて、私はふらふらと伯父の家へ行った。小さい時からよく面倒をみてくれた伯父なら、私のこの複雑な怒りをわかってくれそうな気がしたのだ。

しかし何と、私が訴える前に、伯父は何もかも知っていたのである。その上知り合いに頼んで彼らの家の事情まで調べ上げていたのである。

「次男の嫁さんはすこぶるつきの美人だったらしい。亭主が戦死しちゃったもんだから、婆さんはその嫁さんを長男と一緒にさせようとしたんだな。それが嫌で嫁さんは逃げちまったという話さ。田舎に帰って再婚したという噂だが、本当のことはわかんねえ」

と伯父は顎をさすりながら言った。

「あの婆さんは、息子を家に引き戻すために、女をあてがうことしか考えねえ愚かな母親さ。お陰で小さい娘が、可哀想に母親と離されることになっちまったじゃねえか、なあ」

と、伯父は腹立たしそうに言った。お婆さんは次男の嫁が再婚するために敏子を捨てて出て行ったようなことを言っていたが、そうではなかったらしい。無理に健一の父親と結び付けられたりしなければ、今でも敏子と一緒に暮らしていたかもしれないのだ。

「確かに息子の方はまだ若いから、女が欲しかろうよ。もしかすると、案外北海道に誰かいるのかもしんねえなあ」

知恵遅れの健一のことも、伯父は知っていた。多分それを理由にこの話を断らせたのだろう。

「お前の母親も、バカがつくほどのお人好しだから、子どもたちが可哀想で、咄嗟には断れなかったんだそうだ。でも、いくらお人好しでも、そんな家に入って、うまくやって行けるわけねえからな。せっかくお前たちがここまで成長したのに、もう一度初めっから子育ての苦労をやり直すなんて、馬鹿の骨頂だ。もういい加減楽することを考えろって言ってやったんだよ」

伯父は顔が広いから、間に立った人とも知り合いだったらしい。返事はその人を通してお婆さんに伝えたそうだ。

「お前はあの婆さんにえらく気に入られてるそうじゃねえか。何故母親に秘密にしていたんだ。こっちとしちゃあ、お前が世話になりっぱなしというのは肩身が狭いが、まあ、それとこれとは話が別だから、角が立たねえようにうまく断ってもらったがな」

と伯父は言った。

私があの家に入り込んだことが、こんな大きな問題になるとは思わなかった。一体どんな風に伝わっているのだろう。そんなに大袈裟に言うほどの付き合いではないことを伯父にはわかって欲しいと焦ったが、うまく言葉が思い浮かばなかった。

もう一生母の顔など見たくない、このままどこかへ消えてしまいたいと思ったが、伯父に諭されて仕方なく私は家に帰った。声をおさえるのに苦労するほど口惜し涙が出たが、弟に気づかれないように台所から家に入り、顔を洗ってから、遅い夕飯の支度にかかった。この縁談についてては、何も知らないことにしろと、伯父にきつく言い渡されて来たので、帰って来た母を詰《なじ》ることもしなかった。母の方も何も言わなかった。二人とも黙ったまま、気まずく夕飯を食べたのである。多分弟は、今でも私たち母子の間にそんな話があったことを知らないだろう。

それ以来私は通学路を変え、彼らの家の前を通らないことにした。間もなく健一が施設に入ったことを噂で聞いたが、敏子のことは何もわからないままだ。中学へ進学した弟は私と違って友達がいっぱいいたから、みんなと一緒に決められた通学路を歩いて登下校していた。あんな寂しい細道があることも知らないだろう。

数年後、幸いにも都営住宅の抽選に当たった私たちは、その町を離れた。新しい街で高校を卒業した私は、保険会社に就職し、母と協力して弟を大学へ行かせた。

職場で知り合った人と結婚した私は、夫の会社の社宅に住み、大学を出て地方公務員になった弟は母と一緒に住むための家を建てて近県に越した。やがて二人とも子育てに気を取られるようになると、むかしのことなど思い出す余裕もなくなってしまったのである。

臨時職員だったおかげで、低賃金ながら母には定年がなかった。母が退職したのは七十歳で、脳梗塞で体が不自由になった伯父の面倒を看るためだった。年取った義伯母を援けて、母は最期まで伯父の介護にあたっていた。あれからは、もう再婚話など来なかったのだろう。来たとしても母自身が受け付けなかっただろう。

友人の絵を見て、健一と敏子のことを思い出したのは本当に思いがけないことだった。さすがにあのお婆さんはもういないだろうが、きっと元気で長生きしたに違いない。健一の父親がもし誰かと再婚したとしたら、お祖母さんの最期はその人が看取ってくれたのだろう。

私が今想像できるのは、敏子が魅力的な女性に成長して、幸せな母親になっている姿だ。健一は望み通りマッサージ師になれただろうか。もしかしたら、お祖母さんを最期まで看たのは健一だったかもしれない。何となくそんな気がする。今お祖母さんの位牌の前には、造花ではなく四季折々の生花が供えられていることだろう。

すっかり忘れていたが、何度も繰り返した引っ越しで、私は健一にもらったあの造花を全部失くしてしまったのである。今となれば、あんなに可愛がってくれたお婆さんに申し訳ないことをしてしまったような気もするが、もしあの時彼女の思惑通りに行っていたとしても、母は健一や敏子のよい母親にはなれなかったろう。何しろ、このひねくれ者で意地の悪い連れ子がいたのだから——。

最期まで母の肩を揉んでやる優しい娘になれなかった私が、今母の生きた年を通り越そうとしている。電気マッサージ器のコードに繋がれてテレビを見ているだけの味気ない生活である。これと言って贅沢をしているわけではないのに、医者からはコレステロール値が高いの、体重を減らす必要があるのと、注意ばかり受けている。

貧しかった戦後、踵が斜めに擦り減った靴を履いて満員電車に乗る母の背中は、そう言えば少女のように細かった。体重は今の私より十キロ以上少なかったろう。暗くなってから、閉店前の割引で買ったという魚や野菜を抱えて帰って来た母は、化粧気もなく、頬がこけていたから歳より大分老けて見えた。パーマはかけず、白髪がまじる頃になっても、長い三つ編みを頭の上で止める髪形を変えなかった母だが、私が就職する時は、デパートでスーツを誂《あつら》えてくれたのを思い出す。

母が父の位牌を納めるために仏壇を買ったのはいつだったのだろう。弟の家でそれを見た時、たまたま都忘れの花が供えてあって、わけもなくきゅっと胸が痛んだ。若い頃から体が弱かった父は、もしかするとあの静かな花が好きだったのかもしれない。

冬の木漏れ日

昼休みになる時間を見はからって、奈津《なつ》は夫の慎一《しんいち》に電話してみた。

今日は父親の誕生日なので、奈津が実家に来ていることは、慎一も知っているはずなのである。会社の帰りに寄ってくれるかどうか確かめたかったのだ。

「無理だな。とても定時には出られない」

「遅くなってもいいわ。待ってるから」

「仕事が終わるのなんて、何時になるかわからないよ」

「でも今日は、子どもたちも学校の帰りにこっちに来ることになってるのよ。あなたが来てくれればみんな揃うのに」

「子どもたちまで行くのならいいじゃないか。別に俺が行かなくても」

「あなたが来られないのなら、お祝いは日曜に延ばすわ」

「いいよ、延ばさなくたって。日曜も俺は約束できないもの。何が入るかわからないから」

「今から決めておけば、何が飛び込んで来たって断れるでしょう？」

「無理言うな、全く――。何年会社員の女房やってるんだ」

気遣わしそうにこちらを見ている母親に、奈津は首を横に振ってみせた。

「やっぱり駄目みたい」

「仕方ないわね。じゃあ、今夜は夕飯だけ食べて帰りなさい。慎一さんの分のお赤飯はタッパーに入れて持って帰ればいいわ」

母の貞子《さだこ》は「よっこらしょっ」と掛け声をかけて立ち上がった。貞子は東北の農家の生まれだから、勤めに出たことはなく、東京に出て来てからも商売をしていた親戚の手伝いをしていただけで他人と接する機会が少なかったためか、あまり余計なことを忖度《そんたく》しない単純な女である。慎一が来られないと言えば、大変だね、よほど忙しいんだろうねと同情してくれるだけだ。

が、奈津は今朝の夫の様子から、多分来ないだろうと感じていた。会社から今住んでいる社宅まではバスで三十分くらいの距離なのに、わざわざ電車に乗って女房の実家に来るなんて、面倒には違いない。それでなくても、奈津が何かと言えば実家へ行くことに、彼は不満を感じているのだ。やれ、家族の誰彼の誕生日だ、両親の結婚記念日だ、父の日、母の日、その度に集まっては大騒ぎする家族が、彼には馬鹿々々しく見えるらしいのである。

定年まで市役所に勤めていた慎一の父親の方は読書が趣味で、一日中静かに書斎で過ごす人なのだ。自分の誕生日にも関心がないくらいで、孫たちが祝いに来ても嬉しそうな顔もしない。奈津から見れば、教養のない嫁の家族をひんやり見下しているような気さえする。

何時だったか、夫の実家に行った時、廊下の壁に作りつけた天井まである本棚を見上げてため息をついた奈津に、姑が言ったことがある。「奈津さんのご実家は広いから、こんな本棚の作り方しなくても、ゆっくり本が並べられるのでしょうねえ」と。その時、慎一が笑いながら「こいつの実家には、本なんて全然ないもん」と言った言葉が、奈津には忘れられない。腹立たしかったが、それ以上に恥ずかしかった。確かに奈津の両親は本など読まないし、たまに買って来た週刊誌も、読み終わればゴミとして捨ててしまうから、本棚などと呼べるものもない。むかしからある居間の飾り棚には、母の生まれ故郷のこけしが並んでいるくらいのものである。国立大学出身のお役人と、印刷会社の職人だった奈津の父親の生活は全く違うのである。

父の啓介《けいすけ》が、煙草の煙をふうっと吐きながら言った。

「慎一君にまで無理をさせることはないさ。男の四十代は働き盛りだ。忙しくて当たり前だよ。何も七十の爺の誕生日なんかに付き合わせることはない」

そう言ってくれる父の気持ちは嬉しいが、奈津はやはり、夫にも家族と一緒に義父の誕生日を祝ってくれるような温かみを持ってほしいと思う。

「そうだ。今度うちの近くにできたイタリアンレストラン、割合美味しいって聞いたから、日曜の予約入れとくわ。昼ご飯ならゆっくりできていいわよね」

「そんなに気を遣わんでもいいったら。誕生日なんて毎年来るんだ。大騒ぎすることじゃない」

「でも、今年は父さん、古稀じゃない。特別盛大にお祝いしなきゃ」

「それはありがたいがな。実際のところ、七十年なんてあっという間だぞ。お前だってもう若くないんだから、油断しないで、悔いのないように生きろよ」

「わかってるって。だけど、あたしが古稀のお祝いをする頃には、父さんは百歳なんだからね。父さんこそ、煙草やめて、健康に気をつけてよ」

母の貞子が台所から大きな声で言う。

「本当ですよ、お父さん。お酒もほどほどにして、この機会に運転もお止めなさいな」

「運転は、母さんのためにやってるんだ。膝が痛くて可哀想だから、買い物に付き合ってやるためだろうが」

「買い物くらい何とかしますよ。それより事故でも起こしたら大変じゃありませんか」

「俺が事故なんて起こすと思うのか？　今まで俺の運転でどんなに助かったか覚えてねえのかな。亜紀《あき》のお産の時なんか、お前、早々と破水しちまって、俺がいなければ、救急車呼ばなくちゃならなかったじゃねえか」

「そんなむかしの話ばっかりして——。お父さんは、わたしの言うことなんて全然聞いてくれないから、今日は慎一さんにとっくり意見してもらおうと思ってたんですよ」

母にはそんな企みがあったのかとおかしくなり、近所のケーキ屋で買って来たバースデーケーキを冷蔵庫にしまいながら、奈津は思わずにやにやしてしまった。今日、子どもたちが学校帰りにお祖父ちゃんの家に来るのは、このケーキが目的のようなものなのだ。お祖父ちゃんの歳など、彼らはろくに覚えていない。

苦々しい顔で笑いながら煙草をもみ消すと、啓介は縁側に立って行き、盆栽の鉢に向かった。今の啓介にはこれが唯一の楽しみなのだ。印刷会社に勤めていた頃からぽつりぽつりと買い集めた盆栽が、今は大小合わせて五十鉢を超えるくらいになっている。狭い庭は足の踏み場もないくらいだが、寒さに弱いものは冬の間家の中に入れるので、貞子は掃除もできないと言ってこぼしている。しかしほかに趣味も楽しみもない啓介は、気に入ったのを見つけると、後から後から買い込んで来るのだ。そして暇さえあれば鋏を入れているのである。

大分前だが、お歳暮代わりに差し上げろと言われて、奈津は慎一の実家へ立派な松を一鉢持って行ったことがある。が、彼の実家は、父親が役所を定年になった時に買った三LDKのマンションなので、鉢物など置くところがない。取りあえず狭いベランダに置いて来たのだが、数日後、義母が洗濯物を干す時、うっかり蹴飛ばしてしまったそうだ。松の葉先が脛に刺さって痛かったと義母は笑っていたが、奈津は可哀想で父には話せなかった。とっくに鉢ごと捨てられてしまった松を、まだ大切にされているだろうと父は信じているに違いないのである。

啓介は五年前に退職したのだが、勤めていたのが小さな印刷会社だから、大口の注文が来ると人手が足りなくなるのだろう、今でも時々呼び出されて手伝いに行く。もともと好きな仕事だから、新しく入った機械をいじったり、珍しい印刷物を作ったりするのを本人は楽しんでいるのだが、困るのはその帰りに若い職人たちと居酒屋へ行くことである。父自身は全然気にしていないが、脳溢血で死んだ啓介の父親は大酒飲みだったと聞いている。啓介も血圧が高く、医者から血圧降下剤を処方されているくらいだ。若い職人たちとうまくやっているらしいのは結構だが、自分の年齢を意識して、もう少し自制して欲しいものだと貞子はいつも愚痴をこぼしている。

盆栽をいじっている父の背中に、奈津は声を掛けた。

「父さん、古稀のお祝いに何が欲しい？」

一昨年喜寿を迎えた慎一の父親には、ノートパソコンを買って上げたのだった。喜んでくれた割には使っている様子がないけれども、義母は慎一の顔を見る度に、「あの時は高価なプレゼントをもらって――」と、大袈裟に喜んで見せる。義母は慎一の父が定年間際になって再婚した後妻なので、先妻の息子である長男の慎一には痛々しいほど気を遣うのである。

「向こうのお義父さんには新発売のノートパソコン買って上げたんだけど、父さんはパソコンなんて色々持ってるもんね」

印刷会社で働いていた啓介は、パソコンなど使い慣れている。家でも何台か使い分けて、孫たちに手作りのカレンダーやバースデーカードを送って来たりするくらいだ。

「父さんは何も要らん。お前たちが元気な顔を見せてくれれば、それで十分だ。この間入れ歯を直して何でも食べられるようになったし、今は欲しいものなんて何もない」

啓介は真っ白く揃った入れ歯をむき出しにして、わははと笑ってみせた。

「それじゃあ、また盆栽見に行くことにしようか。気に入ったのが見つかったら買ってあげるよ」

「いいよ、いいよ。これ以上増やすと、婆さんに怒られるから」

「古稀の記念だもの。母さんならあたしが説得してあげるよ」

「そうか。そう願えたらありがたいな」

台所で何か刻む音を立てていた貞子が、大袈裟に咳払いをして怒鳴った。

「あんまり大きいのは駄目ですよ。また腰を痛めるから」

そう言えば昨年の春、啓介は綺麗に咲き揃ったさつきの鉢を床の間に飾ろうとして、持ち上げた拍子にぎっくり腰になったのだった。

「古いことをいつまでも言うな。あれからは、ちゃんと気をつけているだろうが」

「見栄張ったって、歳は取るんですからね、またやりかねませんよ」

と貞子は大声を上げて台所で笑った。

「全くこの頃の婆さんはうるさくてかなわん。どうしてだか、耳だけはやたらいいんだよな」

啓介は笑いながら鋏を持って庭に降りて行った。

どこかで待ち合わせたらしい哲也《てつや》と由美《ゆみ》が賑やかな声と一緒にやって来ると、啓介は待っていたようにケーキの箱を開かせた。夕食前に甘いものなど食べさせたくないのだが、奈津も今日は特別に紅茶を入れてやる。

妹の亜紀が帰って来たのは、丁度夕食が出来上がった頃だった。看護師をしている亜紀はいつも帰りが遅いのだが、今日は都合よく早番だったらしい。最近できた駅前の大型スーパーマーケットの紙袋から取り出した包みは、思った通り男物のセーターであった。

「着るものなんか、もう要らんと言ったじゃないか。出かける先もないのに、服ばかり増やしたって、しまうところもありゃあせんよ」

と言って、啓介は次女からのプレゼントを手に取って見ようともしない。そんな祖父を押し退けるようにして、小学生の由美がグレーのセーターの両袖を持って大きく広げてみせた。

「ジャーン。この素敵なセーターは、亜紀叔母ちゃんからお祖父ちゃんへのバースデープレゼントでーす。今度の日曜日には、お祖父ちゃん、これを着てパーティに出席しますのでご期待くださーい」

おしゃまで明るい性格の孫が可愛くて仕方がない祖母は、顔をくしゃくしゃにして由美を抱きしめる。いつものことで、相手にされないことを気にする様子もない亜紀は、紙袋から更に小ぶりの包みを二つ取り出して由実と哲也に手渡した。

「ワーイ」と叫びをあげて祖父のセーターを放り出すと、由美はその包みを開く。出て来たのは暖かそうな毛糸のマフラーだった。水色にピンクと紺の斜め縞の編み込みがあるモヘヤのマフラーは、今日由実が着て来たピンクのセーターによく似合いそうだった。人懐こい由美は叔母の首に飛びついて頬をすり寄せる。無口で、どちらかと言えば人に馴れにくい性格の哲也の方は、紺色のマフラーを膝の上で撫でながら、堅苦しく礼を言った。

「男の子は元気だから、マフラーなんか要らないかもしれないと思ったけどさ、ほかに何も思いつかなかったんだ。ま、気に入ったら使ってよ」

亜紀はそう言って哲也の頭をぐりぐり撫でると、とんとん足音を立てて二階へ上がって行った。その娘を見送るようにして啓介はふっとため息をつく。

「亜紀のやつ、とうとう今年も駄目かな。わしの目が黒いうちに、何とか良い相手を見つけてやりたいんだが――」

亜紀が買ってきたセーターを丁寧にたたみながら、奈津は低い声で言った。

「そんなこと、父さんが気に病むことないわよ。今は結婚だけが女の幸せっていうわけじゃない時代なんだから。亜紀は看護師としてちゃんと自分で生きて行けるんだもの。父さんが心配しないでも大丈夫よ」

「だけど、歳を取ると一人は寂しいぞ。あいつは気が強いようで案外お人好しのところがあるから、変な男に騙されたりしないうちに、しっかり寄り添ってくれる男に出会って欲しいものだ」

「父さんの気持ちはわかるけど、亜紀自身がその気にならないと――。こういうことは親が心配したってしょうがないのよ」

「娘のことだ。親が心配しないで誰が心配してくれる。あいつをその気にさせるのも家族の役目だぞ。お前ももう少し本気で考えてやれ」

亜紀は看護学校を卒業するとすぐ高校時代の友人と結婚したのだが、一人息子を溺愛する母親とうまく行かずに戻って来たのである。幸せなことに都内の総合病院に職を得て、毎日生き生きと働いているように見えるのだが、父親としては不憫《ふびん》で仕方がないのだろう。長女の奈津はまずまずだが、好きな男と別れさせられた次女の方は、どうにも痛々しくてたまらないのである。過去のことは忘れたように明るく振る舞ってみせる健気な娘だけに、余計気にかかるのだ。そうかと言って、直接には何も言い出せず、ただうろうろと心配しているだけなのである。

「慎一君の周りに、まだ一人でいる男はいないかな」

「いないわけでもないでしょうけど、あの人、そういう話は苦手だから」

「そうだろうな。男が職場で持ち出すような話題じゃないからな」

父の歯痒《はがゆ》さはわかるのだが、奈津には夫に独身の妹のことを話しにくい事情がある。慎一にも結婚していない姉がいるからだ。慎一の実姉康子《やすこ》は、銀行に勤めているが、間もなく五十歳になろうとしている。母親が早く亡くなったので、父親と弟の面倒をみている間に婚期を逸してしまったのだ。しかも弟の慎一がようやく大学を卒業してほっとした頃、定年を前にして父親が再婚したのである。いきなり存在価値を奪われたような寂しさがあったのではないだろうか、家族に背を向けて、今は一人で暮らしている。

父親の再婚で家に居辛くなった慎一も、職場で知り会った奈津と結婚して、会社の社宅に住むようになった。が、慎一には、母親代わりだった姉を差し置いて先に結婚してしまったことに、後ろめたい思いがあるらしい。姉の虚しさを想像すると、自分の幸せが罪深くさえ感じられるようなのである。一人で寂しく暮らしている姉に、何とか幸せな結婚をして欲しいと願っている慎一に、奈津は自分の妹の話など持ち出せないのだ。

奈津が手伝って夕食が整うと、啓介も手を洗って食卓の前に胡坐をかいた。普段着に着換えて二階から降りて来た亜紀が座ると、由美はその叔母にピッタリくっついて隣に座る。哲也も祖父に促されてのろのろと座った。食卓には赤飯と卵焼きときんぴら牛蒡《ごぼう》、そして貞子自慢の糠味噌漬けが並べられている。綺麗な赤い金目鯛の煮つけが啓介の誕生祝いの主菜だった。

「大きな目玉の鯛だねえ」

と、由美が身を乗り出してはしゃいだ。

「ごめんよ。真鯛の塩焼きにするつもりだったんだけど、今日はやたら高かったんで、金目鯛になっちゃったんだよ。お祖父ちゃんの古稀のお祝いだっていうのに節約なんかしちゃって、どうもお祖母ちゃんは貧乏性が抜けないね」

と、貞子が笑って首を縮めた。

「祖母さんの貧乏性は、四十年かかって祖父ちゃんが植え付けた性分だよ。小っちゃな工場で、忙しいだけの安月給だったからな。それでもここまでやって来られたのは祖母さんの貧乏性のおかげさ。感謝してるよ」

と、啓介は箸を持った両手を合わせて、ぴょこんと貞子に頭を下げた。

「何言ってるのよ。口ばっかり格好つけちゃって」

と、貞子は照れ臭そうに顔を赤らめた。

「それにしても、ありがたいもんだ。こうして誕生日を家族が祝ってくれるなんてなあ。祖父ちゃんの子どもの頃は、誕生日に赤飯なんか食べたことなかったよ。祖父ちゃんのお父つぁんは、終戦の翌年、北支から復員して来たそうだけど、祖父ちゃんが生まれるとすぐ病気で死んじゃったからな。おっ母さんが手内職で育ててくれたんだ。貧乏で誕生日なんて思い出しもしない生活だったよ」

「お祖父ちゃんは、それでも働きながら夜間高校へ行って勉強したんだよ。そんな真面目な人だったから、お祖母ちゃんは安心して嫁に来たんだよ」

それからはお金がなくて苦労もしたけれど、可愛い女の子を二人も授かって幸せだったと、貞子は孫たちに言い聞かせるような口調で話す。今までに何度も聞かされている話だが、子どもたちは感心したような顔をして、真面目に頷いて見せる。何度繰り返されても、お祖父ちゃんやお祖母ちゃんの話は初めてのような顔でちゃんと聞いてあげなさいよと、奈津がいつも言い含めているからだ。

血圧が高いので、家族の前では啓介も酒の量を制限している。ビールは缶一本と決めているらしいが、そのグラスに時々横から貞子が口をつける。が、啓介は頰を歪めて笑うだけで文句は言わない。

奈津は車で来ているので、子どもたちと同じ野菜ジュースだが、食後の白玉餡はお代わりをした。貞子がこういうものを億劫《おっくう》がらずに作るので、亜紀が羨ましくなることさえある。ケーキの好きな子どもたちと違って、奈津はやはりこうした素朴な和菓子に惹かれるのだ。

啓介に追い立てられるようにして帰ったのはもう九時を過ぎていた。が、慎一はまだ帰っておらず、家の中は真っ暗でひんやりしていた。

子どもたちが寝た後、ゆっくり風呂に入ったりして待ったが、十二時を三十分くらい過ぎてから、慎一はようやく帰って来た。バスはとっくになくなっているはずだから、タクシーで帰って来たのだろう。

「親父さん、元気だったかい？」

「ええ、とっても元気だったわ。孫たちの顔を見て喜んでたわ。お赤飯もらって来たけど、食べる？」

「この真夜中に赤飯かよ。食べるならお茶漬けくらいだが、まあ、いいや。面倒くさいから、このまま寝るよ」

「父の誕生祝い、日曜に延ばしたから、今度は付き合ってね。いいでしょ？」

「ええっ。またやるのかい？　今日で済んだんじゃないの？」

「あなたが都合悪いって言うから、日曜に延ばしたんじゃないの」

「だから、日曜も駄目だって言っただろう。ゴルフ付き合わなくちゃならないんだよ。いい加減、会社員としての俺の生活わかってくれてもいいだろうが——」

「あなたって、いつもそうじゃない。たまにはうちの家族とも付き合ってよ。子どもたち、すごく可愛がってもらってるんだから」

「祖父さん祖母さんが孫を可愛がるのなんて、当たり前の話じゃないか。それが年寄りの楽しみだろうが——。お前たちがしょっちゅう行ってやってるんだから、俺まで付き合わなくても、十分幸せな老夫婦なんじゃないのか？」

可愛がるのが当たり前ってどういうことよ。あなたのお父さんは孫なんて全然可愛がってくれないじゃないのと言いたかったが、さすがに口には出せなかった。

奈津だけでなく、子どもたちも父親の実家へはあまり行きたがらない。いつも不機嫌な顔をしていて、口数の少ない祖父に、何となく親しめないのだろう。別に叱られるわけではないけれども、家の中で騒いだりしてはいけないような気がするらしい。たまに連れて行っても、正座して祖母が出してくれた茶菓子を食べ終わると、母親が帰ろうと言い出すのを行儀よく待っているだけなのである。気むずかしい祖父とは反対に、祖母の方はうるさいほど細々と気を遣ってくれるのだが、子どもたちはそれに器用に応えられないのだ。

夫の実家へ行っても、そこで義姉の康子に会うことは滅多にないが、正月などにたまたま会っても、奈津には天候の話くらいしか会話の種がない。慎一とだけは、康子も結構楽しそうに仕事の話などしているけれども、自分の親と話すのも見たことがない。大して歳の違わない義母の松子《まつこ》となどは、顔を合わすのも避けているように見える。奈津は長男の妻として場を繕わなければならないと思い、話題を探したりするのだが、なかなか上手く行かず、一人で空回りすることが多かった。

去年の夏頃、社宅の近くに学習塾ができてから、五年生の哲也の級《クラス》では、母親の間で私立中学への進学が熱っぽい話題になっている。友達の中にも何人か有名私立を目指す子が出て来て煽られたのだろう、哲也も挑戦したいと言い出した。が、慎一はそんな無駄なことに使う金などないと耳も貸してくれない。慎一の父親なら、エリート志向だからわかってくれるかもしれないと思い、慎一には内緒で奈津が一人で、彼の実家を尋ねてみたことがある。が、舅はふふんと鼻先で笑っただけだった。そして何も言わずに読みかけの本にまた視線を落としてしまうのである。姑の松子が「そんなに勉強が好きな子なら、お祖父さまとして相談に乗ってあげなさいよ」と口を添えてくれたが、舅は顔を上げなかった。「そんなことは親が考えることで、祖父が口を出すことではない」と、取り合ってくれないのだ。確かにそうだと思って納得はしたが、奈津はやはり何とか哲也の希望を叶えてやりたかった。

奈津の実家で同じ話をすると、こちらの祖父母は大騒ぎだった。啓介は退職金を半分哲也の学費に回してやってもいいと言ってくれるし、貞子は二階から貯金通帳を持って来て見せたりした。自分たちの孫が有名な中学に入って、将来立派な学者になるかもしれないなどという誇らしい夢のためになら、全財産を注ぎ込んでもいいと言わんばかりだった。もちろんそんな貴重な金で哲也を私立に行かせる気は奈津にもないし、慎一は余計なお世話だと言って相手にしないに決まっている。

が、私立への受験とは別に、奈津は哲也を勝手に進学塾に入れてしまった。慎一との話し合いは宙に浮いたままだし、まだ何も決まっていないが、週三回、哲也は友達と一緒に楽しそうに塾に通っている。

結局日曜の昼食会は、慎一抜きで行った。社宅の近くに新しくできたイタリアンレストランは、大して高級な店ではなく費用もやすかったが、子どもたちにとっては楽しい外食だった。啓介はこの間亜紀が買って来た新しいセーターを着て現れたし、貞子も珍しくスラックスではなく長めのスカートを穿いてやって来た。驚いたのは亜紀で、初めて見る白い暖かそうなコートを着て来たのである。中に着ている藤色のセーターも、ラメがキラキラしていてクリスマスパーティのムードだった。

「素敵じゃないの。どこで買ったの？」

と訊いても、亜紀はちょっと首を竦《すく》めて「新宿」と答えただけだった。

「悪いけど、今日はあたし夜勤なの。ゆっくりしたいけど、申し送りに遅れるといけないから、夕方先に帰らせてもらうわね」

と言う。看護師という職業柄仕方のないことである。

「それなら、夕食用にピザのテイクアウト頼んで上げようか」

「要らない、要らない。夕飯はナースたちみんなで一緒に食べるから」

「そんな素敵な格好して病院へ行ったら、みんなにびっくりされるんじゃない？　お見合いの帰りかと誤解されるかもしれないわよ」

「そんなことないわよ。ほかのナースだって、結構お洒落して来るもの」

食後のジェラートは由美に上げると言いおいて、亜紀はそわそわと帰って行った。

「近頃、あいつ、夜勤が多いな。体を壊さなければいいが――」

啓介が心配そうな顔をすると、いつものように貞子が明るく言った。

「でもあの子、夜勤も結構楽しそうにやってるわよ。家庭のある人の夜勤を代わって上げると喜ばれるんだって。人に感謝されるっていうのも嬉しいものよ」

「そうよね。働く者にとっちゃ、職場が楽しいのが何よりよね。あの子まだ若いから、健康の心配はないし、あんなに高そうなコートを買えるようになったんだから、懐具合もいいのかもしれないわよね」

奈津がそう調子を合わせれば、父も安心するのではないかと思ったが、意外にも啓介は暗い表情で首を傾げるのである。

「何よ、父さん。亜紀に彼氏でもできたんじゃないかって心配してるんじゃないの？　結局父さんって、亜紀がいなくなったら寂しいんじゃないのかな」

奈津は肩を竦めて笑った。

「そうだよ。父さんは案外寂しがり屋だからね。何だかんだって言っても、亜紀が嫁に行ったりしたら、寂しくてノイローゼになっちまうかもしれないよ」

貞子もそう言って笑った。亜紀叔母さんが大好きな由美は、

「あたし、亜紀叔母ちゃんを絶対お嫁に行かせない運動しようかな」

などと生意気なことを言い出した。

「だって、お祖父ちゃんとお祖母ちゃんの家から亜紀叔母ちゃんがいなくなったら、遊びに行ってもつまんないもんね。あたしが大きくなってお嫁に行くまでは、亜紀叔母ちゃん、結婚しないでいてもらいたいな」

「何を勝手なこと言ってるんだ。こいつは」

さすがに啓介も、笑いながら大きな手で由美の頭を撫でた。

姑の松子から、不意に電話がかかって来たのは、今にも雪が降りそうな妙に寒い日だった。

何やら折り入って奈津に話したいことがあると言うので、子どもたちが学校へ行って誰もいない昼食の時間に家へ来てもらった。急なことで、散らかっているけれども、狭い社宅だから仕方がないと思ってくれるだろう。それに松子の場合、姑とは言っても夫を育てた親ではないということが、かえって奈津には気楽だった。この人も自分と同じように他所から入って来た他人だと思うと、夫と血が繋った舅や義姉の康子よりはよほど親近感がわく。

スーパーの特売の日に買っておいたカニ缶が一つ残っていたので、昼食用にはあり合わせの野菜を細かく刻んでカニ寿司を作っておいた。

「子どもさんがいるのに、綺麗にしてるじゃないの」

居間に座るとすぐ、松子はそんなことを言って部屋を見回した。

「子どもって言っても、もう小学校の五年と三年ですよ。本当なら自分で何でもできる歳なのに、生意気なことを言うだけで、自分の身の回りを片付けることもしないんですから——。それでいて、わたしが手を出すと怒るんですよ」

「子どもって、親にも自分のテリトリーに入り込まれるのは嫌らしいのよね。でも考えてみれば、わたしも子どもの頃そうだったような気がするわ。母親がやたら癇性《かんしょう》な人で、わたしの部屋まで掃除しに入るのよね。だから日記帳なんて机の上に出しておけないの。それでしょっちゅう喧嘩したものだわ」

「そう言えば、わたしもそうだったかもしれません。でも、自分の子どもとなると、やっぱり言うことを聞かせたくなっちゃうんですよね。年々生意気になるのが口惜しくて、つい怒鳴りつけたくなっちゃいます」

「親の言うことを聞かなくなるのが、子どもの成長ということなんじゃないの。それでもあなたは自分の産んだ子だから、遠慮なく怒れていいわ」

「自分の産んだ子でも、最近はお尻をひっぱたけなくなりましたけどね」

「そうなの？　でも羨ましい。わたしもそんな子育てしてみたかった」

この歳で定年に近い男と結婚したのには、どんないきさつがあってのことか聞いていないが、そう言えば、この人の娘であるはずの康子も息子の慎一も、この人が産んだ子ではない。母親の方がやたら気を遣うだけで、子どもである彼らに言うことを聞かせるなど、とても無理な話だろう。もしかすると、この人にとっても、一族の中で一番気楽な相手は、案外奈津なのかもしれないという気がした。

色取りだけは綺麗にできたカニ寿司を、松子はお替わりまでして遠慮なく食べてくれた。今まで奈津が彼女に会った時は、いつも舅か慎一が傍にいたから、彼女と二人きりで話をするのは。今日が初めてのことである。こうして向き合ってみると、松子は存外親しみやすい性格であった。食後は食器を洗うのまで手伝ってくれた上、土産に持って来たコーヒーを丁寧に淹れてくれた。

改めて座りなおし、さて、話とは何かなと奈津が身構えると、松子はいきなり切り出した。

「あのねえ、奈津さん、今日はあなたにお願いがあって来たのよ」

「何でしょう。わたしにできることでしょうか」

「あなたでなくちゃできないことなの。康子さんの縁談だから」

「えっ、冗談でしょう？　お義母さま。わたしなんか、お義姉さんからまともに相手にしてもらえませんよ。ろくに口をきいてくれたこともないのに、縁談なんて、無理ですよ」

「駄目かしら。やっぱり」

「駄目に決まってるじゃありませんか」

「だけど、とってもよさそうな方なのよ。康子さんには丁度いいんじゃないかしらと思うの」

「一体どなたからのお話なんですか？」

「むかしから、わたしをとっても可愛がってくれているご老人がいらしてね、その方が、わたしがあんまり可哀想だからって、持って来てくださったお話なの。その方も年の離れた人の後妻になって苦労したから、わたしを見ていられないっておっしゃるのよ」

「でも、お義母さまは、お義姉さんと一緒に暮らしていらっしゃるわけではないですし、お義父さまもあんなに優しい方ですもの。その方が可哀想だっておっしゃるほどのことはないように思いますけど——わたしは。それともお義姉さん、お義母さまに意地悪なさるんですか」

「別に意地悪されたりするわけじゃないわ。ただ冷たいだけ。でもそれって、傍《はた》から見ると立派な意地悪に見えるのよね。それでなくても、遅い結婚した女に、大して年が離れていない継娘がいるっていうだけで、世間の人は、大変だな、可哀想に、苦労してるんだろうなって、思ってくれるものなのよ」

「でも、お義姉さんが結婚したからって、今とあんまり状況は変わらないんじゃありません？」

「そう思うでしょ？　それがそうじゃないのよ。わたしもその人に言われてハタと気が付いたんだけど、万一主人が死んだ時のことを考えてみてよ。わたしと康子さんは一人きりの家族になるのよ。もし病気にでもなった時は、わたし、あの人の世話にならなきゃならないわけよ。その気持ち、わかってくれるでしょ？　もっと心配なのは、康子さんが病気になった時のことよ。わたしがいくら一所懸命に看病しても、あの人に満足してもらえるとは思えないわ。わたし、あの人にはすごく嫌われてるから」

「大丈夫ですよ。お義姉さんは誇り高い方ですもの。万一病気になったって、絶対お義母さまを頼ったりなさいませんよ」

「もちろん、あの人はわたしのことなんか当てにしないと思うわ。わたしも、康子さんを頼ったりしないつもり。でも、それとは別に、母親として責任は感じなければならないのよ」

松子は身を乗り出すようにして言った。

「実際の問題は、わたしのことより、あなたのことなの。何かあれば、あなたは全面的に康子さんを抱え込むことになるわ。慎一さんはお父さんよりお姉さんを大切に思っているくらいの人ですもの。必ずあなたに世話を押し付けるわ」

そんなことを、奈津は今まで考えてみたことがなかった。しかしそう言えばその通りかもしれない。慎一は彼らにとって最も頼りにされるはずの長男なのである。そして奈津はその長男の嫁なのだ。母親代わりの大切な姉を、慎一が他人に近い義母になど任せるわけはあるまい。

松子は両手でコーヒーカップを包むようにしながら言った。

「わたし、体だけは丈夫だから、多分誰にも迷惑はかけないと思うけど、もし歳取って動けなくなった時は、奈津さん、あなたが面倒看てくれると信じてるわ。慎一さんはしっかりした人だし、あなたは優しいいし、わたしも喜んでお世話になりたいと思うわ。でもね、康子さんが病気になった時のことを考えてちょうだい。責任者はわたしだけど、面倒を看るのは、あなたでなくちゃならないわ。その頃は主人ももういなくなっているでしょうし、たとえ義理の中でも、あの人はわたしの娘、あなたは妹、あの人に一番嫌われているこのわたしたちが、あの人のために人生を捧げるのよ」

松子は細い目にうっすらと涙さえ浮かべていた。

「こんなこと言うと、自分が逃げたいからだって思われるかもしれないけど、康子さんのためなのよ。わたしたちみたいな無力な女ではなく、力強い責任者を決めておいてあげたら安心でしょ？　今まで散々苦労して来た康子さんには、結婚して幸せになってもらいたいって、慎一さんはいつも願っているわよね」

「そうですね。あのお義姉さんを誰より愛してくれる人が現れたら、主人は安心すると思います。とっても心配していますから」

「でも、それをわたしが勧めたんじゃ駄目なのよ。厄介払いしたいだけだと勘ぐられるから」

そうだろうと奈津も思った。どんなに言葉を選ぼうと、松子の本音は厄介払いに違いないのだろうから——。

「わたしなら、そんな風に勘ぐられないって、おっしゃるんですか？」

「大丈夫だと思うわ。あなたの後ろにはどっしり慎一さんがいるんですもの」

奈津の場合、慎一がいるから義姉の存在が重いのである。でも、そんなことを話しても、この人が理解してくれるとは思えなかった。

松子が開いて見せた男性の写真を、奈津は手に取って見た。慎一とあまり年が違わないように見える若くて立派な紳士である。

「素敵な人ですねえ。どうして今まで一人でいらしたのかしら」

「ずっとお一人というわけじゃなかったのよ。前の奥さんが車の事故で亡くなって、少し障害のある息子さんと二人で暮らしていらっしゃるんですって。この年で一度も結婚したことがないと言われたら、かえって何か事情があるのかしらって気になるでしょうけど、そうじゃないの。小さな子どもをかかえた気の毒な人なのよ」

「そうだったんですか。それでその息子さんの障害って？　どんな？」

「歩けないだけ。車椅子で普通に暮らしているそうよ。でも、とってもおとなしくて良い子なんですって」

「車椅子ですか？　それは大変じゃないですか。お義姉さんは銀行に勤めていらっしゃるんですもの、障害のある子の面倒なんて見られませんよ」

「銀行は辞めればいいじゃないですか。ご主人がちゃんとした会社に勤めていらっしゃるんですもの、康子さんが働く必要はなくなるわけでしょ」

「それはそうでしょうけれど、お義姉さん、銀行では結構いい地位についていらっしゃるようなこと聞いていますから、辞めるのは抵抗あるかもしれませんよ」

「そんなことないと思うわ。女は何といっても結婚が最高の幸せですもの」

松子はそう言ってテーブルの上のミカンに手を伸ばした。奈津はミカンを盛った果物籠を松子の方に押しやった。

「沢山召し上がってください。この間実家からもらって来たんです。小さい割に甘くて美味しいんですよ」

「いただくわ」

松子は丹念に白い筋を取ったミカンを半分に割って口に放り込み、しばらく嚙んでいたが、袋を出さずに飲み込んでしまうと、思い出したように言った。

「あっ、でもこの話、慎一さんには当分内緒にしておいてくださいな。慎一さんは多分、わたしが持って来た話だって聞いただけで不愉快になると思うのよ。大切なお姉さんを子持ちの男に押し付けるなんて何事だって、腹を立てるに違いないわ。お姉さん思いの方だから」

「お義父さまは、このお話ご存じなんでしょうか」

「あの人には何も言ってないわ。どうせ話しても、ふんって鼻であしらわれるだけですもの。長いことお役所勤めをなさっていたからかしら、あの人はご自分の意見をまず絶対に口になさらない方なのよ」

康子とは一度も会話らしい会話をしたことがない奈津が、慎一を介さないで、こんな話をどのように持って行けばいいのだろう。奈津は途方に暮れたが、ミカンを食べ終わった松子は目的を果たした後の晴れやかな顔で立ち上がった。

「別に急ぐことないのよ。機会があったら、康子さんに話してみてくださいな。こういうことは、それなりの雰囲気が盛り上がらないと進まないことだから」

「考えてはみますけど、お役に立てないかもしれません」

「そんなに堅苦しく考えないで。わたしはただ康子さんが幸せになってくれればいいんだし、それに康子さんに家族ができることは、あなたにとってもいいことだと思うからお願いしてるのよ。もし、康子さんがその気になってくれてお話がまとまったら、一番喜んでくれるのは慎一さんなんだし」

多分そうだろう。姉のことを誰より心配している慎一は、康子が結婚してくれれば肩の荷が下りたような気がするだろう。これはやはり、慎一に頼んで康子に話してもらうほかはないと奈津は考えた。松子が慎一に内緒にしてほしいと言うのは、相手に障害のある子どもがいるからであろう。その子さえいなければ、松子自身が胸を張って慎一のところに持って行くに違いない。しかし相手の男性の方は、自分の連れ合いとしてではなく、母親を亡くした不憫な子どものために、再婚を考えているのだ。心を込めてこの子の面倒を看てくれる女性を求めているのであろう。果たして康子で大丈夫だろうか——。

松子が帰って行った後、夕飯の支度をしながら、奈津はふっと思い出した。夏休みが終わって間もない頃、哲也が遊びに行った友達の家のことである。

その子は、夏休みの間に電車で五駅くらい離れた祖父の家に家族で引っ越して行ったのだ。母方の祖母が亡くなったので、一人になってしまった祖父と一緒に暮らすためだった。もう五年生だから、敢えて転校はせず、二学期からは電車通学をしているという話だった。定期券で電車に乗る友達への羨ましさ半分で、クラスの友達と誘い合わせて遊びに行ったのだが、哲也は何よりもその友達の祖父の家の立派さにびっくりしたようだった。

「長い縁側があってさ、大きな部屋が五つくらい並んでいるんだよ。二階にまでトイレや洗面所があるんだ」

そんな大きな家に、友達の祖父母はそれまで二人きりで暮らしていたらしい。狭い社宅で暮らす哲也には、目を見張るほどの大邸宅に見えたのだろう。

「ねえ、ねえ、もし世田谷のお祖母ちゃんが死んじゃったら、僕たちもお祖父ちゃんの家に行くんだよね。そうしたら、僕も二階に自分の部屋がもらえるね。由美と一緒の部屋で二段ベッドに寝たりしないですむようになるよね」

まるで、早くそんな日が来ないかと楽しみにしているような口調であった。

「何言ってるのよ、お兄ちゃん。うちにはパパとママと両方にお祖父ちゃんとお祖母ちゃんがいるんだよ。誰が先に死ぬかなんて、わからないじゃない。もしパパの方のお祖母ちゃんが先に死んだらどうするのよ。あたしたち、ここよりもっと狭いマンションに引っ越すのよ」

と由美が口をとがらせて言った。

「ねえ、ママ、そうでしょ？　もしそうなったら、あのマンションで、あたしたち、どうやって寝るんだろう」

そんな馬鹿々々しい話をするものではないと、その時は子どもたちをたしなめたのだが、確かにそれは、近い将来起こり得ることとして考えなければならない現実の問題である。

松子は慎一の父より一回り以上年下だから、まさか先に逝くということはあるまい。それにあのマンションはずっと官舎に住んでいた慎一の父親が、松子と結婚するために買ったもので、若い後妻への遺産のようなものである。まさか奈津たち家族が、あそこで義父の世話をすることはあり得ないだろう。が、奈津の両親の方は三歳違いだから、どちらが先に逝ってもおかしくない。リュウマチを病む母の方が先に逝ったらどうなるのだろう。世話女房だった貞子を失った啓介が一人で生きて行けるわけはないから、奈津が面倒を看なければならない。そんなことになったら、慎一はついて来てくれるだろうか――。まず絶対に、それは期待できない。その時は、家族が別居しなければならないことになるかもしれない。

そう考えると、奈津にとって誰より頼りになるのは妹の亜紀である。啓介は亜紀を再婚させることしか考えていないが、実は奈津たち家族にとって、一人でいてくれる亜紀の存在はとても大きいのだ。奈津は身震いするような気持ちで白い高級なコートを着た亜紀を思い出したのである。


延び延びになっていた啓介への古稀のプレゼントを探すために、植木屋巡りをすることにした日は、風もなく日差しが暖かい日だった。哲也も由美も六時限まである木曜日が、奈津の外出には一番都合がよい。車で迎えに行くと、啓介はこの間亜紀が買ってくれたセーターを着込み、Gパンにスニーカーという格好で待っていた。貞子はいつものベージュの割烹着のままである。

「母さんも、監督がてら一緒に来ればいいのに」

と誘っても、貞子は両手をポケットに入れたまま首を横に振った。

「わたしは鬼のいない間に洗濯させてもらうから、ゆっくりしていらっしゃい」

貞子が用意してくれた温かいお茶の入った魔法瓶を脇においてシートベルトを締めると、啓介は買ったばかりらしい盆栽の雑誌を開いた。

「これいいだろう。こんな梅が見つかるといいなと思っているんだよ」

と、角を三角に折ったページを開いて見せる。

「もし誰かに上げるにしたって、花が咲くものの方が喜ばれるからな」

「えっ、買う前から上げることを考えてるの？」

「そういうわけではないが、もし亜紀にいい話を持って来てくれる人でもいたら、お礼もしたいしな」

「まだそんなこと言ってるの？　わたしは亜紀が父さんたちと一緒にいてくれるから安心していられるんだけどな」

「お前を安心させるために、亜紀を一人にしておくわけには行かんさ。あいつも歳だから、これ以上遅くなると、どんどん条件が悪くなる」

その時奈津は、深い考えもなく口に出してみた。

「実はわたしも、お姑さんから頼まれてる話があるのよ。言いにくいから、まだお義姉さんには話していないんだけどね。だって、こっちは歳は取っていても初婚なのに、相手は子連れの再婚なんだもの、断られるに決まってるじゃない」

「ほう。姑さんは、義娘さんの結婚相手を探しているわけか」

「うん。はっきり言えば、早く責任者に押し付けたいんだよね。自分とあんまり歳が離れていない先妻の娘なんて、いるだけで気が重いでしょ？」

「まあな。気持ちはわかるな」

「興味あったら見ていいよ。わたしのハンドバッグに写真入ってるから」

「どれどれ。ちょっと拝見するかな」

啓介は不器用な手つきで奈津の大きなバッグを開け、封筒に入った写真を取り出した。

「ほう、真面目そうないい人じゃないか」

「結構ハンサムでしょ？」

「でも、義姉さんの相手にしては若過ぎないか？」

「うん。よく訊いたら慎一より二つ歳下なんだって。だけど関西の人だから、親や親戚がみんなあっちの方に住んでるのよね。うるさくなくていいかもしれない。お義姉さんって、不愛想で親戚付き合いなんか一番苦手そうだから」

「しかし、姉さんの連れ合いが弟より年下っていうのは、どうかなあ」

「向こうのお義母さんは歳なんて問題じゃないって言うんだけど、お義姉さんは嫌でしょうね。慎一も付き合いにくいと思うわ。そんなことより、わたしはお義姉さんに縁談を持ち込むこと自体が憂鬱なのよ。出て行って欲しいって思ってるんじゃないかって、誤解されそうで」

「お義母さんとしては、もっと言いにくいだろうしな」

「そうなのよ。自分が持ち出すと、継子を追い出したがっているように思われるからって、わたしに押し付けて来たのよ。まあ、それが本音だろうけどね」

啓介は、男の写真を雑誌の上にのせてしげしげといつまでも見つめていた。

「ねえ、父さん、それより、まずどこへ行くのよ。いつもと同じように、山野造園へ行く？」

啓介がよく行く植木屋はこの近くに三、四軒ある。それぞれの店に特徴があるらしいのだが、奈津にはよくわからない。いつも啓介の言う通りに運転しているだけなのだ。

「なあ、奈津。この話、亜紀に回してくれるわけには行かないかな」

啓介が低い声でぽつんと言った。

「駄目よ。向こうのお義母さんが、わざわざ頼みに来た話だもの」

「でも、義姉さんは承知するはずないよな。弟より年下の男なんて」

「多分ね。でも、わかんないじゃないの。とにかく話してみなくちゃ」

「もし義姉さんが断って来たらでいい。頼むよ。亜紀にならちょうどいい話だから」

「亜紀だって、何て言うかわからないじゃない。相手は子連れなのよ」

「そんなことは父さんが説得する」

啓介は写真を封筒にしまい、奈津のハンドバッグを閉じた。

「次の信号を左に曲がってくれ。まず森山造園から見よう。あそこの大将は割合センスがいいから」

「わかった。気に入るのが、うまく見つかるといいね」

奈津はわざと明るく返事をしてハンドルを切った。独人でいる娘のために、他人の縁談まで回してもらおうとする父を、何かたまらなく憐れに感じた。

「父さん、今日は古稀のお祝いだから、少々高くてもいいからね」

「申し訳ないから、手ごろなのを選ぶよ」

「いいって。七十年目の感謝のプレゼントだもの。お金はちゃんと用意して来てるから安心してよ」

「お前のことだ。夕飯のおかずをケチって臍繰《へそく》ったんだろう。そんなお金で高い盆栽なんか買えるか。慎一君の恨みで、春になっても花が咲かないかもしれないじゃないか」

啓介は、ようやく笑った。

「全く可愛くないなあ。せっかく愛娘が優しいこと言ってみせてるのに――」

奈津は父を肩で押してやった。

「こら、危ないじゃないか。運転中はふざけるんじゃない」

啓介は盆栽の雑誌を閉じて、目を前に凝らした。


その夜遅く、奈津がテレビを見ていると、亜紀から電話がかかって来た。

「父さん、何か言ってた？」

いつもと違う少し暗い声だった。

「ううん、別に何にも。何かあったの？」

「別に何もないんだけど、もしかしたら見られたかなって思ったから」

「えっ、何を？　もしかして、彼氏と一緒のところ？」

「うん、まあ」

「本当？　どこでよ。相手は誰よ？」

「ちょっと歳上のドクター。あたしたちが付き合う相手なんて、ドクターしかいないにきまってるじゃない」

「結婚するの？」

「いずれはね。でも父さんって、うるさいじゃない。こっちは今すぐっていうわけには行かないのに、ヤイヤイ騒ぐでしょ」

「それって、どういう意味？　すぐには結婚できない事情があるわけ」

「事情っていうのは変だけど、ちょっと時間がかかりそうなんだ」

亜紀はそれ以上言わずに電話を切った。

しかし、いつにない亜紀のはっきりしない話し方が、奈津には妙に気にかかった。父に見られたかもしれないことを心配していたが、父の方は何も言っていなかった。一体何があったのだろう。もしかしたら、相手は妻子のある人なのではないだろうか。

奈津の高校時代の友人に、そのうち奥さんと別れるからと言われて、何年も待たされた挙句、結局駄目だった人がいる。まさかそんな不誠実な男を、亜紀が好きになったりするわけはないと思うが、やはり気になった。万一相手の親が反対しているのだとしたら、姉として黙ってはいられない。亜紀の場合、一度失敗しているから、人以上に臆病になっていることはわかるが、それならそんな亜紀を強引に引っ張ってくれるような積極的な男であってほしい。何とかそのドクターに会って、直接話を聞きたいものだと思った。

家族が寝静まってから、パジャマの上にカーディガンを羽織って居間へ行き、奈津はそっと亜紀の携帯に電話をした。

「さっきの話、やっぱ気になるよ。このままじゃ、わたし眠れないよ」

「もう、お姉ちゃんったらー、心配なんかしてくれなくていいよ。こっちは時間さえあれば、少しずつだけど前に進めるんだから」

「父さんに、どこでどんなところを見られたのよ」

「それがさあ、丁度ホテルの前の信号の所に、父さんの車が止まってたんだよ。目が合ったわけでもないし、多分大丈夫だと思うんだけど、もしかしたらバックミラーに映っちゃってたかなって、気になったからさ」

「見たとしても、わたしになんか言わないよね、父さんは。ただ、やたらあんたのこと心配するんで、こっちはうんざりすることあるよ」

「お願い。もし話が出ても、適当にはぐらかしといてよ」

「だけどさあ、ホテルに行くような関係なんだったら、いっそきちんと父さんに紹介しちゃえばいいじゃない。その上で事情を話せば、父さんだっておとなしく待っててくれるよ」

亜紀はしばらく沈黙した。ずずっと鼻を啜るような音が聞こえたのは気のせいだろうか。やがて少し湿っぽい声で言った。

「彼の奥さんが死んでから、まだあんまり時間が経ってないんだよ」

「えっ、奥さんが死んだの？」

「癌で五年くらい、うちの病院に出たり入ったりしてたんだ。ずっとあたしが面倒看て来たから、痛々しくてさ。とてもすぐには結婚なんてできないんだよ」

「そうだったのかあ。それじゃあ、いつまでっていうわけにも行かないよね」

「父さんに話してわかってもらえるような事情じゃないから――」

亜紀のすすり泣く声を、しばらくの間奈津は黙って聞いていた。多分相手の男も、こうして一人で泣いているのだろう。もしかすると、相手の男にはその複雑な気持ちを聞いてくれる人もいないのかもしれない。お互いに苦しみながら、涙を拭き合っているのだろう。死んで行った奥さんのうめき声が遠くなるまでじっと耐える二人を想像すると、奈津も胸が痛んだ。いつか二人で墓参りができるようになったら、奈津にも会わせてくれるだろう。啓介には、気の毒だがそれまで待ってもらわなければなるまい。

今日啓介に買ってやった盆栽の梅が花開く頃には、ほんの少しでも二人の気持ちが前に踏み出していてくれるだろうか――。

慎一が出勤した後、奈津は居間の窓際に座って、今日もまた松子から預かった写真を取り出して見た。毎日眺めているうちに、奈津はだんだんこの男に親近感を覚えるようになって来ていたのである。奥さんを事故で亡くしたというのも気の毒だし、それ以上に足の悪い子どもを抱えて苦労している人を、何とかしてあげたい気持ちになって来たのだ。康子の相手としてというより、この男性のために、誰か好い女性を紹介してあげたくなって来たのである。いつまでもぐずぐず考えていないで、直接慎一に相談してみようか――。それとも、勇気を出して、直接康子に話してみようか。もし康子に断られても、その段階では、この人の方は傷つけないですむのではないだろうか。そんなことを、奈津は一人で考え始めていたのである。

慎一と結婚して十年以上になるが、奈津は彼の実の姉である康子に正面から向かい合ったことが一度もない。義姉について、奈津が慎一から聞いていることはごく僅かだが、義姉の方はもっと奈津のことを知らないのではないだろうか。何も知らない義妹からなら、いきなりとんでもない話を持ち出されても、びっくりするだけで、腹は立たないのではないだろうか。もし心に添わない話だとしても、それが可愛い弟からでなく、ほとんど他人に近い義妹から持ち込まれたのなら、気楽に断れるのではあるまいか。それとも、もしかしたら興味半分でも、写真くらい見る気になってくれるのではないだろうか。父親にも継母にも、あるいは弟にも知られずにすむなら、一度くらい会ってみてもいいと思ってくれないだろうか。その結果、怖いもの知らずのおかしな義妹が相手なら、「やっぱり止めておくわ」とも、気軽に言えるのではなかろうか。そうしたらこちらも愚かな義妹ぶって、「すみませんでした」と謝って見せよう。「よく存じ上げないくせに、ただただ気の毒な方に思えたものですから――」と涙ぐんで見せたら、彼女も大して嫌な後味なく、「じゃあね」と手を振ってくれるのではなかろうか。もしかしたら「いい人が見つかるといいわね」くらいのことを言って、肩を叩いてくれるのではないだろうか。そんな光景を想像しては、また首を横に振り、奈津は写真を封筒にもどした。

不治の病に苦しむ患者を見送った医者と看護師には、心の底にいつまでも消えない無力感と罪悪感に似た思いが澱《おり》として残っていよう。ましてその患者が医師の妻なら、慰め合うつもりで結んだ手の甲には、涙が落ちることもあっただろう。言葉にならない悲しみを含んだ唇を夢中で合わせた時は、お互いの苦い悔いの味を感じたに違いない。いたわり合いが愛にまで育つには、それなりの時間と忍耐が必要なはずだ。しかし、亡くなった妻の遺した子を育てる父親にとっては、一日でも早く優しい救いの手が欲しいのではないだろうか。父親にも子どもにも信頼され、愛される強い女性が、現れて欲しい。

心をかみしめて孤独な男を愛する妹の亜紀を、奈津はいつか母親のように弟を見つめる康子に重ねていた。そしてこの人たちを理解してあげられるのは、この世に自分だけしかいないような気がして来たのである。

思い切って康子を訪ねてみようと、奈津は奮い立つような思いで立ち上がった。康子に拒まれたら諦めよう。松子を失望させるのは仕方がない。だがこの若い父親だけは喜ばせてやりたい。会ったこともない人なのに、まるで長屋の節介婆のような気分になる自分をおかしく思いながら、これは案外自分でなければできない仕事なのではないかと、奈津は感じたのである。

松子にそう言われたからではなく、夫に内緒で彼の姉に近づく試みに、初めての冒険のような興奮を奈津は感じていた。母の貞子を真似て、おはぎでも作って持って行ってみようなどと考えながら、奈津は丁寧に写真を入れた封筒を撫でた。白い封筒の上に、ちらちら動く小さな光は、窓の外の月桂樹の葉の間を洩れて来る陽射しである。慎一と結婚してもう十年以上になるが、彼に秘密を持つのは初めてだ。失敗するかもしれないが、慎一に知られさえしなければ、松子に謝るだけですむことである。何やらすくっとした緊張感が湧いて来た。

足の不自由な子どもを支える逞しい母親、そしてその子の父親に寄り添う優しい妻、そんな役を何とか康子に引き受けて欲しい。もし成功したら、妹の亜紀の心にも、冬の木漏れ日が差し込むかもしれない。祈るような思いで、奈津は康子の携帯の番号を探した。

懐かしい街
――巣鴨そして弟――

弟の誕生日は四月八日である。その日はお釈迦さまの誕生日でもあって、子どもの頃の私たちは小学校の脇の坂を上がったところにある東福寺というお寺に行くのが楽しみだった。

いつもは本堂の奥深く安置されているのであろうお釈迦さまが、その日だけは外に出され、屋根いっぱいに花を飾った御堂の灌仏盤《かんぶつばん》の中に、天と地を指したお姿で立っておられるのだ。私たちはその誕生仏に小さな柄杓で甘茶をかけ、手を合わせる。するとお坊さんが持って行った瓶に甘茶を入れてくれるのである。美味しいと思って飲んだ記憶はないけれども、珍しいお茶をもらえることがわけもなく嬉しくて、学校から帰るとすぐお酢か何かの空き瓶を抱え、弟の手を引っ張って行ったものである。

その日を「花祭り」と呼ぶのは、丁度春の盛り、お釈迦さまが誕生なさった「るんびに」に綺麗な花がいっぱい咲きほこっていたからだろう。御堂の屋根を飾る花は、その花々なのだと聞いたことがある。

正直に言えば、その頃の私はお釈迦さまがどんな方なのか知らなかった。お生まれになってすぐ四方に七歩ずつ歩み、右手で天を左手で地を指して「天上天下唯我独尊」とおっしゃったほどの偉いお方だと教えられても、その意味が全然わからなかった。でも、それ以上のことを知ろうともせず、また知りたいとも思わず、甘茶の瓶を大切に抱えて帰ったのである。

この「甘茶かけ」は、お釈迦さまの誕生を祝して竜王が香水（こうずい）を注ぎかけたという伝説によることを、これは多分大分後になって学校の先生か誰かから教えられたのではないかと思う。甘茶の味はもう覚えていないけれども、国語辞典には「甘茶蔓の若葉を蒸して揉み、乾燥させたものを煎じた飲料」と書いてある。含まれているフィロズルチンの甘みは砂糖の二百五十倍だという話だが本当だろうか。あまり濃く煮出すと肝臓障害を起こすとも聞いたことがある。

弟は自分がお釈迦さまと同じ日に生まれたことを誇りにしていたし、私も子どもの頃はそれがとても羨ましかった。同じ四月生まれなのに、私は弟のように立派な人と同じ誕生日ではないのがつまらなかったのである。

ただ、その頃私たちは巣鴨に住んでいて、縁日にはお地蔵さまにお参りに行くのが習慣だったから、臨月の母がお地蔵さまに安産を祈って帰って来たら、その日の夕方私が生まれたという嘘か本当かわからない話を聞かされてはいた。お地蔵さまの縁日は四の日で、四日、十四日、二十四日だが、私が生まれたのは二十四日だったのである。

巣鴨のお地蔵さまは「刺抜《とげぬ》き地蔵」と言われ、人の刺を抜いてくださるご利益があるから、そのご縁日に生まれた娘は、丈夫で素直な子に育つはずだと両親は期待したに違いない。しかし実際には、チクチクした刺だらけの扱いにくい女の子だったような気がする。特に戦後の貧しい生活の中では、不満ばかり言って母親を困らせた娘だった。自分が刺抜き地蔵の縁日に生まれたことなど、思い出しもしなかった。

それでも父親の方は、私がまだ小学生だった昭和二十年、三月十日の東京大空襲に巻き込まれて死んでしまったから、おかっぱ頭の可愛い女の子しか見ていなかったかもしれない。私は兄二人と弟に挟まれたお転婆娘だったが、たった一人の女の子という幸運だけで、父には一番可愛がられたような気がする。勉強は嫌いだったが不思議と成績は良くて、たしか二年生の時だったと思うが、どういうわけか学芸会で「閉会のご挨拶」というのをやらされ、両親を得意がらせたことがあった。

その頃まだ働き盛りだった父は、普段子どもたちが寝てしまった頃になって帰って来たから、私たちには父に遊んでもらった記憶が全然ない。ごくたまにだが、日曜日にデパートへ行き、食堂でホットケーキなどを食べさせてくれたのを覚えている。私に取ってくれるのはいつもジュースかソーダ水なのに、父は湯気の立つ温かいコーヒーを美味しそうに飲んでいるので、私も何とかそのコーヒーというものを飲んでみたくなり、みんなが止めるのに、無理やり注文してもらったことがある。その時のコーヒーの苦さは、未だに忘れられない。それ見たことかと笑う兄を上目遣いで睨み付けながら懸命に飲んだが、以後大人になるまでコーヒーには口を付けなかった。
父が勤めていたのは深川の倉庫会社だったから、空襲が激しくなると、顧客の荷物を守るためだろう、社員が交代で泊まり込み、夜も警備に当たっていたらしい。三月九日の夜が丁度父たち経理部員の当番に当たっていたそうである。何の予告もなく、突然家に帰って来なくなった父を、母が半狂乱で探すうちに、今度は巣鴨一帯が焼夷弾で灰になってしまったのである。私たちの家も小学校も跡形もなく消えてしまったのだった。ゴタゴタの中で、遺骨の見つからない父を葬るために、母は会社の焼け跡から誰のものとも知れない鉄兜を拾って来て、埋葬したのだと言っていた。

刺抜き地蔵のおられる寺が、曹洞宗の「高岩寺」というお寺だということは、ごく最近まで知らなかった。今では「巣鴨のお地蔵さま」と言えば、誰でも「ああ、あのお婆ちゃんの原宿ね」というほど有名で、四のつく日の地蔵通り商店街は、陽気なお婆ちゃんたちで大賑わいだそうである。

が、私が小さかった頃の地蔵通りは今ほど賑やかではなく、弟と二人母親に手を引かれてのんびり歩き、鼈甲《べっこう》飴や味噌煎餅を買ってもらったものだ。母はいつも漢方薬屋に寄って八つ目鰻の粉末を買っていたが、それを何時、誰が、どんな風にして飲んだのかは覚えていない。八つ目鰻は鳥目の薬だというから、まだ老眼も始まっていなかった母が飲んだのではあるまい。

父も眼鏡など掛けないで新聞を読んでいたから、誰かに上げるために買っていたのだろう。母は五人兄妹の末っ子で、よく私たちを連れて淀橋の伯父の家を訪ねていたから、その時の土産にしたのかもしれない。

境内では、護摩木を焚く大釜の煙を、母が両手で掬っては私たちの喉や胸を擦った。子どもの頃の私たちはよく風邪を引いたからだろう。私と弟は二人とも扁桃腺肥大症で、ちょっとした風邪でもすぐとんでもなく高い熱を出したのだ。弟などは、真冬の寒い夜中、熱に浮かされて「スイカ、スイカ、スイカが食べたい」などと叫び出して母を困らせたことがある。

二センチくらいだったろうか、小さな薄いお地蔵さまのお姿を買い求めて、それを一枚ずつ剝がして湯冷ましで飲まされたこともある。喉に貼り付くような感じがあって気持ち悪かったが、医者を呼ばれるよりはましだったから、我慢して飲み込んだものだ。

あの頃は、ちょっと熱を出すとすぐ二番目の兄が小児科医を呼びに走らされた。医者は真夜中でもすぐ駆けつけて、必ず太腿に痛い注射を打つのである。火鉢でチンチン沸いている薬缶の口に吸入器を付けて湯気を吸わされたり、ガーゼに葱を包んで喉に巻かれたりもした。ただ、どういうわけか、どんなに頼んでも冷たい水は飲ませてもらえなかった。必ず生ぬるい湯冷ましなのである。あの頃の大人は水道の水を信用していなかったのだろうか。生水を飲んだら、必ずお腹を壊すことになっていた。

小児科医の家もそうだが、私の家も、番地とは関係なく、最寄りの駅は巣鴨ではなく大塚だった。弟の誕生日に甘茶をもらいに行く東福寺の階段を降りて真っ直ぐ行くと、程なく小学校の校門の脇に出るが、その門の前のだらだら坂を上って行くと、三業地を通り抜けて大塚の駅前広場に出る。その道はむかし川だったそうだが、その頃は綺麗に舗装された道路になっていた。

三業地には私の同級生が何人もいて、戦時中でもみんなかなり贅沢な暮らしをしていた。その頃は子どもの誕生日に友達を呼んでパーティを開く親などほとんどいなかったが、一人っ子だった待合の子が私を昼食に招いてくれたことがあった。プレゼントを持って行くことなど思いつきもせず、普段着のまま出かけたのだが、同じ待合の子は綺麗なよそ行きの服に着換えてやって来ていた。床の間に子どもの背丈ほどもある大きな花が活けてある部屋で、お赤飯や天婦羅を御馳走になったのが忘れられない。

その友達の家の近くには検番があり、広間で踊りの稽古をする芸者さんを、私は窓の格子にぶら下がるようにして何時間も眺めていた。奇麗な着物を着て優雅に踊る芸者さんが羨ましくて、大きくなったら芸者になろうと決めていた時期さえある。手振りなどを覚えて帰り、家の姿見の前で踊って見せると、弟は感心して、手を叩いてくれたものだ。

私が五年生になった昭和十九年の六月、「学童疎開促進要綱」というものが閣議で決定され、東京都三十五区の国民学校初等科三年以上六年までの縁故疎開先がない児童が、集団で疎開させられることになった。私たちの学校は長野県上田市に割り当てられ、第一団はその年の八月に出発した。友達と一緒に、私も当然参加するつもりで楽しみにしていたのだが、父がどうしても手放してくれないので、泣く泣く見送ることになった。しかしその後急に空襲が激しくなり、母の熱心な説得に負けて父もようやく決心してくれたので、その年の暮れに四カ月遅れで私も上田に合流することになったのだった。第一団の時は、市を挙げての大歓迎で、上田駅前は大変な騒ぎだったそうだが、追加申し込みは私一人だったから出迎えも何もなかった。が、寮に着くと先発の友達が喜んで迎えてくれたので、有頂天になったのを覚えている。

そんなわけで、実のところ私はその翌年の三月父が死んだ時には、東京にいなかったのである。一ヵ月後の四月に巣鴨一帯が焼けた時も、私たちは何も知らなかった。東京から知らせを受けた寮長先生が話してくれたのである。

父のことは、私一人だけ寮長室に呼ばれ、火鉢に手をかざしながら聞いたのだが、目にいっぱい涙をためて話してくれる寮長先生の言葉が、私には理解できなかった。その頃は小学生の間でも軍人の子が威張っていて、特に名誉の戦死をした係累を持つ子はみんなに羨ましがられるくらいだったから、私も父の死によって彼らの仲間入りができたような気さえしたのである。親が死んだかもしれないという話を涙一つこぼさずに聞く子を、寮長先生はどんな思いで見ていたのだろう。愚かな五年生は、にこにこ顔で大広間に戻ると、愛国百人一首に興じる仲間に割り込んだのである。

昭和二十年の四月、弟たち新しく三年生になった子も学童疎開に参加できることになって、私たちは上田の駅まで彼らを迎えに行った。が、弟の学年は上田から一山越えた青木村の田沢温泉に割り当てられていたので、汽車から降りて来た彼らが駅前で田沢行のバスに乗り込むのを、ほんの一瞬見送れただけである。それでも私が大きな声で呼びかけたので、弟も私を見つけ、嬉しそうに笑って手を振った。何やら重そうなリュックを背負った弟は、後ろの子にせっつかれるようにしてバスに乗ったが、それからはいくら背伸びをしても見えなくなってしまった。気の弱い末っ子は、友達をかき分けて窓から顔を出したりできる性格ではなかったのである。四月と言っても信州の春はまだ寒く、弟が着ていた母の手作りのポンチョが妙に寒そうに見えたのが忘れられない。

その数日後、今度は私たちが郊外の太郎山の麓に再疎開することになった。最初に割り当てられた観水亭という旅館は、上田駅のすぐ近くにある古い大きな旅館だったから、安全とは言えなかったのだろう。その頃から駅前の商店街では、建物疎開が始まっていたくらいだったのだ。今度の疎開先は金昌寺《きんしょう》という小さなお寺で、まだ若い和尚さんとそのお母さんと奥さん、小学生の男の子と女の子が庫裏でひっそり暮らしていた。私たちは本堂の脇の広間で、五十人が布団をくっつけて寝る生活だった。

台所では、近所に住む中年の小母さんが二人で子どもたちの賄いをし、すぐ近くの家の若い綺麗な女性が寮母として私たちの世話をしてくれるようになった。

そんな生活が始まってすぐ、巣鴨の私たちの街が空襲を受け、全滅状態だというニュースが入って来たわけである。つまり、ほんの一週間かそこらの違いで、弟はその空襲に遭わずに済んだわけなのだ。幸運と言えば言えたかもしれない。母と中学生になっていた次兄も、手足まといの小学生が傍にいなかったから、援け合って火の中を逃げ果せたのだろうし、小学三年生になったばかりの子を連れて、真夜中の道を、巣鴨から西荻窪の伯父の家まで、歩いて避難するのはとても無理だったに違いない。そんなことを考えると、辛いことばかりだったあの学童疎開に、私たちはずい分援けられたのである。

少し暑くなって来た頃だったから、六月に入ってからだろう。西荻の伯父の家に身を寄せていた母が、ようやく切符が買えたからと、初めて上田へ面会に来たのだった。私のいた金昌寺で一晩泊めてもらい、翌日弟のいる田沢温泉に行くと言うので、私も外出の許可をもらってついて行くことにした。

弟がいたのは田沢温泉でも一番大きな富士屋ホテルだったから、バスを終点で降りるとすぐわかった。寮母さんらしい女性が出て来たので、四月に来たばかりの三年生だと言って弟を呼び出してもらうと、出て来たのは、ほんの二ヵ月くらいの間に痩せ細って一回り小さくなった男の子だった。その子は私と母を見るなりポロポロ涙を流して震え出したのである。半ズボンから出た足が小枝のように細く、今にもぽっきり折れそうに見えた。驚いて叫び声をあげた母に飛びつくでもなく、立ったまま声も出さずにただ震えている弟に、何と声をかけていいかわからず、私も後ろを向いてしゃくりあげていた。

持って来たものを勝手に食べさせてはいけないという決まりで、母がほんの少し隠し持って来た手作りの乾燥芋も寮母さんに取り上げられてしまい、水筒のお茶を一口飲ませただけで旅館を出ることになった。私も驚いたが、母にはすごいショックだったらしく、帰りのバスではリュックを抱きしめて黙り込んでいた。

私の経験から想像するに、おっとり育った末っ子の弟は、上級生にいじめられ、毎回の食事も半分以上取り上げられていたのではないだろうか。ほとんど栄養失調で、歩き方までよろよろしていた。その八月、終戦になった途端に母は弟を迎えに来て連れ帰ってしまった。家が焼けて以来、次兄と二人で伯父の世話になっていたのだから肩身が狭かったろうに、このままでは息子が死んでしまうと恐れたのであろう。母にとっては必死の思いだったに違いない。帰りに金昌寺寮にも寄ったが、私の方は何とか大丈夫らしいと思ったらしく、先生や寮母さんにペコペコ頭を下げ、弟だけ連れて帰って行った。

天皇陛下の玉音放送があるという通達があった八月十五日、たまたま私たちの金昌寺寮では、もっと山奥の寺に荷物疎開をすることになっていた。冬の布団や当面要らない衣類や本などを荷造りし、町の人から借り集めた何台かのリヤカーに積んで運ぶ計画だった。おやつに炒り豆が出るというので楽しみにしていたのだが、急遽取りやめになり、ラジオのある町会長の家に集められた。

町会長の家はその辺では一番大きな家だったが、近所の人も集まって来るし、いくら子どもでも五十人が座るには狭かった。子どもたちは体と膝をくっつけ合って座り、汗を垂らしながら謹んで陛下の玉声に耳を傾けたのである。が、壁際の棚に置いたラジオは雑音がひどく、むずかしくて理解しにくい陛下の御言葉が全然聞き取れなかった。窓は開けてあったが、大勢集まった部屋の暑さは半端ではなく、座り慣れない子どもたちは足がしびれて、放送が終わっても立ち上がるだけで大騒ぎだった。「静かにしなさい」と寮母さんに叱られながら寺に戻り、改めて寮長先生から、それが終戦の詔勅であったことを説明されたのである。先生や寮母さんたちは目を真っ赤にして泣いていたが、私たち生徒の方は全然実感として受け止めることができなかった。何のことかわからないまま、配られた一摑みの炒り豆を一粒ずつぽりぽり噛んでいたものである。

建国以来決して外国に負けたことのない神国日本が、アメリカごときに負けるはずはない。現人神である天皇陛下をいただく大日本帝国の前には、アメリカの戦闘機など蚊トンボに等しいと教わって来た小学生である。そのうち神風が吹いて、敵機を吹き飛ばしてくれると堅く信じていた。「欲しがりません、勝つまでは」と教えられて何事も我慢して来た陛下の赤子に対して、「勝つまでは」という目標を天皇が自ら取り下げられることなどあり得ないではないか。

そんなことを心に呟きながら、今まで一度も直接聞いたことがない天皇の玉声に感激して泣いている大人たちを、子どもたちはむしろ馬鹿にしていたのである。知らない人を見たらスパイと思え、何を言われても決して信じてはならぬと耳にタコができるほど教え込まれて来た子どもたちに、こともあろうに日本の負けを信じさせるなど、所詮無理な話であった。

それでも九月になると、田舎の親戚に落ち着いた親たちが、ぼちぼち子どもを引き取りに来るようになった。しかし大半の子の親は焼け跡のバラックなどに仮住まいしていて、子どもを引き取れるような状態ではなかった。親が迎えに来て帰って行く子を羨ましく見送りながら、ほとんどの子は今までと同じ生活を続けていたのである。

そんな実情を考慮しての特別処置だったのだろう、上田では、県や市の協力もあって、次の年の三月まで、疎開児童をそのまま面倒みようということになったのだった。住むところもなく、食べる物にも困っていた親たちはどんなに助かったかしれない。子どもたちも、もう空襲の度に防空壕へ走り込む必要がなくなったので、太郎山の麓で野蒜《のびる》やなずな、すべりひゆなどを摘んだり、近隣の農家の畑の草取りを手伝わせてもらっていくらかの野菜をもらったりするなど、のんびり暮らしたのだった。

金昌寺の檀家で、戦時中から何かと疎開児童を援助してくれていた酒富さんという古い醸造業の家があったが、その家では子どもたちに漬物用の大根を刻む仕事をさせたりしては、ご褒美に昼ご飯を食べさせたりおやつをくれたりしたものだ。不器用な子どもたちが遊び半分にする仕事など、店の助けにならなかっただろうに、信仰深い旧家のご主人は、本当によく面倒をみてくれた。そんな人たちに助けられて何とかその冬を越した子どもたちは、翌年三月卒業を前にして、一年半ぶりに東京の親もとへ帰ったのだった。

終戦後半年経っていたはずなのに、子どもたちが降りた大塚駅のホームから見渡す風景は殺伐としたものだった。これが自分たちの育った町だろうか。すぐ目の下にあったはずの三業地などは形もとどめず、どこまでも続く瓦礫《がれき》の街の中に、所々鉄筋がむき出しの建物や壊れかけたコンクリートのビルが見えるだけである。

日本舞踊が上手かった待合茶屋の子は疎開地にも綺麗な着物を沢山持って来ていたが、迎えに来た親戚の人に荷物を持ってもらい、「さよなら」を言う暇もなく去って行った。聞けばその子の母親は、空襲の時防空壕に埋まって死んだのだそうだ。一人っ子だったから、母方の親戚に引き取られて行ったのである。

私の場合は、母と弟が大塚駅のホームまで迎えに来ていた。今にも死にそうに痩せ細った体で終戦後すぐ帰った弟は、まるで親鳥の羽の中で温められた雛のように、落ち着いた普通の子どもに戻っていた。彼はまるで保護者のような態度で私をいたわり、電車に乗る時は私の背中に手を回したりしてくれるのだ。ずいぶん後になってからだが、「あの時のお姉ちゃん、焼け野が原になってしまった町を見下ろして、涙を流していたよね」と言われたが、私にはそんな覚えがない。それよりも自分が帰った終戦直後はもっと酷かったろうに、その時のことは忘れてしまっていたのだろうか。自分とは違って気の強い姉が、いきなり涙ぐんだりしたのが、よほどショックだったのかもしれない。電車の中でも、私のリュックを持ってくれたりして、まるで年長者のような態度だった。

私が母と弟に連れられて帰ったのは、西荻窪の伯父の家ではなく、西武線の上井草《かみいぐさ》の駅に近いもと軍需工場の工員社宅であった。伯父は戦前淀橋で商売をしていたが、つき合いが広かった分だけ情報も入ったのだろう、東京への空襲が始まる前に西荻窪に家を買って転居していたのである。短い間にこの町で多くの知己を得たらしく、夫と家を失い一文無しになって転げ込んで来た妹を、近くの軍需工場へ紹介してくれたのだそうだ。そこでは母は、各地から動員されてきた若者の世話をする寮母という仕事を得たのである。その軍需工場は、戦後逸早くミシンの製造工場に転身したのだが、戦時中無理矢理軍需工場で働かされていた工員の中には、終戦とともに故郷へ帰って行った人も多かったらしく、社宅に空きができたらしい。伯父の口利きで、母はその一軒を借りることができたのだった。

しかし、若い工員が住んでいた社宅の荒れ方は尋常でなく、畳はぼろぼろで中の藁がむき出しになっているし、ガラスも何枚も割れたままでベニヤ板が打ち付けてあった。取りあえず伯父の家からもらって来た毛布を畳の上に敷き、これも伯父の家からもらって来たという小さな卓袱台に向かって座った。家具と言えばこの卓袱台一つなので、私たち姉弟は、この卓袱台でフスマや芋の入った雑炊を食べ、頭をくっつけ合って勉強したのである。

伯父がくれた布団二組のほかは、空襲の時母と次兄が背負って逃げたというリュックが二つ、それに私と弟が疎開に持って行っていた布団と柳行李《やなぎこうり》が一つずつ。たったそれだけの家財で、それから何年もの間、私たちは凌いだのである。

学童疎開から帰ってすぐ私が受験した高等女学校は、家から歩いて行ける距離だった。その年はまだ旧制だったが、一年後に学制が変わって、高等女学校が高校の併設中学になったので、自動的にそのまま高校まで行けることになり、幸運にも私は交通費の要らない学校に六年間通うことができたのである。

ただ、その辺りは空襲の被害を受けていない地域だったから、通って来る友達はみんなまともな格好をしていた。私は母が自分の着物をほどいて作ってくれた服を着て登校していたのだが、その絣模様の服が目立つので恥ずかしくてたまらなかった。中にはその服をあからさまに嗤う意地の悪い子もいて、私は何度二階の教室の窓から飛び降りてやろうと思ったかしれない。私が死んだら、母が髪を掻きむしって悲しむだろう。自分の無力を嘆いて、たとえ何をおいても、まず娘に学生らしい服装をさせてやればよかったと悔いるだろう。しかしいじめっ子の方は、私の自殺を自分が原因だなどとは露ほども思わず、相変わらず楽しく学校生活を続けるのに違いない。そう思うと口惜しくて、窓から乗り出した体を引っ込めて歯噛みしたのだった。

やがて高校の制服が紺のブレザーに決まると、私はそれを調達できない母を恨むしかなかった。

三歳年上の次兄は絵が好きで、子どもの頃から美術学校への進学を目指していたが、とても無理なので、師範学校へ進学した。その頃の師範学校は学費が免除されていたらしい。

油絵の具など買えなかったのだろう、兄が私をモデルにして描いた水彩画を公募展に応募し、入選した時は家族で大喜びしたものだ。そして弟は、歩いて三十分かかる青梅《おうめ》街道に面した小学校に通っていた。

そんな子どもたちを育てるために、その頃母は海産物の行商をしていた。伯父の知り合いからヒジキなどを分けてもらい、近所の農家へ売りに行ったのである。日曜には次兄も荷物を持って母と同行し、親孝行な息子とほめられたりしたそうだ。


しかしその時期、何より嬉しかったのは、学徒出陣で従軍していた長兄が突然復員して来たことである。

当然のことに、長兄は何も知らずに自分の家があった巣鴨に行き、散々歩き回った挙句、たまたまうちの転居先を知っていた人に会うことができて、ようやく帰って来たのである。それが誰だったのか兄も覚えておらず、私たちも未だに知らないのだが、焼け跡にベニヤ板とトタンで囲った小さなバラックに住んでいた人だという。もしかすると、戦前うちへ御用聞きに来ていた魚屋ではなかったろうかと母は言っていた。確かではないが、戦後どこかで偶然会い、上井草に住んでいることを話した覚えがあるというだけのことだったが、それにしても、たったそれだけの情報で、長いこと日本を離れていた兄が、よく帰って来られたものである。

長兄は学生時代柔道をやっていたから、しっかりした大柄な青年だったはずだが、よれよれの軍服で立った姿はみすぼらしく、少し小さくなったようにさえ見えた。ぼろ毛布と飯盒《はんごう》が一つ入ったリュックを背負ったままの息子を抱きしめて、母は大声で泣いた。次兄は卓袱台に顔をうずめてすすり泣き、私と弟は母の背中に縋り付いてわあわあ泣いた。長兄自身はあの時どんな気持ちだったのだろう。家族に喜んでもらえて、単純に嬉しかっただろうか。それとも、自分に縋り付いて来る母や弟妹に、ずっしりした重荷を感じはしなかっただろうか。あの時兄がどんな表情をしていたか、私は全然覚えていないのである。

数日家で過ごした長兄は、世界地図の中国のページを開き、あの大きな中国の北側を東から西まで行軍した話をしてくれたが、学童疎開中、学校教育を全然受けられなかった私にはほとんど理解できなかった。それでも、お国のために戦う兵隊さんを無条件で尊敬し讃えて来た子どもたちに、兄は何やら汗臭い現実味を感じさせてくれたのである。

疲れを休める暇もなく、長兄は知り合いを頼って仕事を探し始めた。そして運良く、大手の建築会社に就職が叶うと、早速家族のために働き始めたのであった。が、すぐには通勤用の服など調達できなかったから、復員して来た時の軍服のまま、戦闘帽をかぶり、編み上げの靴を履いての通勤だった。弁当箱を風呂敷に包んで小脇に抱え、大手町の会社に通う兄を、私たちは毎朝学校へ行く前に見送ったのである。

丁度その頃、滋賀県の母の実家から母の長兄が亡くなったという知らせが届いた。母は農家の末娘で、子どもの頃両親を亡くしたので、東京で商売を始めた次兄に引き取られるまで、その長兄に育てられたのである。すぐにも飛んで行きたかったのだろうが、汽車賃の工面ができないので、葬式に行くのを諦めていた。がその時、就職したばかりの兄が、母の代わりに行くと言い出したのだ。親戚の人が集まる葬儀の席に、汚い軍服で出席するのは恥ずかしかろうと、母はしきりに止めたが、兄はそんな母を叱りつけるように強い口調で言ったのである。「着て行くものがないから伯父さんの葬式に顔も出さないなんて、そんな情けない息子でいいのかっ」と。そして西荻窪の伯父と一緒に、いつもの軍服のまま出掛けて行ったのだった。

数日後、帰って来た兄は、何と地味な灰色のスーツを着ていたのである。白いワイシャツに紺色のネクタイまで締めていた。思いがけない変わりように、私たちは驚いて目を見張ったが、聞けば伯父たちが故人の形見分けとしてそのスーツを兄に選んでくれたのだそうだ。伯父たちは、戦争が終わって半年以上経つのに、まだ軍服を着ている兄を可哀想に思ってくれたのであろうが、そんな格好でも、はるばる東京から駆けつけた甥に好意を持ってくれたのは確かである。亡くなった伯父は五人兄妹の長男で、家を継いだ農夫だったから、スーツなど何枚も持っていたはずがない。その中の一枚を、兄はもらって来たのだ。戦災に遭ったとはいえ、会社勤めを始めた長男にまともな服も買ってやれない不甲斐なさを郷里の親戚には知られたくなかった母の愚かな見栄を、兄は見事に打ち砕いたのである。少し地味ではあったが、意外によく似合うスーツ姿の兄に、私は心の中で拍手したい気持ちだった。

幸運は続けて降って来るもので、巣鴨にいた頃親しくしていた近所の人が、母に仕事を紹介してくれたのである。その家の娘さんが看護師として勤めていた病院で、たまたま検査室の雑用係の人が急逝したというのだ。臨時雇いだったが、母は迷わず飛びついた。今回は服装など構っている余裕などなく、戦争中銘仙の着物をほどいて作った標準服に木口のついた布袋を下げ、擦り切れたズックの運動靴を突っかけて、母は小石川の病院へ通うようになった。もとより医学について何の知識も経験もない母のことだから、検査官の下で試験管を洗ったり綿栓をしたりする下働きだが、それでも職場では医師と同じ白衣に着替えるのだと、誇らしそうに言っていた。毎朝早く起きて五つの弁当を作り、嬉々として出て行く母は、少し若返ったようにさえ見えた。

母が働き始めてから生活はいくらか楽になったが、忙しくなったのは私である。夜遅く疲れて帰って来る母の代わりに、私が夕飯の支度をしたり、掃除や洗濯を受け持つことになったからだ。家の中でたった一人の女性である私がやらなければ、母が帰って来るまで、みんな腹を空かせて待っていなければならなかったのだ。

特に弟の身の回りは、母の目が届かない分だけ気を遣ってやらなければならなかった。傘の布がめくれていたり、服のボタンが取れていたりするのに、母は気づいてやる余裕がなくなったのである。洗濯をした時、靴下の爪先が薄くなっているのに気づいた時は、木綿糸で細かく刺しておいてやるなど、母がむかしやっていたことを思い出して、私も同じようにしてやった。弟は素直に感謝してくれて、私が針を持っている時は、傍で本を読んでくれたものである。私が学校の図書室から本を借りて来るのを知っていたから、自分のために、返済日までに読み切れなかったりしたら悪いと思ったのだろう。一生懸命に声を上げて読んでくれるのだ。時には読めない漢字があったりしてかえって煩わしいこともあったが、彼の心遣いはやはり嬉しかった。

私はもともと理数系に弱かったから、高校では文芸部に入り、部誌に詩や随想を投稿する一方、図書室の本を片端から読み漁った。授業中まともに手を挙げたのは、国語の時間だけである。たまたま副担任だった国語の教師がそんな私に目をかけてくれて、文章を添削したり、良い本を薦めてくれたりするようになった。そのうちに、学校から近い私の家に、時々遊びに来るようになったのである。歳は私より一回り上だったが、軍隊を経験していて、まだ独身だった。

家へ遊びに来るうちに、弟も可愛がってくれるようになり、銭湯に連れて行ってくれたりするようになった。帰りにかき氷を食べさせてくれることもあったそうで、初めのうちは恥ずかしがっていた弟も、先生と一緒に風呂に行くのを楽しみにするようになった。「先生って、力いっぱい背中をこすってくれるんだ。痛いほどだよ」などと言って私を笑わせたものだ。

相変わらず家は貧しかったし、職場の女性と結婚した長兄には子どもが生まれたし、大学への進学はとても無理だと思ったから、私は高校を出たら働くことに決めていた。が、国語の教師はそれに反対して、しきりに母を口説いてくれたのである。自分の母校の国文科を受験するように熱心に薦めてくれたのだ。しかし、美大を諦めて師範学校へ行った次兄のことを考えても、私だけが大学へ行くことは気が咎める。その上運の悪いことに、丈夫そうに見えた長兄の妻が、長女を産んだ直後、肺結核を発症したのだ。母は勤めを辞めるわけには行かないし、近所の人に頼んで赤ん坊の面倒を看てもらわなければならないことになったのである。

国語の教師は、私に学問を続けさせるために結婚を申し込んでくれさえしたが、母は私に相談なく断ってしまった。母が先生に好意を持っていなかったわけではない。ただ母には母なりの意地があって、貧しいからと言ってまだ十代の娘を他人に託すことはできなかったのだ。七歳の時両親を亡くした母は貧しい農家の末娘として育ったから、ろくに小学校教育も受けていなかったが、幸運にも伯父の店で働いている時、客に紹介されて父と結婚し、四人の子どもに恵まれたのである。あの忌まわしい戦争さえなければ、誰にも負けない幸せな生活ができたはずなのだ。夫が遺した子どもなら、自分の手で納得がいくまで丁寧に育てたいという悲願があったらしい。

私に慕われていることを知っていた先生は、それが私の意思ではないことをよくわかってくれていた。が、同時に私の家の内情をよく見知っている教師として、強引に私を母から引き剝がすことはできないことも感じたのだろう。それからは母を刺激するようなことを口にせず、静かに私を見守ってくれた。そして若者のための教養雑誌を出している自分の恩師を紹介してくれたのである。その先生が、その後の私にとって生涯の師になったのだった。私はその雑誌にせっせと文章を送って添削してもらい、その編集部でバイトもさせてもらった。文章が本に掲載された時には少しだが原稿料までもらえるようになったのである。

高校生の私には早過ぎても、一回り歳上の国語の先生の方は、結婚を急がなければならない時期になっていた。真面目で誰からも好かれる先生だったから、縁談は降るようにあったに違いない。やがて結婚し、三人の子宝に恵まれたと聞く。数年後には校長になり、教育者としての業績を顕彰されて勲章も授与された。私たち家族は心から喜んでそのニュースを聞いたのだった。

弟は、近くの都立高校を経て国立大学を受けたが失敗し、私立大学の法学部に進学した。当初は判事を目指すようなことを言って張り切っていたが、在学中ついに司法試験に合格することができなかったので、民間の会社に就職することになった。浪人して司法試験を受け続けるほど家に経済的な余裕がないことを、彼もわかっていたのである。

私と次兄がそれぞれ結婚し、弟の就職も決まって、家族がようやく落ち着いたかに見えた頃、思いがけないことに長兄が癌に倒れたのである。

肺結核を病み、肋骨を三本も切る大手術をしてようやく回復した妻と娘の三人で会社の社宅に住んでいた長兄とは、その頃滅多に会うこともなくなっていたから、私にとっても寝耳に水の驚きだった。知らされて飛んで行った兄の病室の前に、弟が蒼い顔をして立っていた。「お兄ちゃん、死んじゃうんじゃないかな」と、真剣な顔で言う。「馬鹿だね。そんなわけないでしょう」と弟を叱った私も、長兄の蒼黒く痩せた顔を見て不安を隠せなかった。

私たち家族の祈りも虚しく、長兄の体に巣くった癌は全身に転移し、七回に及ぶ手術にも屈せず逞しい男の体を食い荒らしたのである。余命を宣告されると、義姉は娘を連れて去って行き、長兄は一人で寂しく息を引き取ったのであった。青春時代に召集され、泥にまみれて大陸で戦い、戦後は父親代わりに家族を養い、ようやく自分の生活を手に入れた途端妻に病まれ、良いことが一つもなかった兄の四十年の生涯だった。兄のお陰で私たち弟妹は独立するまでになり、これからは自分自身のために生きられるという時になって、疲れ切った兄は癌との戦いに屈してしまったのである。

その年は丁度東京でオリンピックが開かれた年だった。兄の勤める建築会社も、一部の会場の建設に携わったらしい。昼間の競技は無理でも、閉会式は夜涼しくなってから行われるから「みんなで連れて行くよ」と、会社の同僚たちから励まされていたのに、皮肉にもその閉会式の夜、豪華な花火の下で兄の通夜が行われたのである。千駄ケ谷《せんだがや》にあった社宅の屋根の上で、色鮮やかな花火が次々と上げられたのを、私は忘れることができない。

長男を亡くした母の嘆きは見ていられなかった。体の調子まで悪くなって、勤めていた病院で検査してもらったところ、どうしたことか義姉と同じ肺結核に罹っていることがわかった。仕事を辞めて療養所に入り、しばらく静養した後は次兄の家に身を寄せていたが、急にまた具合が悪くなり、今度は長兄と同じ胃癌を発症、呆気なく逝ってしまったのである。終戦の年に夫と家をほとんど同時に失い、以来ただ我武者羅に子どものためにだけ生きた母だったが、まるで大木が根元から腐ったような憐れな崩れ方だった。

弟が巣鴨時代の知り合いの世話で見合い結婚をしたのは、長兄が亡くなって何年か経ってのことである。仕事が製造会社の営業だったから、日本中あちこち転勤して歩いていたが、挙句、自分が一番気に入った奈良に家を建てて定住することにしたと言う。東京で生まれ東京で育った弟が、どうして親戚も知り合いもいない奈良になど住みたいのか、私たちにはわからなかった。もしかすると、末っ子としておっとり育った彼には、営業職が厳し過ぎたのかもしれない。ストレスがたまり、静かな田舎でゆっくり暮らしたくなったのだろうか。彼には男の子ばかり三人できたが、自分が苦労した分だけ、息子たちは雑音の少ない環境で伸び伸び育てたいのかもしれないなどと、私は勝手に憶測したのである。

藤の花が綺麗だったから、五月の連休だったかもしれない。奈良に住み着いた弟に招かれて、私たち夫婦は初めて彼の新居を訪ねてみた。
大和郡山《やまとこおりやま》という街をその時私は初めて知ったのだが、何と弟の家は金魚の養殖池に囲まれているのだ。田んぼのように仕切られた無数の大きな池の澄んだ水の中で、可愛い金魚がいっぱい泳いでいるのである。聞けばこの地の金魚養殖は三百年の歴史を持ち、年間五千八百万尾の金魚を産出しているのだとか。朝起きて雨戸をあけると、天井にゆらゆらと水の渦が反射して見える。そしてその脇の鴨居には、囲碁何段とかの大きな額が掛かっていた。学生時代には勝負ごとになど関心も持っていなかったはずなのに、社会人になってからの彼は、囲碁を楽しむようになっていたらしい。会社が休みの日は、子どもたちを連れて遺跡を散歩するか、碁会所に座って誰かと碁を打っているそうだ。

平和な無音の生活、そんなものに彼は憧れていたのだろうか。子どもの頃は友達にいじめられ、家では年上の兄姉に気を遣い、求めることは叶わず、与えられるものだけに縛られ続けて来た彼が、密かに求めていたのは、何の拘束もなしに清々しい空気を吸うことだったのだろうか。私は縁側に立って、見渡す限り水ばかりの風景をいつまでも眺めていた。流れのない静かな水溜まりながら、そこは無数の美しい命を育てる不思議な深海のようにも思えた。

山に囲まれた静かな水の町で育った三人の男の子は、それぞれ自分の道を選んで出て行ったそうだ。無口でおとなしい妻と二人だけの弟の生活を、私は想像するだけだった。

あれ以後一度も奈良に行く機会がなく、弟にはずいぶん長いこと会っていなかった。が、二年前、思いがけなく私は彼と新横浜で待ち合わせることになった。次兄の妻が、卵巣癌で亡くなったと知らされたのである。私も弟も、取るものも取りあえず飛んで行ったのだった。久しぶりで会った弟は、少し痩せたように見えたが、訊けば、その前の年、大腸癌を手術したのだと言う。「えっ？　あんたも癌なの？」私はびっくりして思わず叫んでしまった。

長兄から始まって母も義姉も癌で死んだ我が家、末の弟まで癌を手術したと知って、私は冷静ではいられなかった。「手術が成功して、もうすっかり快くなったから、大丈夫だよ」と弟は笑って見せたが、術後の体の疲労を私は気遣わないではいられなかった。「無理してまで、来なくてもよかったのに」と小さな声で言うと、「僕は末っ子で、兄さんたちみんなのお陰で何とか生きて来られたようなものだから」と言う。「義姉さんにも、ずいぶん世話になったのに、きちんとお礼も言ったことないんだ。亡くなってから頭下げても遅いよね」と言って、歯並びの悪い口もとを歪めたのだった。そう言えばそうだ。長兄が死んだ後、次兄の妻には、母の晩年を看てもらったり、ずいぶん苦労をかけたが、弟も上京する度に泊めてもらったりして義姉の世話になったに違いない。歌が好きで、いつも明るく笑っていた人だったから、この人の体の中で癌が育っていたことなど、誰も想像しなかったのである。

四十九日の納骨の日も、弟は妻を伴って奈良からやって来た。久々なので妻の実家にも顔を出したいと言うので、墓地で別れることにしたのだが、「最近は姉弟でも不祝儀の時くらいしか会えないねえ」と呟く私に「せめて法事ででも会わないとさあ」と、彼は名残惜しそうに手を振ったのだった。

この義姉の一周忌には、どうしても上京できなくなったと弟の方から連絡して来た。実は私もその頃脊柱管狭窄症で下半身が不随になり、手術を前にしていたので、法事に出席することなどとても無理だった。だから弟が来られなくなったわけを訊こうともせずに電話を切ってしまったのだ。大腸癌を手術した体で、こう度々遠い奈良から出て来るのはやはり大変だろうと、勝手に推測していたのである。まさかその頃彼が胃や小腸に転移した癌を切除するために入院していたなどと思いもしなかった。一言、「どうかしたの？」とか「大腸の手術の予後はいいの？」とでも訊いてやれば、弟も自身のことをもっと話しただろうに、思うようにならない自分の体に苛々していた私には、そんな余裕がなかったのである。姉として、あまりに思いやりがなかったことを悔いたのは、ずっと後になってからのことだ。

その後、少し寒くなりかけた頃、「妻の実家の法事で上京するけれど、ちょっとだけ時間が取れそうだから会いたい」という電話がかかって来た時も、私はほかに断りにくい約束があって、彼に会うための時間を作れなかった。日をずらせてもらえないだろうかと頼んでみたが、弟の方にも都合があるらしく、法事の後すぐ帰らなければならないと言う。「それじゃあ仕方がないね。また暖かくなったら出ておいでよ」と、気軽に電話を切ったのだった。それが、弟に会える最後の機会を自分から断ち切った電話だったとは想像もしなかった。

その年の暮れである。年賀状も投函し、大掃除も終わって、あとは正月を待つだけになった夜遅く、突然義妹から電話があった。「主人が亡くなりました」と言う。あまりの驚きで声も出なかった。「一体何があったの？」と叫ぶ私に、義妹は低い声で言った。「どうもお風呂が長過ぎると思って覗いたら、湯槽に沈んでいたんです――」何ということだ。いくらも離れていないところに家族がいたのに、助けを求めることもできなかったのだろうか。それとも痛みも苦しみもなく、気を失ったまま眠るように逝ったのだろうか。そうであってほしいと祈った。

訊けば義姉の一周忌の頃、弟は癌の転移で消化器をほとんど全部摘出する大手術を受けていたのだそうだ。医師からは余命宣告も受け、もう何年も生きられないことを、本人は知っていたらしい。だから無理をしてでも妻の実家の法事に出席し、最後に兄や姉とも一目会っておこうと思ったのに違いない。

電話をもらった時、私が友人との約束をキャンセルして時間を作っていれば、彼から直接その事情を聞けたのである。私の方も、彼を励ます言葉を一言くらいは口にできたであろう。最後に何か姉に言っておきたいことが、彼にはあったのではないだろうか。私の方には言いたいことが山のようにあったのに――。悔やんでも悔やみきれなかった。

年が明けると、何となく整理のつかない気持ちを抱いたまま、私は弟と子ども時代を過ごした巣鴨の街へ行ってみた。小学校時代の友人が何人かあの街に戻っていると聞くが、今は誰にも会いたくない。私自身が未だに納得できないでいる弟の死を、誰にも話したくなかった。彼の匂いが残る何かを探して、私自身が弟の生きた世界を理解したかったのである。

子どもの頃の記憶とは全然違う街を、私はゆっくり歩いてみた。私の家があった辺りには、当然のことながら全く知らない姓の表札がかかった立派な家が並んでいる。あの頃、私たちの家の前の道はまだ舗装されてなかった。天気のいい日は地面に蠟石《ろうせき》で大きな輪を描き連ね、石けりなどをして遊んだが、雨や雪が降った後はいつまでもぐちゃぐちゃしているので、隣組で石炭殻を撒いたのを覚えている。その通りの突き当りは紋屋さんで、道路に面した長い窓に向かって並んだ職人さんたちが、黒い着物に白い筆で紋を描いていた。こちらを向いた窓の手前に垣根があって、窓と垣根の間には紫陽花が植えてあった。私たちはその垣根に両手でしがみついて登り、器用に紋を描く職人さんたちの細い筆先をいつまでも眺めていたものである。

道を反対の方向に行くと二段の石段にぶつかって、少し広い道路に降りられる。広くても舗装はされておらず、車など全然通らないので、私たちは道いっぱいに広がって、「はないちもんめ」などをして遊んだものだ。そんな時、私の右手をいつもしっかり摑んでいるのは弟で、多分そのためだろう、誰も私を指して「○○ちゃんが欲しい」などと言ってくれない。じゃんけんに勝ったり負けたりして、あちらに行ったりこちらに来たりする可愛い女の子が妬ましかった。弟さえいなければ。私もほかの子と手を繋げるのにと思うと、やたら煩わしくなって、小さな手を振りほどいてやったことがある。弟はわけがわからない顔で私を離れると、ぽつんと石段に腰かけて悲しそうにこちらを見ていた。誰も何も言わなかったが、私は何やらすごく意地悪をしたような気がして落ち込み、一人で家に帰ってしまったものだ。しばらくして弟も帰って来たが、何も言わずにしょぼんとして私の脇に座った。そんな日は確か夕飯まで弟と口をきかずに、読みもしない本をパラパラめくっていたように思う。

弟が腰かけていた石段は、ままごと遊びの時は玄関になり、お父さん役の子が「ただいまあ」と言って帰って来る場所だった。そして意地の悪いいじめっ子が、気の弱い子を突き落とすところでもあった。弟は何度も突き落とされて頬っぺたをすりむいていたが、低い石段だから、それ以上の怪我をしたことはなかった。私が泥をはたいてやっている間に、悪ガキどもは面白そうに笑いながら逃げて行ってしまった。

その石段の斜め前に、町内の神輿小屋があった。戦争中その小屋の重々しい鉄の扉が開いたのを私は一度も見たことがないが、扉の前にはいつも真っ白い塩が円錐形に盛られていた。時々いたずらっ子がその塩を崩したり舐めたりしていたが、不思議と次の朝は必ずまた新しい塩が綺麗に盛られているのである。誰が盛っているのか見たことはないし、訊いたこともないが、きっと近所に信仰深い人がいたのだろう。私は一度だけその塩を面白半分に舐めて見たことがあるが、弟は決してそんな真似をしない子だった。

神輿小屋と反対の方向に行って右に曲がると、焼き芋屋があった。いつもいい匂いをさせているので、一度食べてみたいと思ったが、どういうわけか、うちの母は買ってくれたことがない。私が食べたがると、八百屋で薩摩芋を買って来て蒸してくれたが、あの大きな窯で焼いた薩摩芋がそれと同じ味とは思えなかった。第一匂いが全然違う。皮が真っ黒く焦げているのも美味しそうに見えた。母が何故焼き芋を買ってくれなかったのか未だにわからないが、何にせよ、うちの母は出来上がった食べ物を買うことをしなかった人である。天祖神社のお祭りに行っても、醤油の匂いが香ばしい焼きトウモロコシなど、とうとう一度も買ってくれなかった。

その焼き芋屋が、ボヤを出したことがある。両親が出かけている間の子どもの火遊びが原因だという話だった。消防自動車が帰った後、その焼け跡を見に行って私は凄く興奮した。窯はいつもとそう変わらなかったが、壁と天井が見事に真っ黒なのである。「可哀想に、お母さんが帰って来たら、あの子たち凄く怒られるね」と一緒に見に行った友達にささやくと、その友達は言ったのである。「お母さんどころか、お巡りさんに怒られるよ」と。私はその時ちょっと意外な気がした。子どもを叱るのは母親に決まっていると思っていたからだ。母親に怒られるのが、私にとって何より怖かった。母親以外にも子どもを叱る人がいるなどとは思いもよらなかったのである。母が駄目だと言うから、焼き芋を食べるのも諦めていた。たった一枚のビスケットだって、半分に割って弟に分けてやったのは、母親にそうしろと言われたからだ。弟に見せびらかして食べたりしたら、きっとひどく叱られるだろうと怖かったからだ。しかし弟はどうだったのだろう。母親だけでなく、年上の兄も姉も、怖かったのではないだろうか。

焼き芋屋の焼け跡を見ようと夢中で駆け出して行った私は、家に一人でおいて来た弟のことをはっと思い出し、小父さんや小母さんが帰って来て子どもたちを叱るのを見とどけずに走って帰ったのだった。

遊び場だった石段の下の通りは、突き当りが巣鴨教会である。私たちが住んでいた頃は、大正幼稚園だった。その頃にしては珍しいキリスト教の幼稚園で、友達は何人か行っていたが、私たち兄妹は行かせてもらえなかった。父が耶蘇嫌いだったからだろうが、キリスト教がどんなものか、その頃の私たちは全然知らなかった。聞こえて来る賛美歌は素敵だったし、何でも友達と同じことをしたかった私には不満だったが、母は幼稚園に行くくらいなら家で弟と遊んでやりなさいと言うのだ。その弟も幼稚園には行かせてもらえなかったから、ただ子どもをキリスト教に触れさせたくなかっただけなのだろう。

大正幼稚園の前身は、田村直臣という牧師が創った「自営館」だったそうである。明治時代の巣鴨は広々とした牧草地で、田村直臣はここに牛乳精製工場を造ったのだという。同時に活版印刷所も造り、夜学に通って勉強する若者を集めて共同生活をさせていたのだそうだ。貧しくても学問はしたいという若者が、ここで働きながら夜学へ通ったのである。その中には、後にアララギの創刊に参画した科学者の石原純とキリスト教史家として有名な石原謙の兄弟や、洋画家の和田英作、そして作曲家の山田耕筰もいたという話である。そのほかにも、苦学の末成功して文化勲章を受章した学者を大勢育てた施設だった。

大正に入ると、経済教育環境も好転して向学の青年の道も開けたからだろう、田村直臣は自営館を閉じて大正幼稚園を設立したのである。キリスト教教育は、幼児から始めなければならないと考えたのに違いない。大正八年のことで、その頃になると巣鴨も住宅地として拓け、人口も増えて幼稚園児も集まるようになったということだろう。昭和九年に直臣が病没した後は、夫人が引き継ぎ、昭和十九年戦時特別措置法によって閉鎖されるまで、日曜学校を続けたそうだ。現在は巣鴨幼稚園と名前を変えて巣鴨教会の牧師が継いでいるが、その人が四代目だということである。ちょっとだけ中を見たいという思いもあったが、万一誰か知っている人に会ったら――と思うと気が重くなり、そのまま離れてしまった。

この教会の入口には、カラタチの生け垣を背景に、山田耕筰の「からたちの花」記念碑がある。自伝によると、父親が亡くなった後、自営館に送り込まれた耕筰は、ここで最年少者だったという。母親から、病気以外では絶対に帰って来てはならないと厳しく諭されていたので、どんなに寂しくても我慢したとある。日曜は先輩について巣鴨から数寄屋橋まで歩いて行くのが楽しみだったそうだ。一本歯の足駄を履き、冬でも足袋など履かず、シャツは着ずに素袷《すあわせ》一枚、膝までの袴を穿いて歩いて行ったとある。帰りはお腹が空いて、水道橋の露店で一串二厘の焼き肉の匂いに悩まされたそうだ。誘惑に負けないように、屋台の前は駆け足で通り過ぎたそうな――。

そんな少年たちにとって、酸っぱいカラタチの実を摘むのは秋の楽しみだったのだろう。白秋の詩に曲を付けた耕筰の思いは、私の喉の奥にもキュッと沁みるような気がする。

記念碑は平成十一年に竣工したそうでまだ新しいが、私はここにどうしてか弟の吐息を感じてしまうのだ。年上の仲間に可愛がられて楽しい日もあったろうが、いつも誰かの恩義を感じさせられながら、遊びたい盛りの少年期を活版印刷所で働き、カラタチの青い棘を見て丸い実が生るのを楽しみに待った耕筰少年が、一生俯きがちに生きたおとなしい弟に重なって見えるのである。

奈良は遠いし、丁度その頃体調が悪かった私は、弟の葬儀にも行ってやれなかった。が、次兄は転んで大腿骨を折り、手術したばかりの体で行ったそうだ。帰って来て「彼は幸せだったと思う」という一言をぽつんと漏らしていた。そうであってほしい。三人の男の子がみんな立派な社会人として巣立った今、彼にはもう何の不安も心配もなかったはずだ。静かな気持ちで天国に旅立ったと思いたい。葬儀に行けなかった私は、「せめて法事でくらい会えないとさあ」と言って小さく笑った弟の歪んだ口もとが忘れられない。不甲斐ない自分にたまらない思いが残るのである。

大塚駅のホームから見下ろす街は、戦後すぐ疎開から帰って来た時に見た風景を思い出すことができないほど変わってしまった。大きなビルが建ち並んで、雰囲気がまるっきり違うのである。それなのに、そこに立つ弟の顔は、不思議とあの時のままなのだ。私の涙に戸惑ってうろうろ眼を泳がせていたあの少年の表情なのだ。しかし、どうしてか彼の声を思い出せなくなっている自分に私は気づいた。

あんなにいつもピッタリ寄り添って育った姉弟なのに、実は肝心なことを何も話し合っていなかったのだ。私は彼に何を話しただろう。彼が何を考えて生きていたのか、知ろうと努力しただろうか。義姉の四十九日に寺で会い、一緒に埋葬に立ち会ったのが最後になってしまったが、あの時もこれと言って話をしなかった。大腸癌の手術が上手く行ったことを喜び合っただけである。

今私の手もとには、弟を思い出すよすがとなるものが何一つない。子どもの頃の写真はみんな空襲の時家とともに焼けてしまったし、その後は一緒に写真を撮る機会がなかった。せめてあの金魚池に囲まれた家で彼を撮っておけばよかったと思う。

多分私はこれからも、大切なものを一つ一つ失いながら、残りの人生を生きるのだろう。老いを理由に弟の妻や息子たちを訪ねてみることもしない薄情な姉は、近い将来あの世で会うだろう弟に何一つ土産を持って行ってやれそうにない。


巣鴨の方向から、山手線が大きな音をたてて勢いよくホームに入って来た。目の前で開いた扉から車内に足を踏み入れた瞬間、私はふっと気づいたのである。あの時、彼が私の背中に手を回してこの山手線に乗ったのが、弟と一緒に電車に乗ったたった一度の経験であった。長い人生を寄り添って来たつもりの姉と弟は、実は全然別の道を歩いていたのである。

ところで東福寺は、今でも四月八日に灌仏会をしているのだろうか。せっかくここまで来たのに、東福寺のあの急な階段を上がることを思いつかなかった悔いが、私の心に棘のように突き刺さった。

解説――『遠ざかる日々』について

勝又　浩

難波田節子の第九冊めの作品集である。

収録された作品は「季刊遠近」第四〇号から第六八号の間に発表されたものから選ばれている。このうち表題に採られた「遠ざかる日々」だけは一〇年前の平成二二年八月の発表作だが、他の五編は平成二八年から三〇年までのほぼ三年間に書かれている。ここに収録されなかった佳作も優に一冊分を超えるほどの数があって、作者の変わらぬ健筆ぶりがうかがわれる。年齢のことは言わないが、このエネルギーはどこから来るのだろうかと、いつも私の羨望やまざるところである。これまでの作品集は久保田正文、高井有一など、彼女の小説をずっと読んできた人たちが解説、あるいは跋文を寄せているが、私もそれを引き継いで既に三冊めになる。どれだけ解説になるか分からないが感想を記しておくことにする。

難波田小説の基本のかたちは女主人公の自己語りである。そして、それらの主人公のおおねは中年の主婦で、彼女の周辺への観察や理解、解釈によって話が進行する。それで、一、二作を読む人には、いわゆる私小説だと見えるかもしれないが、この作者は原則的に私小説は書かない。では何故一人称小説を選ぶのか。とくに訊ねたことはないが、思うに、日本語での表現は、短歌などに典型的なように、一人称の語り、私語り形式がもっとも安定した、リアリティーを保証する形式だからであろう。それゆえ作者はごく自然にそれを採用しているのだと、私は推測している。作者の人柄を直接知る者には、それが最も納得しやすい説明になると思うがどうだろうか。そうして、主人公の行き届いた目配り、気働き、心遣いなどに、私はいつもいつも感心し、感嘆し、敬服しながら読むのである。

この一冊でもそれは明瞭で、「冬の木漏れ日」などはとくにそうした美点がよく出た一編だから、心地よく読んだ読者も多いことであろう。舅はいつも本を手放さないようなインテリの家系である夫の生家と、元印刷工、今は盆栽が趣味の父親を中心にした、ごく庶民的な家庭である実家と、全く性格の違う二つの家を行き来して、両方から頼りにもされている主婦、こんな女性は難波田小説の代表的な主人公だと言ってよい。しかし、それ故の不満もないわけではない。主婦としていかにも優等生過ぎるのと、そのためであるだろう、話がいささかホームドラマめくのだ。小説というものは何故か、いつも何処か傾いた、偏った世界を覗かせた方が迫力を持つものらしい。

しかし、この不満はおそらく作者自身のうちにも籠っていて、それがときどきまったく逆転したような小説を書かせることになるのではないだろうか。私の見るところ、この一冊のなかでは「女系家族」がそれに当たる。この超複雑な家族関係と、そのなかで、互いに糸を張り合っている蜘蛛のような人物たちの姿は、現代にしてはちょっと不気味でさえある。昔の継母・

継子物語りのような強烈なキャラクターも出てくるが、叱られて閉じこめられた押し入れの壁に殺してやるとまで書いた義祖母を、結局は面倒を見る、主人公の姪のエピソードなどは、何か因縁話めいた迫力である。平和な時代の、一見仕合せに見える中流家庭にも、裏口を覗いてみればこんなどろどろとした人間ドラマが隠れている、ということになるだろうか。

主人公の自己語りというスタイルには、しかし制約もあって、その一つは自分を見る第三者の視点がつくりにくい。そのために自分自身への外からの観察や解釈、描写が書けないことである。そのバランスを採るために難波田小説ではしばしば主人公のやや自虐的に過ぎる自己評価が出現する。たとえば「紅い造花」で、あんなに愛らしい、健気な少女像を浮かび上がらせながら、本人には、自分がとても意地悪でイヤな娘だったと言わせているのなどもその例である。

あるいは、こんな面もある。「寒桜」の女主人公は、いま好意を持つ亡夫の後輩と待ち合わせた喫茶店で偶然、夫の教え子だった女子卒業生に出会ってしまうが、その後、主人公の様子が急変する。自宅を訪ねたいという卒業生の申し出も拒むが、彼女と気軽に付き合おうとする彼に対しても態度が変わってしまうのだ。それまでの、いかにも純情で素直に見えた主人公が、このあたりから急に頑なになり、強情にさえ見えてきて、読者としてはちょっと戸惑う。ここは要するにこの主人公も嫉妬の情には勝てなかったということなのだろうが、それはつまり他人から見た解釈であって、本人としては分かってないし、言えないわけだ。嫉妬で人が変わるのはあることだし、リアリティーに欠けるというのではないが、主人公に添いながら好感をもって読んできた読者には、強調すれば裏切られたような感じも残ってしまう。これらは、あえて言えば自己語り形式はときに話の運びの転換が難しい、ということになろう。

この一冊で、難波田流自己語りの手法が最も力を発揮しているのが表題作「遠ざかる日々」であろう。昭和の初期、兄夫婦を頼って近江から上京、巣鴨に住むようになった少女である。このとき一六歳、兄が板前を勤める料亭に見習いとして働き始めるが、彼女の東京生活、そして、その頃から日本が突入した戦争体制のなかを生きた女性の、半生涯である。上京の車中で親切にしてくれた乾物商の一人息子、彼女には初めて知る東京の男であったが、彼はあっけなく出征してしまう。そこへ、兄の店の客である、閣下と呼ばれるような軍人に見込まれて、その息子と結婚することになる。東京の生活では、初めて行く銭湯や、初めて洋服を着てデートしたり等々、少女の体験が初々しく描かれてゆく。映画なら、今は時代物と呼ばれる昭和十年代の風俗を細かく描いていて新鮮である。

こういう風俗を描ける作家はもういなくなったなと思いながら読んだが、それにもまして大事なことは、その風俗一つ一つに対応し、反応している主人公の心情であるだろう。調べて古い時代の風俗を描く作家はこれからも現れるだろう。しかしその時代の持った人情まで書ける作者はいなくなるばかりなのだ。これらは、つまりこの小説が自己語りスタイルであったゆえに、より効果を持つことになったのではないだろうか。この小説が仮に「多実の半生涯」とか

「ある女の一生」などとした、明治風な三人称視点から書かれていたら、こうした暖かさは望めなかったろうと思う。

＊

この一冊は巣鴨の話から始まって巣鴨の話で締めくくられることになった。「遠ざかる日々」は昭和十年代から敗戦を挟んで二十年代の半ばまでだが、掉尾の「懐かしい街」は、主人公は別人だが、その続編のように、敗戦直後から平成の終わりころまでを回想している。「遠ざかる日々」は、小説としては戦後部分がやや駆け足で終わっているが、それを埋めるように「懐かしい街」があってなかなか良い首尾だと、私は読んだ。通読すれば昭和から平成を生きた女二代の物語ともなっているからだ。そしてもう一つ、そこにはこんな意味もある。

「懐かしい街」は、実は作者は随筆のつもりで書いた一編だった。読んだ私が感動して、これは小説ですよと言って、少し無理強いして多少の手入れもしてもらった。そんな経緯のあった一編だ。注意深い読者は、他の五編とは文章の調子が少し違うことに気づかれたであろう。しかし、もっと注意深い読者には、文章の調子が前半と後半では微妙に変わっている事にも気づかれたのではないだろうか。私のみるところおそらく、随筆のつもりで書き始めた作者だったが、書くうちに、書かれたものに引っぱられて、回想がどんどん夢幻的な展開、情景を繰り広げる結果になったのではないだろうか。ここでは、作者が情景を回想するのではなく、情景が作者にそれを書かせている、そんな印象である。

いろんな作家が、とくにその晩年、こうした作品を見せているが、簡単に言ってしまえば小説と随筆の境界が消えてしまったような作品である。私はこれが日本の究極の小説だと考えているが、それはこんな意味である。難波田小説のような自己語り形式の小説ではとくにそうだが、小説を書くことは、その主人公になって、その人物を演じて行くことになる。この一冊でも、作者はサラリーマンの妻になったり、早死にした教師の未亡人になったり、貧しい母子家庭の娘になったり等々と、いろんな役を演じこなしている。それはそれで、一つ一つお見事だったり、ちょっと尻尾が見えたりと、その度の出来不出来も含めて読者もともに楽しむ、それが、つまり小説というものであろう。だが、随筆のつもりで始めた「懐かしい街」には、そういうお芝居、演じなければならない役はなかった。ここでは、作者は設定した役ではなく、自分自身を引き出し、自分自身と向き合うことになった。この場合は近年亡くなった弟との永い経緯、因縁を、格別な構えも計算もなく回想し語っている。つまり、作者という役割をも捨てて、直接自身の人生に向き合っているのだが、そこに、設計し演じてみせたのとは違ったもう一つの人生を、自分を見つけ、読者に示す結果となったのではないだろうか。

人間や人生の真実の姿を追究し、見せて行く、それが小説の目的であり、成果であるとするなら、作者であることをお預けにした、もう一人の作者の姿が、ここにはあると言ってよいと思うが、それはまた、この一冊の小説全体の存在の根っ子を見せているのではないだろうか。

（文芸評論家）

初出一覧

遠ざかる日々　季刊「遠近」四〇号（二〇一〇年八月）

寒　桜　季刊「遠近」六二号（二〇一六年十二月）

女系家族　季刊「遠近」六〇号（二〇一六年五月）

紅い造花　季刊「遠近」六一号（二〇一六年九月）
「季刊文科セレクション」に転載される。

冬の木漏れ日　季刊「遠近」六六号（二〇一八年二月）
第十二回関東同人雑誌優秀賞。

懐かしい街——巣鴨そして弟——　季刊「遠近」六八号（二〇一八年十月）
「季刊文科」七七号に転載される。

難波田　節子（なんばた　せつこ）
著書紹介
『三つの小さな足跡』主婦の友出版サービスセンター
『紅雀』『こおろぎ』『再開』木精書房
『歪んだ絆』ライブ出版
『太陽の眠る刻』おうふう
『晩秋の客』鳥影社
『アラビアの白い薔薇―小説シェバの女王―』鳥影社
『雨のオクターブ・サンデー』〈季刊文科コレクション〉鳥影社

遠ざかる日々

定価（本体1500円+税）

乱丁・落丁はお取り替えします。

2021年5月19日初版第1刷印刷
2021年5月25日初版第1刷発行
著　者　難波田節子
発行者　百瀬精一
発行所　鳥影社 (www.choeisha.com)
〒160-0023　東京都新宿区西新宿3-5-12トーカン新宿7F
電話　03-5948-6470, FAX 0120-586-771
〒392-0012　長野県諏訪市四賀229-1（本社・編集室）
電話 0266-53-2903，FAX 0266-58-6771
印刷・製本　　モリモト印刷

ISBN978-4-86265-887-6　C0093